SASKIA STANNER

MAGICA

DELTA DER MACHT

Eisermann Verlag

Magica – Delta der Macht

Taschenbuchausgabe 1. Auflage 07/2017

Printed in Poland 2017
Umschlaggestaltung: Cover & Books – Buchcoverdesign
Satz: André Piotrowski
Lektorat: Sarah Kneiber
Korrektur: Alexandra Schwind

http://www.Eisermann-Verlag.de
ISBN: 978-3-96173-017-9

Prolog

1645 – Jonathan

Der Boden unter unseren Füßen knirschte, während ich versuchte so vorsichtig wie möglich zu sein, um meine Schwester nicht aufzuwecken, die in meinen Armen schlief. Dabei sah sie so friedlich aus, man konnte gar nicht glauben, dass wir schon seit drei Tagen unterwegs waren.

Wir, das waren Sarah, Marcus, sein Zirkelleiter David und ich. Die anderen Vampire, die uns auf dem Schiff noch Gesellschaft geleistet hatten, waren auf Anweisung von David in Boston geblieben, um dort auf Neuankömmlinge zu warten, die bald aus allen Ecken Europas eintreffen sollten.

Mir war immer noch nicht wirklich klar, was genau David und Marcus von Amerika erwarteten, aber ich war über jeden Moment froh, der mich von meinen eigenen, finsteren Gedanken ablenkte.

Seit Längerem schon fand ich keinen richtigen Schlaf mehr, da mir Kristys Verbrennung auf dem Scheiterhaufen nicht aus dem Kopf gehen wollte. Immer wieder hatte ich das Gefühl, dass es meine Schuld war, dass sie nicht überlebt hatte … und spätestens dann schlichen sich die Bilder meiner toten Familie ebenfalls in meinen Kopf. Auch daran gab ich mir die Schuld, wobei ich bemerkt hatte, dass es jemanden gab, der sich noch größere Vorwürfe als ich machte: Marcus.

Ich hatte schon einige Male mit ihm darüber gesprochen, ihm gesagt, dass er sich nicht schuldig fühlen musste, aber er tat es trotzdem. Er meinte, dass alles nicht so gekommen wäre, wenn er früher gehandelt hätte, wenn er sich uns früher offenbart hätte. Jedes Mal, wenn er einen Blick auf meine Schwester warf, standen ihm die Schuldgefühle ins

Gesicht geschrieben. Sarah erinnerte ihn jeden Tag an den Jägerangriff, so wie ich ihn an Kristys Verbrennung erinnerte.

An Bord des Schiffes hatten wir einige Male unsere Gedanken ausgetauscht, denn meine Schuldgefühle lasteten auch schwer auf meinem stummen Herz. Immer wieder bildete ich mir ein, dass ich Kristy hätte retten können und dass ich auch für meine Familie hätte da sein müssen. Nie wieder, hatte ich mir ab diesem Moment geschworen, nie wieder würde ich meine Familie im Stich lassen.

Zärtlich strich ich über Sarahs braune Haare, die durch den tagelangen Marsch durch unbewohntes Gebiet ganz strohig geworden waren. Irgendwo am Ende unseres Weges würde ein Dorf sein, in dem wir leben könnten, hatte David bei unserer Ankunft in Boston behauptet. Außer ihm war jedoch keinem bewusst gewesen, dass es bis zu diesem Dorf noch so weit war.

»Wir sollten uns einen Schlafplatz suchen«, schlug Marcus vor, dem man ansah, dass er beinahe die ganze letzte Nacht wach gewesen war, um Wache zu halten. Tiefe Augenringe hatten sich unter seinen Augen gebildet, wobei ich mir sicher war, dass auch meine Augenringe inzwischen zu tiefen Tälern geworden waren. Beide Hände hatte er voll mit unserem Gepäck, das ich ihm dankend übergeben hatte.

David schüttelte den Kopf. »Es ist nicht mehr weit«, entgegnete der Vampir, dem man seine 1500 Jahre gar nicht ansah. Er sah immer noch wie der junge römische Patrizier aus, der er vor seiner Verwandlung gewesen war. Die schwarzen Haare kurz geschnitten und mit einem stechend blauen Blick, der Sarah Konkurrenz machen konnte, wenn seine Augen nicht einen dunkleren, weicheren Farbton hätten.

»Das hast du die letzten Male auch gesagt«, entgegnete ein schlecht gelaunter Marcus, der nur mit viel Mühe einen ruhigen Tonfall beibehalten konnte.

David schüttelte wieder den Kopf. »Marcus, ich verspreche dir, sobald wir diesen Wald verlassen haben, sind wir in dem Dorf.«

Und was blieb Marcus und mir anderes übrig, als ihm zu folgen? Er war der Einzige, der wusste, wo unser Ziel lag. Ohne ihn wären wir in diesem großen Waldgebiet verloren. Also aktivierten wir unsere letzten Kraftreserven und folgten dem erstaunlich wachen David.

Währenddessen konzentrierte ich mich auch wieder stärker auf meine Sinne, die durch die Müdigkeit in den Hintergrund meiner Gedanken gedrängt worden waren. Im entferntesten Winkel meines Gehörs konnte ich Geräusche vernehmen, die sich nach Menschen anhörten. Hier in diesem Gebiet hatte ich zuvor noch keine Menschen wahrgenommen, es musste sich also um das Dorf handeln.

Angetrieben von diesen Geräuschen beschleunigte ich meine Schritte, sodass ich zu David aufschloss und auch nur wenige Minuten später begann der Wald lichter zu werden. Immer mehr Mondlicht drang durch die Blätter und zwischen den Bäumen ließen sich Häuser erkennen.

Das Dorf. Endlich. Wir hatten es geschafft.

Kapitel 1

Ende Juni 2015 – Ally

»Ach Ally, was würde ich nur ohne dich tun?«, fragte meine beste Freundin Jess aufgeregt, was mir ein neckisches Grinsen auf das Gesicht zauberte.

»Du würdest dich ganz alleine in die Höhle des Löwen wagen«, erwiderte ich, ehe ich sogar zu kichern begann.

»Höhle des Löwen?«, wiederholte Jess meine Worte empört. »Ally, wir sprechen hier von Vampiren. Unsterblich, wunderschön, mächtig ...«

Ich blendete den Vortrag aus, der jetzt kam, denn ich kannte ihn inzwischen auswendig. Jess hatte genau diese Worte in den letzten Tagen immer wieder dazu benutzt, um mich zu überreden, sie zu einem dieser Vampir-Informationstreffen des Chicagoer Zirkels zu begleiten. Gestern Abend hatte ich mich dann geschlagen gegeben und genau aus diesem Grund blickte ich nun zu dem großen Villa-ähnlichen Gebäude auf, das als Hauptsitz der ortsansässigen Vampire galt.

Nachdenklich warf ich einen Blick zu meiner besten Freundin, deren gelockte Haare in den letzten Sonnenstrahlen wie Karamell leuchteten.

Obwohl ich mit der Vorstellung aufgewachsen war, dass Vampire und alle anderen mystischen Wesen existierten, hatte ich nie das Bedürfnis verspürt, selbst auch eine von ihnen zu werden. Ich war glücklich mit meinem Leben. Als einzige Tochter eines amerikanischen Sprachwissenschaftsprofessors und einer chinesischen Businesslady führte ich genau das Leben, das in den Filmen immer beschrieben wurde. Aufgewachsen in einer kleinen Vorstadtgegend, von den Eltern liebevoll umsorgt und in der Schule gut integriert … und trotzdem fühlte ich mich, als würde mir etwas fehlen. Als hätte ich nicht alles, was ich zum Leben brauchte. Genau deswegen hatte ich mich schlussendlich von Jess breitschlagen lassen, denn vielleicht war diese mir unbekannte, mystische Welt die Lösung für dieses verwirrende Gefühl.

Mittlerweile hatte Jess zu Schwärmen aufgehört und starrte genauso beeindruckt wie ich auf den riesigen Bau vor uns. Er war größer, als er auf den Bildern im Internet oder von außen gewirkt hatte. Die Hausmauer, die in einen weichen Gelbton getaucht war, strahlte schlichte Eleganz aus, während alle Fenster mit Jalousien verschlossen waren. Zwei Stockwerke hatte das Haus überirdisch, war im Internet zu lesen gewesen, aber der Hauptbereich des Zirkels spielte sich unter der Erde ab und dort wusste niemand, wie tief das Gebäude nach unten reichte. Jeder Mensch, der dieses Geheimnis bisher hatte erkunden wollen, war entweder selbst ein Vampir geworden oder so beeinflusst worden, dass er die Antwort beim Verlassen des Hauses schon nicht mehr wusste. Natürlich behaupteten die Vampire, dass sie nichts damit zu tun hatten, aber jeder wusste, dass dem nicht so war. Doch die Regierung wollte keinen Streit mit den Wesen der Nacht beginnen, von dem niemand wusste, wie er ausgehen würde. Die Mythen über Vampire kursierten immer noch in allen Lehrbüchern, obwohl sich einiges als falsch herausgestellt hatte.

Nichtsdestotrotz kam es doch immer wieder zu Büchern wie *Twilight*, in denen Vampire glitzerten, auch wenn man heutzutage wusste, dass das nicht stimmte. Das Gleiche galt für Hexen, die noch mehr Geheimnisse um sich scharten und so war es zu *Harry Potter*, der wahrscheinlich berühmtesten Buchreihe unserer Zeit, gekommen, die aber nicht viel mit der Wirklichkeit zu tun hatte. So viel wusste man inzwischen zumindest, denn nach *Hogwarts* und den anderen Zauberschulen hatte man erfolglos gesucht.

Menschen und Vampire lebten friedlich nebeneinander, aber nie miteinander. Von der Gleichberechtigung, die viele immer forderten, war unsere Gesellschaft in diesem Bereich noch weit entfernt.

Die große Haupttüre wurde uns von einem Mann geöffnet, den man auch vor einem dieser Eliteclubs in der Stadt hätte platzieren können. Breite Schultern, riesige Muskelpakete an Armen und Beinen und einen unnachgiebigen Blick, der mir das Gefühl gab, dass er sich uns nicht als Vampire vorstellen konnte. Wahrscheinlich hatte er schon zu viele junge Mädchen gesehen, die dank des *Twilight*-Booms von Vampiren fasziniert waren und sich dann mit der Realität nicht anfreunden wollten.

In der Eingangshalle verschlug es mir beim Anblick der hohen Wände und dem zur Schau gestellten Reichtum den Atem. Hier hatte ich das Gefühl, dass ich mich in einer prächtigen Adelsresidenz befand oder in einem der Schlösser, die in den Disney-Filmen immer gezeigt wurden. Selbst der Tresen, der als eine Art Rezeption fungierte, passte perfekt in dieses Bild. Breit, aus Ebenholz gemacht und im Gegensatz zu der zierlichen Frau dahinter wirkte er erst recht massiv.

Mit einem Selbstbewusstsein, das mich bei Jess nach all den Jahren nicht mehr überraschte, marschierte meine beste Freundin auf diesen Tresen zu und verkündete: »Guten Abend, wir sind hier wegen des Informationstreffens. Wo müssen wir denn hin?«

Die junge Dame schob uns ein Klemmbrett mit einer Liste entgegen, auf der wir uns mit Namen und Telefonnummer eintragen mussten. Bis jetzt standen sechs weitere Namen dort, vier Mädchen und zwei Jungen, *Twilight* und die anderen romantischen Vampirbücher zog also immer noch viele an.

»Folgen Sie dieser Treppe nach unten. Dort ist dann der Weg zum Schulungsraum komplett beschildert. Einfach dem Hauptgang folgen und die fünfte Tür auf der Seite ist es dann«, erklärte uns die Rezeptionistin, ehe sie uns zwei Karten in die Hand drückte, die wie diese VIP-Ausweise bei Konzerten aussahen.

Vampir-Informationstreffen stand darauf beschrieben und ich begann mich zu fragen, ob die Vampire auch VIP-Ausweise mit der Bezeichnung ›Blutspender‹ besaßen, denn die Nahrungsaufnahme der Wesen der Nacht war den Menschen nie offenbart worden. Man wusste, dass die Vampire keine unschuldigen Menschen mehr angriffen, auch wenn es von Zeit zu Zeit zu Unfällen kam, bei denen Menschen von einem Vampir getötet wurden. Diese Vampire wurden dann in der Öffentlichkeit hingerichtet, damit die Menschen sich wieder sicher fühlen konnten, bis der nächste Vorfall Schlagzeilen machte.

Nachdem wir über die Treppen das sagenumwobene Untergeschoss erreichten, fanden wir uns in einer vollkommen anderen Welt wieder. Hatte der Bereich oben noch wie ein Disneytraumschloss ausgesehen, standen wir nun in einem Gang, der an den Unterschlupf eines Bösewichts erinnerte. Dunkle Backsteine, wenig Platz und nur durch Fackeln an den Wänden beleuchtet.

Mein Herz begann wie wild zu klopfen. In meinem Kopf flackerten immer wieder die Bilder aus meinen Albträumen auf. Jess warf mir einen beruhigenden Seitenblick zu und drückte mir die Hand, konnte aber nicht verhindern, dass ihre eigene Nervosität spürbar wurde. Ihre Nervosität begründete sich jedoch auf dem Vampir-Informationstreffen und nicht wie bei mir auf den Flammen, die in meinem Blickfeld immer größer zu werden schienen.

Meine Sicht verschwamm, während die Flammen immer näher kamen. Die Hitze war unerträglich, aber ich konnte ihr nicht entkommen. Nicht nur sträubte sich mein Bein gegen jeden erdenklichen Bodenkontakt, nein, ich war auch noch an einen Pfahl gefesselt. Rauch stieg in meine Lungen und machte mir das Atmen schwer. Hustend krümmte ich mich, bevor ich wieder zu schreien begann. Konnte mich denn niemand retten? Irgendjemand?

Eine kalte Hand riss mich aus dem mir inzwischen schon so gut bekannten Albtraum. Über mir kniete ein junger Mann mit blonden Haaren und smaragdgrünen Augen und befühlte mit seiner Hand die Temperatur meiner Stirn. »Miss, ist alles in Ordnung?«

Wo war ich? Was war geschehen? Blinzelnd versuchte ich mich zu orientieren und mich an das Geschehen vor dem Albtraum zu erinnern.

Jetzt tauchte auch Jess in meinem Blickfeld auf. »Ally, was war denn los? Soll ich deine Eltern anrufen?«

Plötzlich fiel mir alles wieder ein. Wir waren auf dem Weg in den Schulungsraum gewesen, als ich zu nah an eine Fackel gekommen war, weil mich jemand geschubst hatte. Aufgrund meiner Feuerphobie musste ich dann wohl in Ohnmacht gefallen sein. Meine Reaktion darauf war jedoch, seit sich diese Angst vor wenigen Wochen bemerkbar gemacht hatte, noch nie so stark wie heute gewesen. »Nein, meine Eltern sollen nichts davon erfahren. Sie machen sich schon genug Sorgen um mich.«

Jess nickte, während ich mithilfe des jungen Mannes aufstand. Schließlich kannte sie meine Eltern gut genug. Vor allem meine überfürsorgliche Mutter würde aus einer Mücke nur wieder einen Elefanten machen.

»Vielen Dank, Mr. ...«, wandte ich mich an den Mann.

»Westlake«, stellte er sich vor. »Jonathan Westlake.«

Der Name brannte in mir, als müsste ich ihn kennen. Dabei war ich mir zu hundert Prozent sicher, dass ich diesen Mann noch nie in meinem Leben gesehen hatte. Obwohl ich nicht weit von den Vampiren entfernt wohnte, hatte ich mich von ihnen bisher immer ferngehalten. Vorsicht war da meiner Meinung nach besser als Nachsicht. Jess sollte sich echt glücklich schätzen, dass ich sie auf dieses Treffen begleitete.

Jonathan of Devon.

Bei diesem Gedanken erstarrte ich kurz. Was hatte das zu bedeuten? Woher kam dieser Name? Dieser Name, den ich aus meinen Albträumen kannte? Und wieso brachte ich ihn mit diesem Mann in Verbindung? Lag es nur am gleichen Vornamen oder steckte mehr dahinter?

Bevor ich jedoch meine Gedanken weiterspinnen konnte, wurde ich von der Stimme des besagten Mannes unterbrochen. »Wo müssen Sie denn hin?«, wollte er von uns wissen, wobei sein Blick vor allem auf mir verweilte. Spürte er das Gleiche wie ich? Oder bildete ich mir das alles nur ein?

»Wir wollen zu dem Schulungsraum wegen des Vampir-Informationstreffens«, erwiderte Jess, da meine Gedanken noch zu wirr waren, um eine verständliche Antwort zu formulieren. »Bist du auch deswegen hier?«

Jonathan kicherte leise. »Kann man so sagen. Folgen Sie mir, Ladies.« Wie ein galanter Gentleman deutete er sogar eine kleine Verbeugung an.

Auf dem Rest des Weges hatten die Fackeln keinen Einfluss mehr auf mich, was mir jedoch erst klar wurde, als wir die fünfte Tür auf der rechten Seite erreichten.

Unser Begleiter gab mir ein Gefühl der Sicherheit. Irgendwie war meine Nervosität und auch jede Spur meiner Feuerphobie verschwunden. Und das, obwohl er ein Vampir war. Seit ich versuchte ihn zu entschlüsseln, fielen mir die Kleinigkeiten auf, die ihn als nicht menschlich auszeichneten. Seine Hand war eiskalt gewesen, als er mir beim Aufstehen geholfen hatte, und er sah zu perfekt aus, um ein Mensch zu sein.

Meine Vermutung sollte sich direkt beim Eintreten in den Schulungsraum bestätigen, der genauso aufgebaut war wie die Klassenzimmer in unserer Highschool. Vor der Tafel stand ein Mädchen in unserem Alter, das mich mit ihrer großen Nerdbrille an eine Lehrerin erinnerte.

»Ich dachte, Vampire haben eine besonders gute Sehkraft«, flüsterte Jess mir sofort zu. Meine beste Freundin musste einfach zu allem ihre Meinung abgeben und ihre Gedanken immer gleich aussprechen.

Jonathan drehte sich grinsend zu ihr um. »Die Brille ist auch nur aus Fensterglas. Nicht wahr, Sarah?«, erklärte er uns, während wir uns einen Platz in der Mitte des Raums suchten.

Das Mädchen mit der Brille zwinkerte ihm zu, ehe sie die Brille abnahm und auf den Tisch vor ihr legte. Ihre Augen waren strahlend blau, ein erstaunlicher Gegensatz zu dem dunkelbraunen, kinnlangen Haar. Auch bei ihr meldete sich in meinem Kopf wieder dieses Gefühl, dass ich auch sie kennen müsste. Dieses Mal war es jedoch nicht so stark wie bei Jonathan.

Verwirrt zwirbelte ich eine Strähne zwischen meinen Fingern. Mit allem hatte ich gerechnet, als ich Jess versprochen hatte, mitzukommen, aber nicht mit diesem Gefühl der vergessenen Erinnerung. Es kam mir vor, als wäre mir ein wichtiger Teil meines Lebens entfallen, obwohl das gar nicht sein konnte. Ich kannte mein Leben!

Nach und nach füllte sich der Raum, bis alle Plätze besetzt waren. Jess versuchte immer wieder ein Gespräch mit mir zu beginnen, aber ich war zu sehr in Gedanken versunken, um darauf zu reagieren.

Jonathan bemerkte meine forschenden Blicke, sprach mich jedoch zum Glück nicht darauf an. Sonst hätte ich wirklich nicht gewusst, was ich sagen sollte. Die Antwort, dass ich ihn irgendwie kennen müsste, kam mir schrecklich überzogen und überwiegend verrückt vor. Das konnte einfach nicht sein. Es musste eine andere Erklärung für dieses Gefühl geben.

»Willkommen bei unserem ersten Vampir-Informationstreffen 2015«, begrüßte das Mädchen uns. »Ich bin Sarah, das ist mein Bruder Jonathan und wir werden euch heute alles Wichtige erzählen, was ihr über Vampire wissen müsst.«

Alle anwesenden Personen wirkten interessierter als ich, was nicht nur daran lag, dass ich nur wegen Jess mitgekommen war, sondern auch daran, dass mich andere Fragen beschäftigten als die Lebensgewohnheiten eines Vampirs.

Wer zum Teufel war Jonathan Westlake und wieso rief er dieses Gefühl in mir wach? Obwohl ich mir geschworen hatte, dass ich nur zu dem ersten Treffen gehen wollte, siegte meine Neugier. Ich musste herausfinden, was der Grund dafür war!

Kapitel 2

Ende Juni 2015 – Ally

»Alisia Lin Dawson, hörst du mir überhaupt zu?«, riss Jess mich aus meinen Gedanken. Zwei Tage waren seit dem Informationstreffen vergangen, seit welchem mich kein Albtraum mehr heimgesucht hatte. Außerdem ließ mich das Gefühl nicht los, dass ich Jonathan Westlake kannte, aber mittlerweile hatte ich schon alle Möglichkeiten überprüft und ich konnte mir nicht vorstellen, woher er mir so bekannt vorkam. Vor diesem Treffen hatte ich noch nie mit Vampiren zu tun gehabt und im Fernsehen war er auch noch nie zu sehen gewesen. Das hatte ich gestern Nacht noch überprüft. Mein Gefühl musste ihn mit einer anderen Person verwechseln, die Jonathan ähnlich sah. Nur wusste ich in diesem Fall nicht, mit wem ich ihn verwechselte. Er war nicht gerade dazu gemacht, um einen Doppelgänger zu haben.

»Hm? Was hast du gesagt? Tut mir leid, ich habe nicht aufgepasst«, erwiderte ich schuldbewusst, obwohl ich ganz genau wusste, was sie mich gefragt hatte, denn meine Gedanken waren sicher nicht ohne Grund zu Jonathan Westlake gewandert. Zumindest redete ich mir das immer ein, wenn ich an ihn dachte. Es musste einen Grund dafür geben, auch wenn ich ihn noch nicht kannte.

Jess verdrehte die Augen. »So geht es dir schon die ganze Zeit. Das hat aber nichts mit dem Vampirtreffen zu tun, oder?« Sie warf mir ein schelmisches Grinsen zu, während ich den Blick zur Tafel wandte, um meine roten Wangen zu verstecken. Schnell versuchte ich auch noch meine schwarzen Haare so zu legen, dass sie meine Wangen verdeckten, aber da war es schon zu spät, Jess hatte die verräterischen roten Flecken bereits bemerkt.

»Es hat damit zu tun?«, fragte sie ungläubig.

»Ja, verdammt«, antwortete ich etwas zu laut, sodass es auch unsere Lehrerin Mrs. Freedman hörte.

Mit hochgezogenen Augenbrauen drehte sie sich zu mir um. »Alisia, gibt es etwas, was du uns mitteilen willst?«, wollte sie von mir wissen.

»Nein, Mrs. Freedman«, antwortete ich entschuldigend. »Es tut mir leid, das wird nicht mehr vorkommen.«

»Das will ich hoffen«, erwiderte sie in diesem nasalen Tonfall, den ich so an ihr hasste. Leider war sie eine ehemalige Studienfreundin meines Vaters und so war ich dazu verdammt, sie an Geburtstagsfeiern zu treffen. Das war vor allem eine Freude, wenn sie gerade einen Test von mir korrigiert hatte, oder wenn wir kurz vor einer Klausur standen. Einmal hatte ich Jess zur Unterstützung eingeladen, aber meine beste Freundin hatte danach gesagt *einmal und nie wieder*, was ich nur zu gut verstehen konnte.

Nachdem Mrs. Freedman sich wieder zur Tafel umgedreht hatte, um ihren Zeitstrahl weiter zu füllen, lehnte Jess sich wieder zu mir rüber. »Du kommst also heute Abend wieder mit?«, hakte sie interessiert nach.

»Ja«, antwortete ich. Vielleicht könnte ich dann herausfinden, wieso Jonathan Westlake diese Gefühle in mir auslöste. Diese Gefühle konnten doch nicht aus dem Nichts kommen, oder?

Nur wenige Stunden später stand ich neben Jess in der riesigen Eingangshalle des Vampirzirkels und wartete auf Sarah Westlake. Auf dem Weg zum Gebäude hatte ich mich oft verflucht, weil ich möglicherweise einer Person den Platz wegnahm, die wirklich ein Vampir werden wollte, aber im gleichen Moment drängte sich wieder das Gefühl in den Vordergrund, dass ich dorthin musste, ob ich wollte oder nicht.

»Guten Abend, alle zusammen«, begrüßte Sarah Westlake uns, die in diesem Moment über die Treppe nach unten kam. »Heute zeige ich euch das Hauptgebäude und erkläre euch dazu auch noch einiges über die Strukturen in einem Vampirzirkel. Folgt mir.«

Im Gegensatz zu mir wollte Jess nicht trödeln, sondern zog mich direkt in die erste Reihe. »Ich dachte, man darf das Gebäude nur erkunden, wenn man schon ein Vampir ist?«, wollte sie von Sarah wissen.

Die Vampirin verdrehte die Augen. »Als würde ich euch alles zeigen. Nein, ihr bekommt nur das Wichtigste zu sehen, nicht all unsere Geheimnisse«, antwortete sie. »In die Geheimnisse werden nur Vampire eingeweiht und selbst davon nicht alle. Vertrauen muss man sich verdienen.«

Unser erster Halt waren die Büros im ersten Untergeschoss des Gebäudes. »Im sichtbaren Teil des Hauses befinden sich die Appartements der wichtigsten Mitarbeiter sowie ein Veranstaltungssaal. Das Geschäftliche spielt sich jedoch meist hier in diesem Gang ab, in dem sich das Büro unseres Zirkelleiters und die Büros der Teilgebietsleiter befinden«, erklärte sie uns, bevor sie an die schwarze Tür rechts von uns klopfte.

Gedämpft vernahm ich ein *Herein*, woraufhin sie die Tür für uns öffnete.

Den Leiter des Zirkels, Lord Marcus, hatte ich schon oft auf politischen Veranstaltungen oder gesellschaftlichen Events im Fernsehen gesehen. Er hatte braune Haare, graue Augen, um die sich Narben zogen, und in der Öffentlichkeit sah man ihn immer in einem grauen Anzug. Diesen Anzug trug er auch heute, als er hinter seinem Schreibtisch aufstand und zu unserer kleinen Gruppe kam. »Guten Abend. Ich bin Marcus, der Leiter des Chicagoer Zirkels«, stellte er sich uns vor, wobei er den Arm um Sarah legte. »Vielleicht kennen mich einige von Ihnen schon von Veranstaltungen. Bei Sarah und Jonathan sind Sie auf jeden Fall in guten Händen, was die Einführung in die Vampirwelt betrifft.«

Ein Junge, der direkt hinter mir gestanden hatte, trat etwas nach vorne, um eine Frage zu stellen. »Was muss man als Zirkelleiter sonst noch tun, als auf öffentliche Veranstaltungen zu gehen?«

Lord Marcus lächelte. »Sie können sich den Alltag eines Zirkelleiters wie den eines Politikers vorstellen. Verhandlungen mit den Menschen oder anderen Vampirzirkeln, bei Bedarf neue Vampirgesetze erlassen und darauf achten, dass diese nicht gebrochen werden«, erklärte er uns. »Man muss viel Diplomatie beweisen und kann sich nur wenige Fehltritte erlauben.«

»Wird man als Zirkelleiter gewählt?«, fragte ich jetzt interessiert nach.

Dieses Mal lächelte Lord Marcus mich amüsiert an. »Nicht wirklich. Als die Zirkel vor knapp 250 Jahren in Amerika gegründet wurden, lebten nur die wenigsten Vampire in der Neuen Welt, sodass man nicht wirklich viel Auswahl hatte. Die verschiedenen Vampire wurden über das ganze Land verteilt und gründeten dort die ersten kleinen Zirkel. Da Vampire nicht so leicht umzubringen sind, haben sich die meisten ursprünglichen Leiter auch noch bis heute gehalten.« Kurz fuhr er sich durch seine schulterlangen Haare. »Aber ich selbst bin schon gewählt, da unser Zirkelleiter im ersten Weltkrieg in einem Feuer getötet wurde. Damals gab es einige Kandidaten, gegen welche ich mich durchsetzen konnte.«

Plötzlich begann sein Handy zu klingeln, was Sarah zum Anlass nahm, um mit uns das Büro wieder zu verlassen. »Wie ihr seht, ist ein Zirkelleiter immer viel beschäftigt. Es ist sehr selten, dass Marcus´ Handy nicht klingelt«, stellte sie klar. Der Umstand, dass sie ihn nicht beim Titel nannte und er den Arm um sie gelegt hatte, ließ in mir die Vermutung reifen, dass die beiden ein Paar waren, was ich jedoch nicht aussprach.

Dann schob sich ein verwirrender Gedanke in meinen Kopf. *War sie nicht zu jung für ihn?*

Wieso sollte sie zu jung für ihn sein? Sie sah doch genauso alt aus wie er und das reale Alter konnte bei Vampiren doch keine Rolle spielen, oder?

Trotzdem konnte ich dieses Gefühl nicht loswerden, genauso wenig wie das Gefühl, dass ich Jonathan kennen müsste. In diesem Moment ging mir ein Licht auf. Für Marcus und Sarah galt das Gleiche, obwohl das Gefühl bei Sarah weniger stark war als bei den anderen beiden. Bei Lord Marcus lag es möglicherweise an den Auftritten, aber bei den anderen ...? Ich wusste es nicht und das machte mich verrückt. Es war zwar nicht so, dass ich alles wissen wollte, aber hier ging es um mich und meine Gefühlswelt, die ich partout nicht einschätzen konnte. Gleichzeitig wusste ich aber auch nicht, mit wem ich darüber sprechen könnte. Zudem schien es mir irgendwie so, als könnte ich mich in Bezug darauf niemandem anvertrauen.

Als Nächstes führte Sarah uns in den, ihren Worten nach, größten Komplex des unterirdischen Teils: die Bibliothek. »Hier bewahren wir Werke auf, die in den Jahren seit der Gründung gekauft wurden oder die die Zirkelmitglieder bei ihrem Eintritt mitbrachten«, drang Sarahs Stimme an meine Ohren, während mich mein Gefühl in die rechte Ecke der Bibliothek zog. Wieder eines dieser Gefühle, die ich nicht verstand.

»Dürfen wir uns etwas umblicken?«, wollte eine junge Frau wissen, während ich schon die Regale entlangging und meine Hand über die Buchrücken streifen ließ.

»Ja natürlich«, antwortete Sarah. »Nur mitnehmen dürft ihr nichts.«

Das war mein Stichwort, woraufhin ich meinem Gefühl in einen der hinteren Teile der Bibliothek folgte. Je weiter ich mich vom Eingang entfernte, desto älter wurden die Bücher, die in den Regalen standen. Als Tochter eines Sprachwissenschaftsprofessors war ich alte Dokumente gewöhnt, aber so viele auf einem Haufen zu sehen, war auch für mich etwas Besonderes. Diese Bibliothek wäre das Paradies für meinen Vater.

»Was machen Sie denn hier?«, riss mich eine männliche Stimme aus meinem Staunen.

Ertappt wirbelte ich herum und stand Jonathan Westlake gegenüber. »Äh, Sarah meinte, dass wir uns umblicken dürften«, stammelte ich unsicher. »Ich wollte nicht ...«

Jonathans charmantes Lächeln unterbrach meinen Erklärungsversuch. »Das meinte ich nicht. Ich meinte, wieso Sie in diesem Bereich sind. Bis hier wagt sich sonst keiner«, beruhigte er mich. »Die meisten finden die aktuellen Bücher anscheinend interessanter.«

Ich zuckte mit den Schultern. »Mein Vater ist Sprachwissenschaftler. Die Liebe für ältere Werke scheint mir im Blut zu liegen«, antwortete ich, während ich den Blick unauffällig über seinen Körper gleiten ließ. Wieder hatte ich das Gefühl, vor allem diese leuchtend grünen Augen zu kennen. Solche Augen konnte man doch nicht vergessen, oder? Und trotzdem hatte ich es irgendwie getan, zumindest redete mir mein Gehirn das ein.

»Dann muss ich Ihnen also nicht erklären, wie man mit Büchern umgeht, die schon mehrere 100 Jahre alt sind?«, hakte er nach, wobei er sich das Grinsen mit viel Mühe verkneifen musste. Wie hatte ich auch erwarten können, dass ein Vampir nicht bemerkte, wenn ich ihn abcheckte?

»Nein, nein. Den Vortrag habe ich schon so oft zu hören bekommen«, antwortete ich und deutete auf das altehrwürdige Buch mit den verschnörkelten Zeichen, das auf dem Lesepult lag. »Darf ich mir das mal ansehen? Ich liebe mir unbekannte Schriften.«

Jonathan wollte gerade seine Hand ausstrecken, um mich zurückzuhalten, als etwas Unglaubliches passierte. Das Buch flog direkt in meine offenen Arme und ein Windstoß blies mir die Haare aus dem Gesicht.

Mit großen Augen starrte ich auf die aufgeschlagene Seite vor mir, doch das Bild verschwamm vor mir und beim nächsten Blinzeln starrte ich zwar immer noch auf die Seite, jedoch schossen mir Gedanken durch den Kopf, die ich mir nicht erklären konnte.

Nervös schloss ich die Augen. Das würde meine erste Leitung eines Zaubers werden und dann gleich solch ein mächtiger Zauber. Ich durfte nichts falsch machen, denn sonst wären wir verloren. Ein falsch ausgeführtes Ritual konnte gravierende Folgen haben, die ich nicht riskieren wollte. »Du schaffst das schon«, riss Katherine mich aus meinen Gedanken, die sich neben mich in den Kreis gestellt hatte. »Ich weiß, du hörst das nicht gerne, aber du bist die mächtigste Hexe, die ich kenne, und Gaia scheint dir wohlgesonnen zu sein. Wir glauben an dich.«

Wieder war es Jonathan, der mich aus meinen Gedanken riss. »Alisia, ist alles okay?«, fragte er mich besorgt. Er hatte mir das Buch aus der Hand genommen es und wieder auf das Lesepult gelegt.

»Was ist das für ein Buch?«, flüsterte ich kraftlos und streckte die Hand nach den Regalen aus, um Halt zu suchen.

»Das ist ein Buch mit Hexensprüchen«, antwortete Jonathan. »Alisia, bist du eine Hexe?«

»Nein!« Heftig schüttelte ich den Kopf. »Ich bin ein ganz normaler Mensch.«

Dieses Mal schüttelte Jonathan den Kopf. »Glaub mir, ein normaler Mensch bist du nicht, aber Hexen werden immer geboren und nicht verwandelt.«

»Was bin ich dann?«, wollte ich ängstlich wissen.

»Ich weiß es nicht«, antwortete Jonathan. »Ich weiß es wirklich nicht.«

Kapitel 3

Anfang Juli 2015 – Ally

Dass mich meine Reaktion auf das Buch immer noch beschäftigte, war untertrieben. Es gab nichts anderes mehr, an das ich dachte. Was sehr nervig sein konnte, da ich so konstant abgelenkt war und meiner Familie oder meinen Freunden kaum mehr zuhörte. In meinem Kopf blinkte nur die große Frage: *Was hatte diese Reaktion ausgelöst und wer war ich?*

Gleichzeitig versuchte ich einen Weg zu finden, um meine Eltern darauf anzusprechen, aber mir fiel einfach nichts Gescheites ein. Ich konnte ja schlecht sagen: Hey, ich habe bei einem Hexenbuch eine komische Reaktion ausgelöst. Habt ihr mir etwas verschwiegen?

Trotzdem hatte ich nach meiner Geburtsurkunde gesucht, um zu überprüfen, ob ich denn adoptiert war, aber dem war nicht so. Auf der Urkunde standen die Namen meiner Eltern und alles wirkte rechtmäßig. Außerdem sagte mir mein Gefühl, dass hinter meiner Reaktion viel mehr steckte als eine simple Adoption. Es war das gleiche Gefühl, das mich immer wieder darin erinnerte, dass ich Jonathan Westlake und Lord Marcus kennen müsste. Nur woher? Woher, verdammt, sollte ich die zwei Männer kennen, obwohl ich zuvor nie in Kontakt mit Vampiren gekommen war?

In bestimmten Momenten verfluchte ich Jess dafür, dass sie mich zu diesen Vampir-Informationstreffen mitgeschleppt hatte. Wenn das nicht gewesen wäre, säße ich jetzt ganz ruhig an meinen Mathe-Hausaufgaben und würde nicht die Seite eines Hexenbuches zeichnen, das mehrere Jahrhunderte alt war.

Nachdenklich fuhr ich über die Zeichen, die mir noch so klar im Kopf waren, als hätte ich sie erst vor wenigen Minuten gesehen und nicht vor einer Woche.

Was war das für eine Sprache? Konnten mir die Worte in dem Buch helfen? Wieso war es gerade diese Seite gewesen? Und wieso gerade ich? Was hatte ich damit zu tun?

Unten an der Haustür klingelte es. Das war sicher Jess, die mich für das nächste Treffen abholen wollte. Ich hatte ihr nichts davon erzählt, was in der Bibliothek passiert war, konnte deswegen aber auch keinen guten Grund liefern, wieso ich nicht mitkommen wollte. Also schnappte ich mir resigniert meine Tasche, klappte noch schnell meinen Block zu und hastete dann die Treppe nach unten.

Mom unterhielt sich gerade mit meiner besten Freundin und man hörte ihr deutlich an, wie wenig sie von den Vampir-Treffen und allgemein der mystischen Welt hielt. Da merkte man mal wieder den Einfluss meiner chinesischen Großmutter, die Vampire, Hexen und Co immer noch für eine Erfindung der schrecklichen Medien hielt und keine Möglichkeit ausließ, um diese Einstellung auch uns zu unterbreiten. Das führte oft zu lauten Streits zwischen ihr und Dad, weswegen wir nur sehr selten in China zu Besuch waren.

Nach einer kurzen Verabschiedung eilten Jess und ich die Straße entlang zum Grundstück der Vampire. Ich konnte mich noch gut daran erinnern, wie ich meine Schritte immer besonders beschleunigt hatte, wenn ich als kleines Kind an der Einfahrt vorbeigegangen war. Und jetzt bewegte ich mich direkt auf diese Einfahrt zu.

»Hast du schon Bio gelernt?«, fragte Jess mich, der man die Aufregung ansehen konnte. Das Glitzern in ihren Augen hatte seit dem ersten Treffen nicht abgenommen. Nein, es war sogar noch greller geworden, genauso wie ihr Wunsch ein Vampir zu werden. Wahrscheinlich hätte sie einen Freudentanz aufgeführt, wenn ihr das mit dem Buch passiert wäre. Anders als ich, die nur beim Gedanken daran das Gesicht verzog.

Wir hatten kaum die Tür zur Villa hinter uns geschlossen, als auch schon eine blondhaarige Frau auf mich zugeeilt kam. »Du musst Alisia sein«, plapperte sie sofort darauf los, woraufhin ich verwirrt die Stirn runzelte. Woher kannte sie meinen Namen? »Als

Jonathan mir von dir erzählt hat, wollte ich es anfangs gar nicht glauben, aber jetzt spüre ich die Schwingungen um dich. So mächtige Kräfte habe ich noch nie gespürt. Vor allem nicht bei einer Person, deren Eltern keine Hexen sind.«

»Ähm ...« Sie hatte mich eindeutig überrumpelt. Wer war diese Frau? Und was wollte sie von mir? Ich war doch keine Hexe! Jonathan hatte gesagt, dass ich keine Hexe sein konnte, weil meine Eltern Menschen waren!

Zum Glück trat der angesprochene Vampir genau in diesem Moment zu unserer kleinen Gruppe. »Emma, ich denke, wir sollten das besser in meinem Büro besprechen. Das ist nichts, was man einem Menschen so zwischen Tür und Angel erklären kann«, schlug er der Frau vor, die ich jetzt das erste Mal genauer betrachten konnte. Die blonden Haare reichten ihr bis zur Mitte des Rückens und ihre blau-braunen Augen versprühten eine kindliche Aufregung – die gleiche Aufregung, die auch Jess zur Schau trug.

»Oh ja, natürlich. Emma Statterton«, stellte sie sich mir nun vor. »Ich bin die Stammesführerin des ortsansässigen Hexenstammes. Jonathan hat mir erzählt, dass dir letzte Woche etwas Unglaubliches passiert ist.«

»Aha?«, mischte sich Jess in das Gespräch ein. »Davon wusste ich ja gar nichts.«

»Erkläre ich dir später«, wandte ich mich kurz angebunden an sie, bevor ich versuchte, mich irgendwie aus der Angelegenheit herauszureden. »Mr. Westlake, wir müssen jetzt zum Treffen, wenn Sie uns ...«

»Keine Sorge, das habe ich mit meiner Schwester und Marcus schon abgeklärt«, unterbrach er mich und wandte sich zum Gehen. »Kommen Sie mit, oder wollen Sie nicht wissen, was es mit dem Buch auf sich hat?«

Damit hatte er mir einen Köder hingeworfen, den ich nicht ablehnen konnte. »Jess, wir sehen uns später«, verabschiedete ich mich von meiner besten Freundin und ließ sie verdattert stehen, um Jonathan Westlake und Emma Statterton zu folgen.

Der Vampir führte uns in eines der Zimmer im ersten Untergeschoss des Gebäudes, das fast genauso ausgestattet war wie das

Büro von Lord Marcus. Auf dem Tisch lag das verhängnisvolle Buch und wieder zog es mich mit einem unnatürlichen Drang an.

»Du spürst das Buch, oder?«, wollte Emma neugierig von mir wissen. »Es ruft dich zu sich.«

Zögerlich nickte ich. »Was bedeutet das?«, flüsterte ich. »Bin ich eine Hexe?«

Emma zuckte mit den Schultern. »In meiner Zeit als Stammesführerin ist es noch nie vorgekommen, dass sich bei einem Mädchen ohne Hexeneltern Magie entwickelt hat. Aber ich habe in einer Schrift nachgelesen und es wird von einigen seltenen Fällen gesprochen, in denen lange verschollen geglaubte Hexenkräfte in einer unbeteiligten Person wiederaufgetaucht sind. Weißt du irgendetwas von Hexen in deiner Familie? Vielleicht gibt es ja eine besondere Legende einer Hexe, die in Salem verbrannt wurde. Viele Töchter dieser Hexen haben nach dem Brennen ihrer Mütter die Hexerei aufgegeben und sich nach und nach eingeredet, dass sie ganz normale Menschen sind«, erklärte sie mir, bevor sie mir einen entschuldigenden Blick zuwarf. »Ich hoffe, du nimmst es mir nicht übel, dass ich Jonathans Geschichte noch nicht ganz glaube. Könntest du mir eine Kostprobe deiner Kräfte geben?«

Kostprobe meiner Kräfte? Ich hatte doch keine Ahnung, wie ich meine ›Kräfte‹ benutzen, geschweige denn wie ich sie kontrollieren sollte. »Mrs. Statterton, das kann ich nicht. Wie …?«

»Nimm das Buch in die Hand«, wies Jonathan mich hilfsbereit an. »Damit hat es doch auch das letzte Mal geklappt. Und wenn jetzt nichts passiert, wissen wir wenigstens, dass die Kräfte nicht an das Buch gekoppelt sind.«

Nicht an das Buch gekoppelt? Wollte er mich veräppeln? Das Buch zog mich wieder genauso an wie letzte Woche und sollte nicht an dem Windstoß von letztem Mal schuld gewesen sein? Eher lernten Schweine fliegen, bevor sich seine Worte bewahrheiteten.

Um so selbstsicher wie möglich zu wirken, nahm ich das Buch schnell vom Tisch. Im ersten Moment passierte nichts und auf Jonathans Gesicht zeichnete sich schon ein erleichtertes Lächeln ab, als sich ein lautes Brausen um mich herum aufbaute.

Der Wind stahl mir die Sicht auf den Raum, ich fühlte mich, als wäre ich im Zentrum eines Tornados gefangen. Meine schwarzen Haare wehten mir ins Gesicht und langsam tauchten immer neue Bilder vor mir auf. Rituale, magische Worte in einer Sprache, die ich nicht verstand, von denen ich aber genau wusste, dass sie mit meinen Albträumen zu tun hatten. Aber als ich eine Hand nach diesen Bildern ausstreckte, verpuffte der Wind so schnell, wie er gekommen war.

Schwer atmend blickte ich mich in Jonathans Zimmer um und erstarrte. Alle Bücher, Schriftstücke und kleinen Gegenstände lagen auf dem ganzen Boden verstreut. »Oh mein Gott«, flüsterte ich. »War ich das?« Panisch suchte ich das Zimmer nach Jonathan oder Emma ab, aber ich konnte keinen von beiden entdecken. Wo waren sie? Waren sie vor dem Wind geflüchtet? Oder vor meiner Macht?

Wieder warf ich einen Blick auf die am Boden liegenden Gegenstände. »Glanta«, flüsterte ich, obwohl ich mich eigentlich an das Beseitigen des Chaos hatte machen wollen. Doch als hätte das mir unverständliche Wort etwas ausgelöst, kam wieder Wind auf, dieses Mal eine sanfte Brise, und ließ alle Gegenstände an ihre ursprünglichen Plätze wandern. In weniger als einer Sekunde sah das Zimmer wie zuvor aus und nur meine durch den Wind zerzausten Haare erinnerten noch an das Chaos, das ich verursacht hatte.

Während der Wind wie ein alter Freund um mich herumstrich, riss mich ein leises Klatschen aus den Gedanken. Emma und Jonathan hatten wieder den Raum betreten und applaudierten mir. Unwillkürlich schlich sich ein stolzes Lächeln auf mein Gesicht. Ich wusste nicht wie oder warum, aber irgendwie hatte ich es geschafft, diesen unsagbaren Wind zu zähmen.

Erst jetzt fiel mein Blick wieder auf das Buch in meinen Händen. Wie schon das letzte Mal hatte es von selbst eine Seite aufgeschlagen, dieses Mal jedoch die zweite Seite, auf der nur drei Namen standen. »Ravenheart, Gallagher und McKenna«, las ich leise vor. »Was hat das zu bedeuten?«

»Dass du eine Hexe bist«, antwortete Emma mir und trat lächelnd näher. »Wie es scheint, ist deine Kraft derzeit noch an dieses Buch gebunden, aber das werden wir schon ändern.«

»Wir?«, fragte ich nach.

»Natürlich«, erwiderte Emma. »Ich kann doch nicht zulassen, dass eine Hexe mit so gewaltigen Kräften keinen Unterricht bekommt. Komm morgen Nachmittag zu uns in den Stamm, dann bringe ich dir bei, wie du deine Kräfte kontrollieren kannst, damit du nicht mehr bei jeder Berührung mit dem Buch einen Wirbelsturm heraufbeschwörst.«

»Okay«, murmelte ich resigniert. Na wunderbar, ich war also eine Hexe. Dabei wollte ich doch nur ein normaler Mensch sein. Schulabschluss, Studium, idyllische Familie, Traumjob, das hatte ich mir gewünscht, aber kein übernatürliches Leben.

Tagebuch 1

30.06.15 – 1. Eintrag

Mutter geht mir immer mehr auf die Nerven. Den ganzen Tag geht es nur noch um das Alter. »Oh Gott, eine Falte. Wir werden älter. Der Zauber ebbt ab. Wir werden sterben.« Ich kann es nicht glauben, dass sie die paar Falten so aus dem Konzept bringen. Es ist ja nicht so, als hätte sie nicht schon zuvor Falten gehabt. Trotzdem stimme ich ihr in einem Punkt zu. Wir müssen den Zauber erneuern. Lange wird er auch bei mir nicht mehr wirken.

Der Umzug in die nächste Stadt steht schon. Nicht, dass man uns noch mit Vampiren verwechselt, nur, weil wir nicht älter werden.

Chicago, wir kommen!

S.

01.07.15 – 2. Eintrag

Chicago. In der Stadt am Lake Michigan wollen wir uns auf die Suche machen. Während meiner ersten Erkundungstour habe ich etwas sehr Interessantes festgestellt. Der liebe Lord Jonathan of Devon lebt hier mit seiner Schwester im ortsansässigen Vampirzirkel. Schon damals war er uns unfreiwillig eine sehr große Hilfe. Mal sehen, ob er uns zu unserer nächsten Kraftquelle führen kann. Ich werde mich ihm unauffällig nähern. Schließlich ist er sicher auf der Suche nach Kristys Wiedergeburt. Ich kann ihm dabei helfen und sie ihm dann wieder nehmen.

Lange können Mutter und ich nicht mehr warten. Wir brauchen Nachschub!

S.

Kapitel 4

Anfang Juli 2015 – Ally

»Und du bist wirklich eine Hexe?«, wollte Jess zum gefühlt hundertsten Mal von mir wissen. Gestern auf dem Nachhauseweg hatte ich ihr die Geschichte in Kurzform erzählt, heute dann, über den Schultag verteilt, mehrere lange Fassungen. Sie wollte alles ganz genau wissen. Wie hatte es sich angefühlt? Wie hatte Jonathan reagiert? Wie wohl so ein Hexenunterricht ablaufen würde? Und immer wieder *Oh mein Gott, ich bin ja so neidisch auf dich.*

Ob ich auf mich selbst neidisch wäre, konnte ich nicht genau sagen. Der Windhauch hatte mich, entgegen meiner Erwartungen, seit der Berührung mit dem Buch nicht verlassen und sorgte auf angenehme Weise dafür, dass mir meine Schultasche viel leichter vorkam, als sie es in Wirklichkeit war. Das war natürlich einer der Vorteile, aber ich hatte auch einen großen Respekt vor dieser Magie. Nur zu gut erinnerte ich mich an das Chaos in Jonathans Büro.

Diese Erinnerung war auch einer der Hauptgründe, wieso ich mir dieses Treffen heute im Hexenstamm nicht entgehen lassen wollte. Selbst wenn die Kräfte nur an das Buch gebunden zu sein schienen, wollte ich keinen weiteren Wirbelsturm riskieren. Da war mir so ein laues Lüftchen um einiges lieber. Leider wusste ich nicht, wie lange das noch so bleiben würde und so wartete ich jeden Moment auf den Tornado, der mich vor der ganzen Schule als Hexe kennzeichnen würde.

Doch es passierte nichts. Ohne jegliche Zwischenfälle erreichte ich das Haus am Lake Michigan, das der Hexenstamm für sich beansprucht hatte, nachdem auch die Hexerei öffentlich geworden war. Die Hexen waren die letzten magischen Wesen gewesen, die sich der Öffentlichkeit gezeigt hatten. Angefangen hatte alles mit einem Vampir, der im zweiten Weltkrieg eigentlich gestorben war, aber dann nur wenige Jahre später von einem Kameraden sehr lebendig auf den Straßen New Orleans entdeckt wurde. Nach und nach hatten auch die Elfen und Werwölfe Solidarität mit den Vampiren gezeigt und sich ebenfalls offenbart. Nur die Hexen hatten sich noch mehrere Jahrzehnte geweigert, aus der Versenkung aufzutauchen, wegen der Hexenverfolgungen durch die Kirche in der Vergangenheit. Das nahmen die Vampire ihnen immer noch übel und so kam es, sowohl auf nationaler, als auch auf internationaler Ebene, oft zu heftigen Streits zwischen diesen beiden Wesen. Wir hatten es hier in Chicago noch ganz gut, da Lord Marcus mit allen freundlich umging, aber vor allem in den Südstaaten gab es immer wieder Ausschreitungen, wenn Hexen sich durch Vampire beeinträchtigt fühlten.

Interessiert betrachtete ich das Haus genauer. Im Gegensatz zu den Vampiren hatten die Hexen kein so großes Vermögen angehäuft und sich daher nur ein kleines Haus leisten können. Zwischen all den Hochhäusern um es herum wirkte das Haus geradezu minimalistisch.

Direkt an das Grundstück grenzte der Jackson Park, aus dem ich Geräusche von lachenden Kindern hören konnte. Während ich auf das Haus zuging, dachte ich mir grinsend: »Wie in Hänsel und Gretel. Fehlen nur die Lebkuchen.« Denn genauso war es. Die braune Holzfassade und die liebevollen Verzierungen passten genau zu den Vorstellungen, die mir durch Märchenfilme vermittelt worden waren.

Direkt vor der Tür überkam mich dann doch eine gewisse Angst. Was würde mich hier erwarten? Emma hatte mir gesagt, dass ich einfach klopfen sollte und dann würde mir schon jemand aufmachen. Nur was befand sich dann hinter der Tür? Festliche Hallen wie bei den Vampiren konnte ich mir bei den Hexen irgendwie nicht vorstellen. Das passte auch nicht zu dem kleinen Haus.

Zögerlich befolgte ich Emmas Anweisung und pochte gegen die Holztür.

Wenige Sekunden später wurde mir auch schon von einer älteren

Dame mit grauem Haar und einem altmodischen Kleid geöffnet. »Wir kaufen nichts«, schnauzte sie mich an und war auch schon im Begriff mir die Tür vor der Nase zuzuschlagen, als ich zum Glück Emmas Stimme hören konnte.

»Mathilda, das ist schon okay. Alisia will zu mir. Ich habe sie eingeladen«, erklärte die auf der Treppe stehende Emma der Hexe, deren Gesicht aussah, als hätte sie in einen sauren Apfel gebissen. »Komm mit, Alisia, lass uns das weitere Vorgehen in meinem Büro besprechen.«

Schnell eilte ich zu Emma, wobei ich zwei Treppenstufen auf einmal nahm. Auch hierbei machte sich mein kleiner stürmischer Begleiter wieder nützlich, indem er mir über die Stufen half, sodass es beinahe so aussah, als würde ich fliegen.

Bei diesem Anblick breitete sich auf Emmas Gesicht ein Lächeln aus. »Wow, damit sollte sich wohl endgültig die Frage geklärt haben, welches Element dein spezielles ist«, meinte sie, während sie beruhigend den Arm um mich legte. Dann nickte sie der Hexe an der Tür ein letztes Mal zu, bevor sie mich in das Zimmer links von ihr führte.

»Was meintest du mit ›welches Element mein spezielles ist‹?«, wollte ich neugierig von ihr wissen, wobei ich mich in dem Zimmer umsah. Es war klein, nur ein Schreibtisch und ein einziges Regal hatten darin Platz. Ich setzte mich auf einen der beiden Stühle, direkt gegenüber von Emma.

»Du musst wissen«, begann sie ihre Erklärung, »wir Hexen beherrschen alle Elemente, aber auf eines prägen wir uns besonders. Dieses Element ist dann das *Spezielle*. Es wird einem immer am leichtesten fallen und macht sich bei jungen Hexen schon sehr früh bemerkbar. So wie der Wind dich auch jetzt noch umschmeichelt, muss es sich bei dir um das Element Luft handeln.«

Luft, wenigstens nicht Feuer, sonst wäre ich wahrscheinlich verrückt geworden. »Muss ich Feuer auch beherrschen?«, fragte ich Emma besorgt, die daraufhin nickte. »Aber ich habe Angst vor Feuer. Jeden Abend träume ich davon, dass ich auf einem Scheiterhaufen verbrenne. Nein, Feuer und ich ist keine gute Idee, da falle ich nur in Ohnmacht!«

Emma streckte beruhigend die Hand nach mir aus. »Alisia, ganz ruhig. Du musst ja nicht sofort mit Feuer experimentieren. Wir fangen mit den ganz einfachen Zaubern an, für die man keine Elemente braucht, und arbeiten uns dann immer weiter vor. Mal abgesehen davon, dass wir deine Kräfte zuerst an deinen Körper und nicht mehr an das Buch binden müssen. Glaub mir, Alisia, du wirst dich schneller an Feuer wagen wollen, als du jetzt vielleicht noch denkst. Es ist doch immer besser, die Gefahr kontrollieren und bekämpfen zu können, anstatt nur hilflos dazustehen, weil man zu große Angst hat«, redete sie mit ruhiger Stimme auf mich ein.

Mein Kopf sagte mir immer noch, dass ich vor Feuer Angst haben musste, aber ich nickte vorsichtig. Vielleicht könnte ich Emma ja umstimmen, wenn es dann irgendwann ans Feuer gehen sollte. Derzeit konnte ich mir nicht vorstellen, dass ich jemals Feuer in meiner Nähe, geschweige denn auf meiner Hand haben wollte.

»Na, dann wollen wir mal runtergehen und deine Kräfte besser kennenlernen«, schlug Emma vor, woraufhin sie von ihrem Stuhl aufstand.

»Unten?«, wiederholte ich zögerlich. »Die Eingangshalle sah mir aber nicht wie ein guter Übungsplatz aus.«

Emma begann zu lachen. »Alisia, was die Vampire können, das können wir Erdmagier schon lange, ohne dass die Menschen auch nur eine Ahnung davon haben«, erklärte sie mir auf dem Weg die Treppe hinunter.

Interessiert folgte ich ihr. Meinte sie damit, dass die Hexen auch Räume im Erdboden hatten, direkt unter dem Jackson Park? War das überhaupt möglich? Müsste man davon nicht etwas bei irgendwelchen Untersuchungen bemerken?

In der Eingangshalle, die eigentlich zu klein war, um den Titel Halle zu verdienen, trat Emma vor eine der massiven Holzwände und sprach ein Wort in der Sprache, die bei mir gestern dazu geführt hatte, dass sich das Chaos von selbst aufräumte.

Vor meinen Augen klappte die Holzwand auf und gab den Blick auf eine Wendeltreppe frei, die wie direkt in den Stein geschlagen wirkte, obwohl das Haus von außen nicht so wirkte, als wäre Stein zum Bau genutzt worden. Aus *Hänsel und Gretel* war *Harry Potter* geworden.

Staunend folgte ich Emma über die Treppe nach unten, während sich die Wand hinter uns wieder verschloss. Trotzdem legte sich keine Dunkelheit über den Gang, sondern von allen Seiten bestrahlte ein sanftes Licht die Treppenstufen. *Gott sei Dank keine Fackeln.* »Das ist unglaublich«, flüsterte ich.

»Das ist Magie, Alisia«, erwiderte Emma und drehte sich mit ausgebreiteten Armen in dem Raum herum, den wir am Ende der Treppe betraten. Dieses Zimmer verdiente die Bezeichnung Halle. Sie war sogar größer als die Turnhalle unserer Schule, was schon einiges heißen sollte. Die viereckigen Fliesen schienen ins Unendliche zu gehen, die Türen am Ende dieser Ewigkeit waren nur klein zu erkennen. Es war einfach unglaublich, was sich hier unter dem Jackson Park befand.

»Für die Menschen liegt hier fester Erdboden und selbst bei Bauarbeiten kann man dank unserer Zauber keinen Hinweis auf unsere weiten Übungs- und Schlafräume entdecken«, erklärte Emma mir.

»Werde ich das auch können?«, wollte ich mit glitzernden Augen wissen. Mit jeder Beobachtung wurde mir die Magie sympathischer und erschien weniger gefährlich. Jedoch war mir natürlich bewusst, dass für eine solche Halle viel Kontrolle nötig sein musste und ich konnte mir auch nicht vorstellen, dass hieran nur eine einzige Hexe beteiligt war. Dafür war der Raum zu groß und musste zu geheim gehalten werden.

Emma winkte mich zu sich an die Wand direkt am Eingang, die durch hohe Bücherregale gekennzeichnet war. Dort holte sie eines der dicken Bücher hervor und schlug es auf. Auf der Doppelseite, die sie mir reichte, war eine Frau abgebildet, die von verschiedenen Symbolen umringt war. Eine kleine rote Flamme, eine gelbe Wolke, ein grüner Baum, eine blaue Welle, einige Sterne, ein kleines Buch und ein Zeichen, das mich an Ying und Yang erinnerte.

»Alte Schriften besagen, dass eine Hexe aus all diesen Symbolen besteht. Die vier Elemente: Feuer, Luft, Erde und Wasser. Dazu kommt noch die natürliche Magie, die jede Hexe in einem gewissen Maß in sich trägt. Bei manchen mehr, bei manchen weniger.« Bei diesen Worten deutete Emma auf die kleinen Sterne und warf mir dabei einen bedeutungsvollen Blick zu. »Deine Kräfte gehören zu den Stärkeren. Zumindest lässt das, was ich bis jetzt gesehen habe, darauf schließen. Das Buch symbolisiert die einfachen Zaubersprüche, die man im Kindesalter lernt und für die man keine Kenntnisse über Elementarzauber benötigt.«

Ich wartete darauf, dass sie auch das letzte Zeichen erklärte, aber sie setzte schon dazu an, die Seite umzublättern. »Und was ist mit dem Ying und Yang-Zeichen?«, wollte deswegen von ihr wissen.

Kurz strich Emma über das Symbol. »Das Zeichen habe ich nicht erwähnt, weil diese Magie sehr selten ist. Hexen glauben an die Wiedergeburt, aber nur bei wenigen macht sie sich als eine echte Kraft bemerkbar. Die Wiedergeburt ist vor allem bei den Gefährten wichtig, aber sehr selten in Bezug auf das Ausmaß der Kräfte«, antwortete sie. »Meine Wiedergeburt hat mir geholfen, meinen Mann zu finden, aber mehr nicht. Außer ihm weiß auch keiner im Stamm, wer ich damals war, weil es nicht wichtig ist. Trotzdem tauchen immer wieder Hexen und Hexer auf, die durch ihre Wiedergeburt auch charakterlich bestimmt werden – im Guten wie im Schlechten.«

Wiedergeburt? »Können meine Kräfte daher stammen?«, flüsterte ich. »Dass ich die Wiedergeburt einer mächtigen Hexe bin?«

Emma dachte kurz darüber nach. »Es ist gut möglich«, erwiderte sie. »Aber bevor wir uns darum kümmern, solltest du erst lernen diese Kräfte zu beherrschen. Also komm, lass uns deine Magie entfesseln.«

Mit diesen Worten stellte sie das Buch zurück ins Regal und holte dafür den Wälzer hervor, der an meinen Kräften schuld war.

Überrascht zog ich die Augenbrauen nach oben. Das Buch hatte die ganze Zeit in dem Regal gestanden und ich spürte nichts? Dabei hatte es mich doch die letzten Male immer zu sich gerufen, egal wie weit entfernt ich davon gestanden hatte.

Nichtsdestotrotz betrachtete ich es mit Respekt. Die Erinnerungen an meine beiden Unfälle mit dem Buch waren nur zu präsent.

»Keine Sorge«, beruhigte Emma mich. »Hier kann dir nichts passieren. Dieser Raum ist darauf ausgelegt, dass junge Hexen ihre Kontrolle über die Kräfte verlieren können. Du kannst nichts zerstören.«

Das konnte ich mir gut vorstellen, aber trotzdem könnte ich Emma mit einem einzigen Windstoß gegen die Wand befördern und im schlimmsten Fall ihren Tod herbeiführen.

Aber vielleicht bedeutete die fehlende Anziehungskraft ja auch, dass sich meine Kräfte schon irgendwie von dem Buch gelöst hatten und es keine Macht mehr über mich hatte. Ich meine, ich konnte mich doch nicht einfach von einem Buch beherrschen lassen. Wenn Emma einen Weg kannte, mit dem ich davon loskam, musste ich ihn gehen. Egal, wie schwierig sich das für mich gestalten würde.

Meine Hand zitterte, als ich sie auf das Buch legte, aber ich versuchte stark zu sein. Es würde nichts Schlimmes passieren. Die letzten Male hatte ich schließlich auch niemanden verletzt und war dabei nie allein gewesen.

Im Gegensatz zu den letzten Malen braute sich kein Wirbelsturm zusammen. Es wurden mir auch keine Erinnerungen gezeigt und ich richtete kein Chaos an. Stattdessen blieb es ganz still, jedoch nicht wie bei einer Ruhe vor dem Sturm. Es war eine angenehme Stille.

»Und wozu habe ich mir heute die Arbeit gemacht, die richtigen Sprüche herauszusuchen, um deine Kräfte von dem Buch zu lösen?«, durchbrach Emma die Ruhe. Ein Lächeln hatte sich auf ihr Gesicht geschlichen. »Wie es scheint, können wir gleich mit den Übungen anfangen. Schließlich bist du nicht mehr von dem Buch abhängig, sondern musst jetzt selbst die Kontrolle über deine Kräfte gewinnen.«

Kapitel 5

Anfang Juli 2015 – Ally

»Was soll ich tun?«, fragte ich Emma nervös, wobei ich spürte, dass der Wind um mich herum wieder stärker wurde. Ich war zwar nicht mehr an das Buch gebunden, aber von Kontrolle war ich noch weit entfernt.

Panik stieg in mir auf, ich wollte nicht schon wieder ein Zimmer verwüsten. »Emma«, stammelte ich, als meine Sicht mir nach und nach genommen wurde.

Plötzlich legte sich eine Hand auf meinen Unterarm und die beruhigende Stimme der Stammesführerin drang zu mir durch: »Alisia, beruhige dich. Nur so kannst du deine Kräfte kontrollieren. Atme ruhig ein und aus. Ein und aus. Alles ist gut, du musst keine Panik haben. Ich bin bei dir.«

Während ich ihren Rat befolgte, wurde nicht nur ich ruhiger, sondern auch der Wind wurde wieder zu der sanften Brise, die mich schon den ganzen Tag begleitet hatte. »Danke«, flüsterte ich.

Emma lächelte mich liebevoll an. »Kein Problem. Glaub mir, Alisia, es ist bei den meisten jungen Hexen so, dass ihre Kräfte durch die Gefühle stark beeinflusst werden. Du willst gar nicht wissen, wie oft wir hier schon einen Brand oder eine Überflutung hatten. Die Erd- und Luftaffinen sind da meist unser kleinstes Problem«, erwiderte sie, wobei sie die Hand immer noch auf meinem Arm liegen ließ.

»Was ist eigentlich dein Element?«, wollte ich neugierig wissen, immer noch darauf bedacht, so gleichmäßig wie möglich zu atmen, damit ich kein Chaos anrichtete.

Statt einer Antwort machte Emma mit ihrer freien Hand eine kleine Bewegung und schon bildete sich auf ihrer Handfläche ein Wassertropfen, der jedoch nicht zerfloss. »Ich bin direkt am Lake Michigan aufgewachsen. Da sollte es mich wohl nicht wundern, dass ich Wasser als besonderes Element habe«, erklärte sie mir, woraufhin sie den Tropfen wieder in ihre Hand gleiten und verschwinden ließ.

Dann nahm sie die Hand von meinem Arm und ließ aus dem Nichts wieder das Buch erscheinen, das meine Kräfte hervorgerufen hatte. »Wie es scheint, sind deine Kräfte nicht mehr ausschließlich an das Buch gebunden. Seit wann spürst du schon diesen Wind um dich?«, wollte sie nun wieder ganz professionell von mir wissen.

Plötzlich spürte ich wieder diese Anziehungskraft, aber ich verschränkte schnell die Arme vor der Brust, um es nicht zu berühren. Wer wusste, was dieses Mal geschehen würde? Nur weil meine Kräfte anscheinend nicht mehr an das Buch gebunden waren, hieß das nicht, dass ich es ab jetzt sorglos in die Hand nehmen könnte. Wer weiß, vielleicht gab es ja Bücher mit Eigenleben. Den Hexen könnte man alles zutrauen.

»Seit gestern«, antwortete ich. »Selbst während meines Schlafs ist er nicht ganz verschwunden.« Insgeheim vermutete ich, dass der Wind die Albträume von mir ferngehalten hatte. Zum ersten Mal seit Langem hatte ich ruhig durchgeschlafen und mich am nächsten Morgen nicht wie gerädert gefühlt. Außerdem waren meine Träume vollkommen friedlich gewesen, kein Brennen, kein Scheiterhaufen und keine drängenden Fragen über Jonathan Westlake.

Nachdenklich legte Emma sich die Hand unters Kinn. »Ich frage mich ja immer noch, wieso es gerade dieses Buch ist und wie es in die Hände der Vampire gelangen konnte. Ich habe noch nie mitbekommen, dass jemand seine Kräfte an einen Gegenstand gebunden hat, aber bei Hexen ist alles möglich«, murmelte sie. »Alisia, bitte beschreibe mir noch mal ganz genau, was du gefühlt hast, als du das Buch die ersten beiden Male berührt hast.«

»An sich nichts Besonderes«, fing ich zögerlich zu erzählen an. »Das Buch zog mich geradezu magisch an und als ich es berührte, fühlte es sich richtig an. In diesem Moment war es mir egal, dass der

Wind den Raum verwüstete. Bei meiner ersten Berührung hatte ich eine direkte Vision, aber gestern wurden nur auf dem Wirbelsturm Bilder gezeigt, die ich noch nie gesehen hatte. Bilder, die zu meinen nächtlichen Träumen passten.«

»Träume?«, hakte Emma nach. »Was für Träume?«

»Ich verbrenne. Um mich herum sind nur Flammen und ich kann mich nicht bewegen. Deswegen habe ich auch so eine große Angst vor Feuer«, erklärte ich ihr.

»Hattest du diese Träume schon immer?«, fragte Emma nach.

»Nein.« Ich schüttelte den Kopf. »Die Träume habe ich erst seit meinem Geburtstag vor knapp zwei Wochen. Anfangs war es immer das Verbrennen, aber inzwischen kommen immer neue Momente dazu, Folter oder andere Schreckenstaten. Keine Ahnung, wo das herkommt. Es ist nicht so, als würden wir gerade darüber in der Schule reden oder als würde ich viele solcher Filme anschauen, das ist nämlich genau die Art von Filmen, die ich eigentlich überhaupt nicht ertragen kann. Außerdem fühlt sich alles so echt an. Überhaupt nicht wie ein Traum.«

Die Stammesführerin war mittlerweile wieder vor mir stehen geblieben. »Dein früheres Ich«, flüsterte sie erstaunt. »Es dringt zu dir durch und versucht dir zu sagen, wer du bist. Und wie es scheint, wurdest du damals auf dem Scheiterhaufen verbrannt.«

Ihre Worte ergaben Sinn und doch machten sie mir Angst. Was hatte mein früheres Ich getan, dass man sie als Hexe entlarvt hatte? Liefen die Leben nicht immer gleich ab? Musste ich auch mit einem gewaltsamen Tod rechnen? Obwohl es in meiner Zeit keine Hexenjäger mehr gab? Das war nämlich durch Gesetze verboten worden, nach denen auch die Ermordungen übernatürlicher Wesen zu einer Anklage und schlimmstenfalls zur Todesstrafe führen konnte.

Plötzlich drang eine klare Stimme zu mir durch: »Mach dir deswegen keine Sorgen. Ich habe mich bei Gaia dafür eingesetzt, dass dir nicht das gleiche Schicksal wie mir beschert wird.«

Panisch blickte ich mich im Raum um und auch Emmas Blick wanderte zur Tür, also hatte ich mir die Stimme nicht nur eingebildet, doch ich konnte niemanden entdecken, zu dem sie passen könnte. »Emma, was war das gerade?«, wollte ich besorgt von der erfahrenen Hexe wissen.

Aber ihr Gesicht zeigte die gleiche Unsicherheit, die ich spürte. »Alisia, das weiß ich nicht. So etwas ist mir in meinem ganzen Leben noch nicht passiert. Obwohl mir die Stimme bekannt vorkam«, antwortete sie genauso besorgt wie ich.

In diesem Moment erregte ein Flackern am Rande meines Blickfelds mein Interesse. Dort war ein junges Mädchen aus dem Nichts erschienen. Lächelnd kam es näher. »Es wundert mich nicht, dass dir meine Stimme bekannt vorkommt, Emma Statterton«, wandte sie sich an die Hexe, die neben mir zu einer Eisstatue erstarrt war. Die Stimme des Mädchens war so klar und melodisch, dass mir ein Schauer über den Rücken lief. Wer war sie und was wollte sie hier?

»Die Quelle der Macht«, stammelte Emma. »Aber es hieß doch, dass du ...«

»... dass ich gestorben bin? Dass ich den Dienst quittiert habe?«, vervollständige das Mädchen ihren Satz. »Nun ja, das stimmt auch. Seit Kurzem bin ich nicht mehr Gaias rechte Hand, genauer gesagt seit knapp 16 Jahren.«

»Oh mein Gott«, flüsterte Emma und selbst ich hatte verstanden, was sie mit diesen Worten hatte aussagen wollen. Dieses Mädchen war mein früheres Ich.

Zum ersten Mal seit ihrem Erscheinen betrachtete ich sie genauer. Vom Aussehen her passte sie überhaupt nicht in die Welt meiner Träume. Sie trug eine schwarze Lederjacke, eine grüne Bluse und dazu eine dunkelblaue Jeans, ganz moderne Kleidung also. Ihre roten Haare hatte sie in einem Pferdeschwanz zusammengebunden und die grünen Augen waren von getuschten Wimpern umringt.

Bei meinem Blick fing sie zu lächeln an. »Ich passe nicht wirklich in deine Träume, nicht wahr?«, meinte sie, wobei ihre Stimme etwas von dem weltfremden Klang verlor. Langsam klang sie wie ein Mensch und nicht wie ein übernatürliches Wesen, vor dem man Angst und übermäßigen Respekt haben musste. »Kristy Sarrow«, stellte sie sich mir vor. »Ich würde dir ja gerne die Hand reichen, aber mein Körper ist seit mehr als 300 Jahren tot und du kannst dir ja schlecht selbst die Hand schütteln.«

Trotz meiner Anspannung kicherte ich. Das wäre wirklich eine komische Vorstellung. »Alisia Dawson«, erwiderte ich. »Du bist also ...«

»... dein früheres Ich?« Meine Güte, sie hatte es aber mit dem Unterbrechen. »Genau die bin ich. Ich kann auch nur hier sein, weil du anwesend bist. Eigentlich bin ich jetzt ein Teil von dir und sobald ich meine Mission erfüllt habe, kann ich deinen Körper auch nicht mehr verlassen.«

»Mission?«, wiederholte ich verwirrt. Was hatte ich mit ihrer Mission zu tun? Sollte ich auch die Quelle der Macht werden? Was bedeutete das überhaupt? Emmas bewundernde Blicke ließen schließen, dass sie eine wichtige Persönlichkeit für die Hexen war. Trotzdem hatten wir Menschen noch nie von ihr gehört. Die Hexen nannten immer nur die Göttin Gaia als ihre Ansprechpartnerin.

»Ah, ah, ah, ich musste Gaia schwören, dass ich dir nichts erzählen würde. Alles soll seinen geregelten Gang nehmen, als hätte ich nicht diese besondere Fähigkeit, dich zu besuchen«, antwortete sie mir. »Normalerweise hat das frühere Ich keinen so großen Einfluss auf die Wiedergeburt, frag Emma, aber Gaia hat mir dieses Recht eingeräumt, weil sie mich damals so früh aus meinem Leben gerissen hat.«

»Aber woher soll ich denn wissen, was ich tun soll, wenn du mir keinen Tipp geben darfst? Woher soll ich wissen, dass ich auf dem richtigen Weg bin? Bis jetzt fühlt sich das alles noch zu verwirrend an, um einen Weg zu erkennen«, gestand ich ihr ratlos.

Sie lächelte mich zuversichtlich an und streckte die Hand nach mir aus. »Keine Sorge, du wirst es wissen. Vertraue einfach deinen Gefühlen. Sie werden dich auf den richtigen Weg führen«, versicherte sie mir.

Dann löste sie sich vor meinen Augen in Luft auf, gleichzeitig fühlte ich ein komisches Ziehen in mir. Die Sache mit der Wiedergeburt hatte ich mir wahrlich anders vorgestellt. Irgendwie, na ja, bereichernder. Jetzt wusste ich zwar, wer mein früheres Ich war, aber wirklich schlauer war ich dadurch auch nicht geworden. Sollte ich nicht eigentlich Zugriff auf alle Erinnerungen haben? Oder zumindest auf so viele, dass ich mir ihre Mission erschließen könnte und nicht im Dunklen tappte? Vor allem aber sollte ich mein früheres Ich nicht sehen, zumindest nicht im Wachzustand. Das stand Emma ganz deutlich ins Gesicht geschrieben.

Fragend blickte ich sie an, während sie langsam wieder aus ihrer Erstarrung auftaute.

»Sieh mich nicht so fragend an«, entgegnete sie, bevor ich etwas sagen konnte. »Ich kann mir selbst noch nicht wirklich erklären, was da gerade passiert ist.«

»Und jetzt?«, wollte ich trotzdem von ihr wissen.

Sie atmete langsam ein und aus, ehe sie antwortete: »Jetzt kümmern wir uns um deine Kräfte. Wenn das gerade wirklich die Quelle der Macht war, dann haben wir eine größere Aufgabe vor uns, als ich dachte. Vor allem sind deine Kräfte dann noch stärker als vermutet. Noch stärker als meine Kräfte oder die aller anderen Hexen.«

»Ich helfe dir«, schallte es durch meinen Kopf und dieses Mal hörte nur ich diese Worte. *»Das darf ich wenigstens.«*

Oh Gott, musste ich mich jetzt auch noch auf Stimmen in meinem Kopf konzentrieren? Als wäre ich nicht schon verwirrt und überfordert genug mit der ganzen Situation.

»Wie stark sind denn meine Kräfte?«, hakte ich interessiert nach, während Emma ein dünnes Buch erscheinen ließ.

»Na ja«, begann sie, mit den Gedanken ganz woanders. »Ich sag´s mal so. Die Quelle der Macht war die stärkste Hexe, die jemals existierte. Also sehr stark.«

Die Quelle der Macht, also irgendwie ich, wollte mir beim Kontrollieren dieser mächtigen Kräfte helfen. Was sollte da noch schiefgehen?

Kapitel 6

Anfang Juli 2015 – Ally

Sehr viel konnte da schiefgehen. Frustriert und mit den Nerven am Ende kehrte ich Stunden später nach Hause zurück. Es dämmerte schon, als ich die Haustür aufschloss. Aus der Küche drang der Geruch von chinesischem Essen zu mir, was meine Laune wieder etwas aufhellte.

Mom drehte sich lächelnd zu mir um, ohne dass ich etwas sagen musste. »Hallo Ally, na, wie war die Schule?«, wollte sie freundlich von mir wissen, während sie im Topf umrührte.

»Anstrengend«, antwortete ich und holte mir eine Flasche Wasser aus dem Getränkefach. Der Zauberunterricht hatte mich so ausgelaugt, dass ich am liebsten gleich ins Bett gefallen wäre. Das merkte man auch daran, dass sich um mich kein Lüftchen regte. Meine Kraftreserven waren vollkommen erschöpft. Wahrscheinlich war genau das Emmas Ziel gewesen. Denn so war ich zumindest keine Gefahr für meine Mitmenschen. »Ich gehe hoch und mache meine Hausaufgaben.«

»Natürlich«, erwiderte Mom. »Aber sobald dein Vater nach Hause kommt, essen wir.«

Nach einem kurzen Blick auf die Küchenuhr nickte ich. Das gab mir noch etwa zehn Minuten Ruhe, die ich bitter nötig hatte.

In meinem Zimmer ließ ich mich sofort auf mein weiches Bett fallen und schloss genüsslich die Augen. »Wieso eigentlich ich?«, wollte ich wissen, da ich spürte, dass Kristy sich wieder von meinem Körper gelöst hatte. Den ganzen Unterricht über hatte sie sich nicht mehr gezeigt und auch kein einziges Wort mehr gesagt, obwohl sie versprochen hatte, zu helfen. Der einzige Hinweis, wenn man es überhaupt einen Hinweis nennen konnte, war das Gefühl in mir, zu wissen, was ich tat. Nur leider hatte das auch nicht verhindert, dass ich Emma sogar mehrmals durch den ganzen Raum gewirbelt hatte. Ich konnte meine Kräfte einfach nicht kontrollieren. Ein falscher Gedanken und schon braute sich wieder ein Sturm zusammen, der sich nur schwer bändigen ließ. »Hättest du nicht in einer Hexe wiedergeboren werden können, die von Anfang an weiß, dass sie eine Hexe ist? Wäre das nicht einfacher gewesen?«

Mit einem geöffneten Auge bekam ich mit, dass Kristy den Kopf schüttelte. »Ich kann dir zwar den Grund nicht nennen, aber du wurdest nicht willkürlich ausgewählt. Mehr darf ich dazu leider nicht sagen«, antwortete sie, wobei ihre Stimme wieder glasklar geworden war.

»Kannst du mir nicht wenigstens einen kleinen Tipp geben?«, bat ich sie, während ich mich auf meinen Ellbogen aufstützte. »Soweit ich das verstanden habe, müsstest du als Quelle der Macht doch alles wissen.«

Das Lachen, das darauf folgte, ging mir durch Mark und Bein. Es war so rein, so losgelöst, als müsste ich daran erinnert werden, dass mein Gegenüber kein normaler Mensch gewesen war. »Glaub mir, Ally, selbst Gaia weiß nicht alles, wie soll ich also mehr wissen?« In ihren Augen schimmerten sogar kleine Tränen, die sie sich mit einer fließenden Handbewegung wegwischte. »Tut mir leid, aber ich bin nicht allwissend.«

»Aber wenigstens einen klitzekleinen Tipp musst du mir doch geben können«, bettelte ich, inzwischen im Schneidersitz auf dem Bett sitzend. »So was wie ›schau in deinem Stammbaum nach‹.«

»Schau in deinem Stammbaum nach«, wiederholte Kristy meine Worte.

»Verdammt, das war doch nur ein Beispiel«, motzte ich beinahe schon zu laut. Das würde schon ganz schön komisch wirken, wenn ich bei Gesprächen mit einer nicht-existenten Person erwischt wurde. *Nächster Halt: Psychiatrie* würde das dann heißen.

»Nein, nein«, unterbrach mich Kristy mal wieder, bevor ich weitersprechen konnte. »Das ist mein Tipp.«

Erstaunt blickte ich sie an. Es hatte doch etwas mit meinen Vorfahren zu tun? »Meine chinesische Familie?«, hakte ich nach. Das würde zumindest die Abneigung meiner Großmutter gegen das Übernatürliche erklären. Wenn eine Vorfahrin wegen Hexerei verbrannt worden war, konnte ich ihr nicht übel nehmen, dass sie weiterhin die mystische Welt so geheim wie möglich halten wollte. Selbst wenn das bedeutete, die Existenz solcher Wesen im Allgemeinen zu leugnen.

Kristy schüttelte jedoch sofort den Kopf. »Sehe ich etwa chinesisch aus?«

Nein, das tat sie wirklich nicht. Auch der Akzent, den ich in den menschlichen Momenten ihrer Stimme erkennen konnte, deutete eher auf eine Herkunft aus Großbritannien hin. Nur wusste ich nicht, wo die Familie meines Vaters ursprünglich herkam. Aber eigentlich konnte mir keine andere Möglichkeit bleiben. Es musste die Familie meines Vaters sein. Moms Familie führte so genaue Aufzeichnungen über die Ahnen, dass man dort sicher bemerkt hätte, wenn dabei jemand aus Großbritannien kam. Nein, dafür hielten meine chinesischen Verwandten ihr gutes Erbe zu hoch. Das erleichterte zumindest die Suche, denn nur ein einziger Stammbaum ließe sich sicher schneller zurückverfolgen als zwei.

Diesen Moment wählte meine Mutter, um mich zum Essen zu rufen. Vielleicht wusste Dad ja etwas mehr über unsere Familie und vermeintliche Hexen, sodass ich gar nicht das Internet oder das Stadtarchiv benutzen müsste.

Kristy war wieder mit mir verschmolzen, sodass ich ohne Bedenken nach unten ins Esszimmer gehen konnte. Wenn ich sie nicht sah, konnte ich mir echt einbilden, dass ich ein normaler Mensch war. Keine Hexenkräfte, keine Vampire und erst recht kein übermächtiges früheres Ich.

Erst lief das Abendessen ganz normal ab, ich konnte ja nicht sofort mit meiner Frage anfangen. Also lauschte ich erst Moms und Dads Erzählungen über ihren heutigen Arbeitstag, erzählte etwas von der Schule und ebnete mir dann den Weg für meine Frage. »Ähm, Dad?«, begann ich zögerlich, doch sein zuvorkommendes Lächeln brachte mich dazu, weiterzusprechen: »Wir müssen für die

Schule herausfinden, wo unsere Familien ursprünglich herkamen, bevor sie nach Amerika einwanderten. Bei Mom weiß ich es ja, aber wo kommt denn deine Familie her?«

Dad verzog kurz das Gesicht. »Wahrscheinlich aus England, aber ich kann es nicht genau sagen. Da musst du deine Großmutter fragen, die kann dir sicher die ganze Familiengeschichte in Einzelheiten darlegen«, antwortete er mir, wobei sich ein schelmisches Grinsen auf sein Gesicht schlich, das ihn um so viel jünger wirken ließ. Bis auf seine blauen Augen hatte ich alles von ihm geerbt, obwohl Mom und er ab und zu scherzhaft darüber stritten, von wem denn die schwarzen Haare nun wären. »Frag sie doch nächstes Wochenende, wenn sie uns zu meinem Geburtstag besuchen kommt. Ich bin mir sicher, dass auch der Rest der Familie sehr interessiert an Grandmas Geschichten sein wird.«

Mom kicherte und warf mir einen amüsierten Blick zu. Der Einzige, der den Geschichten interessiert lauschte, war Dad. Der Rest unserer Familie verdrehte meist nur die Augen und zählte die Minuten, bis sich eine Möglichkeit bot, um die Geschichtsstunde zu unterbrechen. Denn wenn Grandma eine Fähigkeit nicht besaß, dann war es die Unterscheidung von wichtigen und unwichtigen Details. Sie erzählte viel zu viel, viel zu lange und vor allem viel zu genau. »Okay«, murmelte ich. Eigentlich wollte ich Grandma nicht nach Geschichten von früher fragen, aber wenn jemand von einer Hexe in unserer Familie wüsste, dann sie.

»Hast du heute wieder das Vampirtreffen?«, wollte Mom von mir wissen und versuchte so neutral wie möglich zu klingen, was ihr sogar recht gut gelang. Man merkte ihr ab und zu doch an, dass sie in ihrem Job Gefühle die meiste Zeit außen vor lassen musste. Das Business wurde von Zahlen bestimmt, nicht von Gefühlen.

Ich wollte schon verneinen, doch dann überlegte ich es mir anders. Vielleicht musste ich Grandma gar nicht fragen. Vielleicht reichten die Vampire als Quelle. Sie waren alt, hatten schon viel miterlebt und wahrscheinlich auch viele Hexen kennengelernt … obwohl, das wahrscheinlich eher nicht. Zumindest konnte ich mir das bei dem derzeitigen Verhältnis zwischen den beiden Rassen nicht vorstellen.

»Ja«, antwortete ich daher. »Aber Jess kann heute nicht, also werde ich alleine hingehen.«

»Sei vorsichtig«, wies Dad mich an. »Wenn ich dich holen soll oder irgendetwas ist, dann ruf mich an, egal wie spät es wird. Ich habe morgen erst spät einen Kurs, da kann ich lange wach bleiben.« Unerwähnt ließ er, dass er selbst besser in der Nacht arbeiten konnte und daher sowieso noch länger wach bleiben würde. Eine Angewohnheit, die Mom in die Weißglut trieb und vor einem Monat dazu geführt hatte, dass Dad die Hausarbeiten und Aufsätze im Wohnzimmer und nicht mehr im Schlafzimmer korrigieren musste, weil Mom wegen des Lichts nicht schlafen konnte und morgens meist früh raus musste.

»Dad, die Vampire wohnen nur die Straße nach unten. Das schaffe ich alleine«, entgegnete ich ihm. »Ich bin kein kleines Kind mehr.«

»Im Gegensatz zu den Vampiren schon«, murrte er so leise, dass ich es fast nicht verstanden hätte.

Lächelnd streckte ich die Hand nach ihm aus. »Mach dir um mich keine Sorgen, Dad, mir wird nichts passieren«, versicherte ich ihm zuversichtlich. Obwohl mich immer noch ein komisches Gefühl beschlich, wenn ich die heiligen Hallen des Vampirzirkels betrat, gab es einige Vampire, denen ich vertraute – Lord Marcus, Sarah und allen voran Jonathan. Nicht zu vergessen, dass ich einen großen Wirbelwind auf meiner Seite hatte. Unkontrollierbar zwar, aber vorhanden. »Jetzt muss ich aber auch los.«

Schnell holte ich meine Tasche aus dem Zimmer, umarmte meine Eltern kurz und verließ das Haus. Das Licht der Straßenlaternen beleuchtete unsere Straße so stark, dass kein dunkles Fleckchen zu entdecken war. Seit ich klein war, hatte ich mich hier sicher gefühlt. Nur vor den Vampiren hatte ich mich gefürchtet, aber nie vor der Dunkelheit. In unserer Nachbarschaft war noch nie etwas geschehen und darauf vertraute ich auch jetzt.

Zu meinem Erstaunen löste Kristy sich nicht von mir, sondern blieb den ganzen Weg über still. Was mich aber auch nicht weiter störte, ich wollte mich nicht vor ihr für meinen Plan rechtfertigen müssen. So wie ich die Hexen kannte, war sie wahrscheinlich mehr als wütend darüber, dass ich die Vampire um Hilfe bitten wollten.

Durch das doch recht schnelle Tempo, das ich hinlegte, erreichte ich schon bald die Tore zum Anwesen des Zirkels. Nur wie sollte ich hineingelangen? Sie waren fest verschlossen und bewacht, ganz anders als an den Abenden der Informationstreffen. Allgemein wirkte das ganze Grundstück entsetzlich dunkel und gefährlich. Die Einfahrt wurde nicht beleuchtet, wodurch tiefe Schatten zu sehen waren. Vampire? Oder nur ganz normale Bäume?

Nervös betätigte ich den kleinen Klingelschalter unter der Sprechanlage. Mein Herz klopfte mir bis zum Hals und irgendwie wurde mir gerade schmerzlich bewusst, dass ich mich direkt vor dem Grundstück der Vampire befand. Was, wenn die alten Gerüchte doch stimmten und sie sich nur in der Öffentlichkeit so höflich und zuvorkommend zeigten? Was, wenn Jonathan und Sarah eine Ausnahme waren? Oder was, wenn ich mich sogar in ihnen geirrt hatte?

Nein, schnell schüttelte ich den Kopf. Meine Menschenkenntnis war normalerweise sehr gut. Ich konnte mich nicht irren.

In diesem Moment hörte ich ein Summen und das Tor öffnete sich vor mir. Schnell eilte ich die Auffahrt nach oben, die mir wie eine Ewigkeit vorkam. Jedes kleinste Geräusch, jeder kleinste verdächtige Schatten ließ mich panisch zusammenzucken und ich wünschte mir, dass ich meine Kräfte schon kontrollieren könnte, um wenigstens dadurch ein gewisses Gefühl von Sicherheit zu bekommen. Nur darauf zu hoffen, dass sie bei Bedrohung auftauchen würden, war nicht gerade beruhigend.

An der Tür zur Villa erwartete mich schon der muskulöse Vampir, der bei jedem Treffen genau beobachtete, wer den Zirkel betrat. »Heute ist kein Informationstreffen!«, informierte er mich mit einer dunklen Stimme, wobei das amüsierte Lächeln auf seinen Lippen nicht nur meine Nerven beruhigte, sondern auch die Schärfe aus seinen Worten nahm.

»Ich weiß«, antwortete ich, wobei ich das zuvorkommendste Lächeln aufsetzte, das ich zustande brachte. »Aber ich muss mit Jonathan sprechen. Es ist sehr wichtig.«

»Mit Mr. Westlake? Kann das nicht bis morgen warten?«, erwiderte er unnachgiebig. »Glauben Sie mir, er hat Wichtigeres zu tun, als die Fragen von jungen Mädchen zu beantworten, denen plötzlich auffällt, dass die realen Vampire nicht so wie *Edward* sind.«

»Darum geht es doch gar nicht«, konterte ich erstaunlich wütend und stellte erfreut fest, dass die Luft um mich herum wieder zu zirkulieren begann. Gleichzeitig machte ich mir auch Sorgen darum, was passieren könnte, wenn ich meine Kräfte einsetzen würde. Das würde hier bei den Vampiren sicher kein gutes Bild auf mich werfen. »Fragen Sie ihn doch einfach und sagen Sie, dass Emma mich geschickt hat. Er wird wissen, wer gemeint ist.«

Er blickte mich einen Moment lang durchdringend an, bevor er sein Handy aus der Jackentasche zog und Jonathans Nummer wählte. »Hallo Mr. Westlake, hier ist eine junge Dame, die Sie unbedingt sprechen will ... Sie sagt, es sei wichtig und dass eine gewisse Emma sie geschickt hätte ... Natürlich ... Ja, genau ... Verstanden«, beendete er das kurze Telefonat und erklärte mir dann: »Er kommt runter und holt Sie.«

Kaum hatte er den Satz zu Ende gesprochen, stand auch schon Jonathan neben ihm. »Ally, komm rein«, winkte er mich durch die geöffnete Tür, die er dann wieder hinter uns schloss. Der Aufpasser blieb alleine draußen. »Du sagtest, Emma schickt dich?«, kam er sofort auf meinen Vorwand zu sprechen.

Ich war mir nicht sicher, wann wir ins Du gewechselt hatten, aber es fühlte sich einfach richtig an, weswegen ich mich nicht beschwerte. Das zeigte, dass er mich zumindest nett fand. »Mehr oder weniger«, erwiderte ich zögerlich, während wir die Treppe nach unten zu seinem Büro nahmen.

Es war ungewöhnlich still im Zirkel. Wenn wir sonst hier waren, kam uns allein schon auf der Treppe mindestens ein Vampir entgegen und heute konnte ich selbst auf dem Gang niemanden entdecken. Es kam mir fast so vor, als wäre heute ein freier Tag, an dem niemand arbeiten musste. Gab es das bei den Vampiren überhaupt?

Jonathan zog eine Augenbraue nach oben. »Mehr oder weniger?«, wiederholte er meine Worte.

»Das ist eine lange Geschichte«, antwortete ich unwillkürlich mit einem schiefen Grinsen auf dem Gesicht. Total locker, obwohl um mich herum die Fackeln brannten. Wie auch schon bei unserem ersten Treffen verschwand meine Angst, wenn Jonathan bei mir war.

»Na, dann fang mal zu erzählen an«, forderte Jonathan mich auf und öffnete die Tür für mich. »Ich habe Zeit.«

Vergangenes 1

1802 – Jonathan

»Wie sollen wir in einem Teil der Welt überleben, an den noch kein Mensch vorgedrungen ist? Muss ich dich daran erinnern, dass wir Menschenblut zum Überleben dringend benötigen?«, bekundete ich als Einziger Zweifel an Daves Plänen, den Westen Amerikas zu erkunden. Selbst Marcus war vollkommen überzeugt, dass wir dort endlich die Ruhe finden würden, die wir uns wünschten. Eine Ruhe, die wir auch in diesem Dorf nicht gefunden hatten. Menschen waren eine Gefahr für uns und gleichzeitig konnten wir uns von ihnen nicht fernhalten. Wir brauchten die Menschen – das ewige Dilemma.

Sogar meine kleine Schwester fiel mir in den Rücken, was sie seit dem Tod unserer Eltern und Timmie nur noch sehr selten tat. »Du warst doch immer der Entdecker und jetzt willst du plötzlich nicht mehr? Jonathan, das ist ein großes Abenteuer für uns alle. Versuch dir doch einfach vorzustellen, was wir alles sehen könnten«, versuchte sie an meine Neugier zu appellieren.

Vor 150 Jahren – oh Gott, war das schon so lange her? – hätte sie wahrscheinlich noch recht gehabt, aber dann hatte ich dem Tod mehrmals gegenübergestanden und ich wollte niemanden mehr verlieren. Außerdem machte sich in mir eine gewisse Hoffnungslosigkeit breit. Wie sollten wir jemals Ruhe finden, wenn wir unter den Menschen unerkannt leben mussten? In diesen Momenten verfluchte ich mein Dasein als Vampir und die damit verbundene Unsterblichkeit, aber dann warf ich wieder einen Blick auf meine kleine Schwester und erinnerte mich daran, dass sie mich als ihren großen Bruder brauchte. Ob sie es zugeben wollte oder nicht. »Das ist ein direkter Weg in den

Tod«, erwiderte ich. »Oder habt ihr einen Plan, wie ihr ohne Menschen überleben wollt?«

Dave trat nach vorne an sein improvisiertes Podium, von dem aus er gerade noch seine Rede gehalten hatte, um eine Gruppe für die Reise zu mobilisieren. »Jonathan, du kannst gerne hierbleiben, dann könnte ich mir sicher sein, dass ich mir keine Sorge um meine Vampirbrüder und -schwestern machen müsste, weil ich sie in guten Händen wüsste.« Er lächelte mich mit diesem gewinnbringenden Lächeln an, das jeden überzeugen könnte – jeden außer mich.

Sofort schüttelte ich den Kopf. »Ich lasse Sarah auf keinen Fall alleine in das Verderben gehen!«, entgegnete ich mit einer Stimme, die keinen Widerspruch zuließ.

Trotzdem maulte meine kleine Schwester: »Ich kann auf mich selbst aufpassen!«

In einer übermenschlichen Geschwindigkeit wirbelte ich zu ihr herum. »Du bist die Einzige, die mir von meiner Familie noch geblieben ist. Denkst du, dass ich dich auch noch verlieren will?«

»Nein«, flüsterte Sarah, der nun Tränen in den Augen standen. »Jonathan, bitte komm mit. Gemeinsam schaffen wir das. Du willst doch auch von hier weg.«

Da hatte sie gar nicht so unrecht. Ich fühlte mich eingeengt und abends beschäftigten mich meine Gedanken über die letzten Momente in England. Kristy ging mir nicht aus dem Kopf. War sie schon wiedergeboren worden? Wenn ja, wo war sie? Wartete sie in England auf mich oder konnten wir uns in diesem unentdeckten Land finden? In jedem Mädchen hatte ich nach einer Spur von ihr gesucht. Bis jetzt hatte ich sie noch nicht gefunden. Was sollte ich überhaupt erwarten? Würde sie das gleiche Mädchen wie vor ihrem Tod sein? Würde sie sich an ihr früheres Leben erinnern? Das konnte ich mir eigentlich nicht vorstellen. Aber wie sollte ich denn dann erkennen, dass es sich um Kristys Wiedergeburt handelte?

»Einverstanden«, murmelte ich und zog meine Schwester in die Arme, während ich das Gefühl hatte, dass mir jemand die Hand auf die Schulter legte. Doch als ich mich umdrehte, konnte ich niemanden entdecken, bis auf eine einzige blühende Rose, die auf dem Tisch hinter mir lag – ein Zeichen von Kristy, mit dem sie mir

versprach, dass sie wiederkehren würde. Zumindest redete ich mir das ein.

»Aber wenn wir keine Menschen finden, drehen wir wieder um!«

Mit dieser Bedingung erklärte sich auch Dave einverstanden und so machten wir uns nur wenige Wochen später auf den Weg in den Westen.

Anfangs hatten die Ureinwohner uns freundlich aufgenommen, aber diese Phase war nun schon lange vorbei. Von Göttern waren wir in nur wenigen Monaten zu den Vorboten Satans geworden.

Wir versuchten optimistisch zu bleiben, dass wir irgendwann einen Ort finden würden, an dem wir unerkannt leben konnten, und uns nicht jede Minute fürchten mussten, aber mit jedem Dorf, in das wir kamen, sank der Glaube an diesen Ort. Auch in der unentdeckten Welt Amerikas mussten wir uns weiterhin vor den Menschen verstecken und trotzdem bei ihnen bleiben, um zu überleben.

Frustriert ließ ich mich an einem Baum hinabsinken.

»Damals in England war es einfacher«, flüsterte Sarah, die mit mir jagen gewesen war. »Können wir nicht auch wieder einen Menschen suchen, der uns sein Blut freiwillig gibt? Verführen ist mit meinem Körper nicht gerade einfach.«

Lächelnd legte ich den Arm um meine Schwester. »Ich bin mir sicher, dass irgendwann eine Zeit kommen wird, in der wir uns nicht mehr um unsere Sicherheit kümmern müssen, aber noch ist es nicht soweit«, antwortete ich.

Marcus und ich arbeiteten fieberhaft daran, einen Ersatz für Menschenblut zu finden, doch bis jetzt waren wir noch zu keinem Ergebnis gekommen. Menschenblut ließ sich nicht so einfach ersetzen, wie wir anfangs gedacht oder eher gehofft hatten.

Sarah kuschelte sich an mich, hilfesuchend wie das kleine Mädchen, in dessen Körper sie für immer stecken würde. »Vermisst du sie auch? Mutter, Vater und Timmie?«

Mit dieser Frage hatte ich nicht gerechnet, sie kam so aus dem Nichts, weswegen meine Bewegung auch kurz stoppte. »Natürlich vermisse ich sie. Wie oft habe ich mir in den letzten Jahren gewünscht, die Zeit zurückzudrehen, um die Geschehnisse von Exeter zu ändern«, erwiderte ich. Jetzt wieder der fürsorgliche Bruder, den sie in solchen Momenten brauchte.

Oft hatten wir über damals gesprochen. Erst, um Sarahs Redebedürfnis zu stillen und dann, um der Frage auf den Grund zu gehen, ob wir etwas hätten ändern können. Das brachte jedoch auch nichts und zog unsere Laune nur noch weiter hinunter, weil wir wussten, dass Gedanken daran unsere Eltern und unseren Bruder nicht zurückbringen würden. Seitdem hatten wir das Thema nicht mehr angesprochen, sondern alleine versucht, damit klarzukommen.

Einen Moment lang blieb Sarah vollkommen still, ehe ich ein Schluchzen vernahm. Über ihre Wangen rannen Wasserfälle an Tränen, während sie stammelte: »Ich war dabei und habe nichts getan ... Obwohl ich den Lärm gehört habe ... Vielleicht hätte ich sie ...«

»Sarah, du hättest nichts tun können«, unterbrach ich sie, wobei ich sie noch fester in meine Arme schloss. »So bestialisch sich das jetzt vielleicht anhört, ich bin froh, dass du die Kammer nicht verlassen hast. Ich hätte es nicht ertragen, wenn ich an einem Abend alle verloren hätte, die mir etwas bedeuten. So bist mir wenigstens du geblieben.«

Sarah rang sich ein schwaches Lächeln ab. »Ich bin auch froh, dass du noch lebst.«

Mir kam es erneut so vor, als würde jemand beruhigend seine Hand auf meine Schulter legen. Doch Sarahs Hände waren an meine Brust gepresst und als ich mich umdrehte, konnte ich niemanden entdecken. Wieder ein Zeichen von Kristy? Bedeutete das, dass ihre Wiederkehr näher kam?

Noch Stunden später dachte ich über dieses kurze Gespräch und die Berührung nach, was meine Konzentration stark beeinflusste. »Bist du wirklich beim Jagen gewesen?«, riss Marcus mich aus meinen Gedanken. »Du starrst das Hirschblut an, als würdest du es am liebsten selbst trinken.«

Mit einem Kopfschütteln katapultierte ich mich wieder vollkommen in die Gegenwart. »Nein, ich muss nur die ganze Zeit an Sarah denken. Sie hat zu mir gesagt, dass sie sich die Schuld am Tod unserer Familie gibt«, erklärte ich ihm, wobei ich das Glas voll Blut auf den Tisch vor uns stellte. »Was wollen wir heute ausprobieren, um einen Ersatz für Menschenblut herzustellen?«

Marcus reichte mir eine durchsichtige Flüssigkeit. »Das ist eine Kalkwasser-Mischung. Vielleicht können wir dadurch endlich einen Durchbruch erringen.« Kurze Stille, während ich die Flüssigkeit in das Glas schüttete. »Wenn jemand schuld ist, dann bin ich das«, murmelte Marcus.

»Niemand ist schuld«, widersprach ich ihm. Langsam bildeten sich weiße Flocken in dem Blut, was mir jedoch nicht gesund vorkam. »Wir alle haben Larkin unterschätzt.«

»Aber ich …«

»Verdammt, Marcus! Ja, wir haben alle eine gewisse Teilschuld daran, aber jetzt können wir nichts mehr daran ändern. Obwohl wir Vampire sind, können wir die Zeit nicht zurückdrehen. Wir scheitern ja schon an unserer Ernährung!«, fauchte ich, da mir der Geduldsfaden gerissen war. »Kannst du dir vorstellen, wie es ist, wenn man in jedem Mädchen nach der Wiedergeburt seiner Freundin sucht? Das macht ihren Tod noch schlimmer, als er so schon ist. Manchmal schmerzt unerfüllte Hoffnung mehr als Trauer.«

Marcus streckte mitfühlend die Hand nach mir aus. »Es tut mir leid, Jonathan«, murmelte er. »Wie kann ich mich beklagen, wo du doch am meisten von uns verloren hast?«

Das trübe Blut war vergessen, es zählte nur noch unsere Unterhaltung. »150 Jahre suche ich jetzt schon nach ihr, ohne zu wissen, wie ich sie erkennen kann. Langsam fange ich selbst an zu zweifeln, ob es so etwas wie eine Wiedergeburt wirklich gibt«, gab ich zögerlich zu. Bis jetzt hatte ich noch niemandem von meiner schleichenden Unsicherheit erzählt.

Marcus lehnte sich neben mich an den Tisch, wobei er einen kurzen Seitenblick auf das Glas warf. »Ich kenne mich mit den Regeln der Hexen nicht aus, aber für mich hört sich ›Quelle der Macht‹ sehr wichtig an. Denkst du wirklich, dass Gaia ihre Verbindung zu den Menschen so schnell wieder freilassen wird?«, sprach er seinen Gedanken aus. »Hab noch ein bisschen Geduld, Jonathan. So früh solltest du nicht aufgeben.«

›Quelle der Macht‹, wie ich diesen Begriff hasste. Deswegen war

mir Kristy genommen worden. »Vielleicht ist das nur gut, in der Liebe habe ich einfach kein Glück.«

Marcus zog eine Augenbraue hoch.

»Meine Verlobte starb an der Pest, die andere Freundin habe ich ausgesaugt und Kristy wurde auf dem Scheiterhaufen verbrannt«, erklärte ich ihm. »Jedes Mädchen, an dem mir etwas liegt, stirbt ... Sarah ausgenommen.«

Daraufhin fuhr sich Marcus durch seine braunen Haare. »Meine damalige Verlobte heiratete einen neuen Mann und bekam mit ihm fünf Kinder«, erzählte er mir mit einem monotonen Tonfall. »Während ich mit meinem neuen Leben klarkommen musste, führte sie das Leben, das ich mir für uns gewünscht hatte. Jahrelang habe ich den Vampir, der mich verwandelt hat, dafür verflucht, dass er mir alles genommen hatte, aber nach und nach habe ich eingesehen, dass der Blick zurück nichts bringt. Was wäre wenn-Fragen deprimieren nur. Stattdessen habe ich den Blick nach vorne gerichtet und bis auf wenige Momente kann ich mich nicht beklagen. Das rate ich dir auch.«

Nachdenklich nickte ich. »Schlimmer kann es ja nicht mehr werden«, murmelte ich mit einem Lächeln, das meine Augen nicht erreichte.

»Genau«, stimmte Marcus mir zu. Dann griff er wieder nach dem Glas mit dem Blut und roch daran. »Das riecht ja noch schlimmer als bei unserem letzten Versuch.«

Lachend streckte ich die Hand nach dem Glas aus. Der Duft von abgestorbenem Blut drang in meine Nasenlöcher, weswegen ich das Gesicht verzog. »Schrecklich«, stimmte ich ihm zu. »Hast du noch eine Idee, was wir das nächste Mal ausprobieren könnten?«

»Menschenblut«, meinte Marcus kichernd, während er die Blutmischung wegschüttete.

»Außer Menschenblut«, wandte ich ein, aber auch mein Gesicht zierte nun wieder ein amüsiertes Lächeln.

Er zuckte mit den Schultern. »Uns fällt schon etwas ein. Bis dahin müssen wir wohl weiterhin die Ureinwohner beeinflussen.«

Ich verdrehte die Augen. »Na, das wird Sarah freuen«, murmelte ich, ehe wir gemeinsam die kleine Kammer verließen, die wir für unsere Versuche benutzten.

Kapitel 7

Anfang Juli 2015 – Ally

Bevor ich zu erzählen begann, ließ ich mich auf einem der beiden Stühle in Jonathans Büro nieder. »Heute war ich bei Emma im Hexenstamm, damit wir meine Kräfte ein bisschen austesten können. Sie hat vorgeschlagen, dass ich nachforschen solle, ob meine Kräfte denn von jemandem aus meiner Familie kommen könnten und dass meine Familie jetzt eben nichts mehr davon wüsste«, erklärte ich ihm.

Von Kristy erzählte ich nichts, da mir mein Gefühl mehr als deutlich machte, dass sie noch mein Geheimnis bleiben musste. Wie mein früheres Ich gesagt hatte, vertraute ich auf mein Gefühl. Kristy würde schon wissen, was sie tat. Schließlich war sie einst die Quelle der Macht gewesen.

Jonathan lehnte sich mit verschränkten Armen an den Schreibtisch. »Das kann ich mir gut vorstellen. Und du denkst, ich könnte deine Verwandten kennen und dir sagen, von welcher Hexe du abstammst? Tut mir leid, aber so gut kenne ich mich im Hexenstamm nicht aus und bis vor 50 Jahren hatten wir auch kaum Kontakt zu den Hexen«, antwortete er mit einem entschuldigenden Lächeln.

»Das erwarte ich auch gar nicht. Ich dachte nur, dass du als Vampir vielleicht weißt, wie ich Ahnenforschung betreiben kann«, erklärte ich ihm. »Mein Dad kennt sich nicht so gut mit unserer Familie aus und Grandma sehe ich erst am Wochenende. Es muss doch in Chicago so was wie eine Dokumentation der Einwohner geben … oder?«

Nachdenklich fuhr sich Jonathan übers Kinn. »Ich bin gleich

wieder da«, informierte er mich, dann war er auch schon aus dem Büro verschwunden.

Verwirrt runzelte ich die Stirn. Was hatte das jetzt zu bedeuten?

Während ich also auf seine Rückkehr wartete, wanderte mein Blick durch das Büro, in dem ich gestern noch ein totales Chaos angerichtet hatte. Heute erinnerte nichts mehr daran, was mir wieder deutlich in Erinnerung rief, dass sich mein Leben um hundertachtzig Grad gedreht hatte und dass dieser Vorgang noch nicht beendet war. Ich war eine Hexe und musste erst noch herausfinden, welches Ausmaß meine Kräfte hatten. Plötzlich war ich ein Teil der übernatürlichen Welt geworden, die ich zuvor nie beachtet und nur als auch existent angesehen, aber mich nicht dafür interessiert hatte.

Gleichzeitig säte das Warten auf Jonathan Zweifel in mir. Was tat ich hier überhaupt? Verdammt, ich kannte diesen Vampir erst seit wenigen Wochen und trotzdem war er der Erste, den ich nach meiner Familie um Hilfe fragte? Nur weil er älter war? Weil er Hexen kannte? Ins Archiv hätte ich morgen auch gehen können und Hexen kannte ich inzwischen auch. Konnten Vampire einen beeinflussen? Hatte Jonathan mich beeinflusst? Fühlte ich mich deswegen in seiner Nähe so gut? Vertraute ich ihm deswegen? Wollte er mich nur nahe halten, damit er mich am Ende aussaugen konnte?

»Beruhige dich, Ally«, rief mich Kristys Stimme in meinem Kopf zur Ruhe. Langsam atmete ich ein und aus. *»Du kannst ihm vertrauen«*, fuhr Kristy fort. *»Er wird dir nichts tun.«*

In diesem Moment öffnete sich die Tür wieder und Jonathan kehrte zurück. »Wenn du Lust hast, können wir im Stadtarchiv mal nach deinen Vorfahren suchen«, erklärte er mir lächelnd und wedelte mit dem Schlüssel in seiner Hand herum. »Sarah hat mir gerade ihren Schlüssel dafür gegeben.«

»Ihr habt einen Schlüssel für das Stadtarchiv?«, fragte ich mit großen Augen, während ich von meinem Stuhl aufstand, um in meine Jacke zu schlüpfen. Wieder durchflutete mich dieses Gefühl des Vertrauens und zwar noch stärker als sonst, als würde Kristy mir beweisen wollen, dass Jonathan keine Bedrohung war.

Jonathan nickte grinsend. »Die Öffnungszeiten des Archivs sind leider nicht ganz passend für uns Vampire«, meinte er erstaunlich gelöst und amüsiert. Er griff sich sein Sakko vom Haken und hielt mir die Tür auf. »Vor knapp drei Jahren konnten wir endlich den Bürgermeister dazu überreden, dass er uns einen eigenen Schlüssel überlässt. Na ja, seine Bedingung war, dass nur Sarah, Marcus oder ich den Schlüssel benutzen dürfen. Selbst er vertraut nur wenigen von uns, aber es ist besser als gar nichts, und mit Elvers haben wir es hier in Chicago noch recht gut. Da haben die Vampire in anderen Städten größere Schwierigkeiten akzeptiert zu werden.«

Nachdem auch ich das Zimmer verlassen hatte, verschloss er die Tür hinter mir. »Gehen wir zu Fuß?«, wollte ich von ihm wissen, als wir die Treppe wieder nach oben gingen. Fieberhaft versuchte ich mich daran zu erinnern, wo das Chicagoer Stadtarchiv lag, konnte es jedoch auf dem Stadtplan nicht einordnen.

Daraufhin fing er laut zu lachen an. »Nein, das wäre doch viel zu weit. Keine Sorge, Ally, ich habe schon nicht vergessen, dass du keine Vampirin bist. Wir nehmen mein Auto«, antwortete er.

Nachdenklich legte ich die Stirn in Falten. Ich konnte mich nicht erinnern, bei meinen früheren Besuchen jemals Autos entdeckt zu haben.

»Wo steht dein Auto?«, fragte ich ihn, während wir uns an dem Sicherheitsmann vorbei nach draußen auf die Einfahrt bewegten.

Jonathan nickte zu einem Gebäude am Rand des Geländes. »In unserer Garage«, erklärte er mir. Den Rest des Weges dorthin legten wir still zurück, bis wir bei Jonathans schwarzem BMW ankamen. Wie der Gentleman, der er war, hielt er mir die Beifahrertür auf.

Nachdem auch er eingestiegen war, startete er den Motor und verließ das Vampirgelände. »Erzähl mal was über dich«, forderte er mich auf. »Während der Treffen antwortest du nur das Nötigste, wenn du gefragt wirst. Ich habe das Gefühl, dich noch gar nicht wirklich zu kennen. Du bleibst lieber für dich, oder? Deine beste Freundin ist da genau das Gegenteil.«

Ich lachte auf. »Ja, Jess liebt es zu reden, was ihr im Unterricht schon einige Schwierigkeiten bereitet hat«, antwortete ich immer noch kichernd. »Eigentlich rede ich nicht gerne über mich selbst.

Über mich gibt es nicht viel zu erzählen. Ich bin nur ein ganz normales Mädchen.«

»Na ja, so normal nun auch nicht mehr«, verbesserte Jonathan mich. »Schließlich bist du jetzt eine Hexe.«

Kurz verzog ich das Gesicht. »Das ist alles noch so unwirklich«, murmelte ich. »Eigentlich will ich nur eine typische amerikanische Jugendliche sein. So ein Mädchen, das man in jedem Kinofilm zu sehen bekommt und das sich nur mit den Problemen Schule, Noten und Jungs herumschlagen muss.«

»Und trotzdem bist du zu einem Vampirinformationstreffen gekommen?«

Ich merkte, dass seine Augen immer wieder zu mir glitten, aber ich ließ meinen Blick weiterhin aus dem Fenster gerichtet. »Jess hat mich dazu überredet«, gab ich zu.

Schon zum zweiten Mal am heutigen Tag lachte Jonathan auf. »Wieso wundert mich das nicht? Wie lange musste sie dich bequatschen, damit du mitkommst?«

»Drei ganze Tage. Jede Pause, jede Zwischenstunde, auf dem Nachhauseweg und eine unglaubliche Masse an Nachrichten waren nötig. Irgendwann habe ich einfach zugestimmt, damit sie endlich aufhört«, erwiderte ich.

»Und bereust du es?«, fragte Jonathan jetzt wieder ernst. Inzwischen bog er schon auf den Parkplatz des Stadtarchivs ein.

Bevor ich diese Frage beantwortete, musste ich erst etwas darüber nachdenken. So kam es, dass wir noch einige Sekunden still im Auto saßen. »Nein«, flüsterte ich und fuhr mit lauterer Stimme fort: »Sonst hätte ich nie herausgefunden, wer ich wirklich bin.«

Gemeinsam machten wir uns auf den Weg zum Eingang. Dad hatte mir schon einige Male von seinen Besuchen im Stadtarchiv erzählt, aber selbst war ich noch nie hier gewesen. Umso erstaunter war ich, als Jonathan die Flügeltüren zum großen Saal öffnete. Regale bis zur Decke mit unzähligen Akten, daneben Tische mit Computern und Registerkarten. »Wow.« Staunend drehte ich mich im Kreis.

»Willkommen im Archiv der Stadt Chicago. Sollten Sie irgendwelche Fragen zum Ordnungssystem haben, wenden Sie sich bitte an mich«, meinte Jonathan nur, der mich grinsend beobachtete. »Ich hoffe, du hast irgendwelche Anhaltspunkte, denn sonst werden wir hier heillos überfordert sein. Alle Akten durchzusehen, würde mehr als eine Nacht dauern.«

Schnell besann ich mich auf den eigentlichen Zweck unseres Besuchs zurück. Ich war nicht hier, um mich durch alle Akten zu wühlen. Ich hatte ein Ziel. »Die Eltern meines Vaters hießen Bertha Sorens und Michael Dawson. Meine Familie lebt schon seit Generationen in Chicago, aber leider weiß ich nicht, wie meine weiteren Vorfahren heißen.«

Jonathan fuhr sich nachdenklich durch die Haare. »Dann solltest du dich besser trotzdem auf eine lange Nacht einstellen. Das wird nicht einfach.«

»Vielleicht sollte ich meinen Eltern schreiben, dass das Treffen heute etwas länger dauern wird. Sonst machen sie sich noch Sorgen, dass ...«

»... Dass ich dir das Blut aussaugen könnte?«, beendete Jonathan meinen Satz. »Keine Sorge, auf einem Informationstreffen würde so etwas nie passieren.«

»Das war mir schon klar«, erwiderte ich. »Aber meine Eltern würden ausflippen, wenn sie wüssten, dass ich gerade alleine mit einem Vampir im Chicagoer Stadtarchiv bin. Du könntest mich ja töten, verwandeln oder Schlimmeres mit mir anstellen.«

Daraufhin verdrehte Jonathan leicht genervt die Augen. »Und da werben die Politiker immer damit, dass die Vorurteile gegen Vampire doch gar nicht mehr so extrem bestehen würden und inzwischen ein gutes Zusammenleben möglich ist.«

Entschuldigend lächelte ich ihn an, bevor ich die Nachricht an meine Eltern tippte. Dann ging es für uns an die Arbeit. Von Jonathan bekam ich eine kurze Einweisung, wo ich am besten suchen sollte. Er war schon oft hier gewesen, aber so einen Fall wie mich hatte er noch nie miterlebt. »Du bist etwas Besonderes«, erklärte er mir mit einem liebevollen Lächeln, ehe er sich seiner Seite der Familie zuwandte.

»Ja, weil ich die Wiedergeburt der Quelle der Macht bin«, dachte ich mir, sprach es jedoch nicht aus. Das Gefühl in Bezug darauf

hatte sich nicht verflüchtigt. Wahrscheinlich war die Quelle der Macht ein Geheimnis, das die Vampire nicht kennen durften. Wundern würde es mich nicht.

Zwei Stunden lang durchsuchten wir das Archiv und mein Familienstammbaum schien kein Ende zu nehmen. Das Schlimme war, dass die Anzahl der Menschen, die es zu überprüfen galt, stetig zunahm. Fünf Geschwister hier, sechs auf der anderen Seite. Bei jedem überprüfte ich die Eltern, weil es ja sein könnte, dass meine Hexenkräfte nicht den direkten Weg genommen hatten.

»So dauert das doch noch ewig«, murrte ich, als ich wieder eine Akte ins Regal zurückstellte und dabei bei Jonathan vorbeikam, der gerade wieder einige Namen in die Liste eintrug, die ich für Emma erstellen wollte. Dann konnten wir die Namen später auch noch mit dem Hexenverzeichnis vergleichen, wenn es so etwas überhaupt gab.

Der Vampir blickte von seiner Akte auf und lächelte mich aufmunternd an. »Sind es bei dir auch so viele Geschwister?« Mit einem Nicken machte er mich auf das Blatt aufmerksam, auf dem er nebenbei noch einen kleinen Stammbaum aufzeichnete. Auch seine Familienhälfte verzweigte sich immer weiter und wurde immer undurchsichtiger.

»Schlimmer«, erwiderte ich. »Einige kann ich in den Akten schon gar nicht mehr finden.«

Jonathan setzte den Stift ab und nahm seinen kleinen Stammbaum in die Hand. »Was hältst du davon, wenn wir uns nur noch an die Eltern halten und die Geschwister nicht mehr beachten. Wenn wir da nicht fündig werden, können wir wann anders immer noch genauer in die Lebensläufe der Geschwister schauen«, schlug er vor.

Normalerweise hätte ich diesem Vorschlag nicht zugestimmt, aber ich wurde langsam müde und sehnte ein Ende herbei. »Okay«, antwortete ich. »Dann geht es hoffentlich schneller.«

Wir kamen zwar schneller durch die Jahre, aber meine Familie nahm einfach kein Ende. Chicago war noch eine junge Stadt, aber langsam kam es mir echt so vor, als würde ich am Ende die Gründungsväter in meinen Ahnen finden.

Irgendwann, ich wusste vor lauter Namen und Jahreszahlen schon gar nicht mehr, wo mir der Kopf stand, beugte Jonathan sich über mich und legte den Arm um meine Schulter. Diese Berührung fühlte sich so vertraut an, dass ich mich zu fragen begann, ob das etwas zu bedeuten hatte. Steckte hinter dem Gefühl des Kennens mehr, als ich bisher vermutet hatte? Ich musste Kristy so einige Fragen stellen.

»Die ich nicht beantworten darf«, rief sie mir in Erinnerung. *»Tut mir leid, Ally, aber das musst du selbst herausfinden.«*

»Wir sollten für heute Schluss machen«, schlug Jonathan vor, dessen Blick über die Akte vor mir glitt. Carol und Frank Simmens, Eltern des im Jahr 1712 geborenen George Simmens. Sogar vor der offiziellen Gründung der Stadt hatten meine Verwandten also schon hier gelebt. Ich hatte also nicht ganz falsch gelegen, als ich von den Gründungsvätern gesprochen hatte. »Auf meiner Seite verläuft sich die Spur im Sand und ich kann dir ansehen, dass du todmüde bist.«

Um seine Worte zu unterstreichen, musste ich gähnen. »Aber bei mir würde es noch weitergehen«, wandte ich halbherzig ein, da mich der Gedanke an mein Bett sehr reizte. Das weiche Kissen, die warme Decke … hach ja, das wäre schön.

Jonathan griff an mir vorbei und schloss die Akte. »Wir können an einem anderen Tag weitersuchen, aber wenn du deinen Eltern nicht gesagt hast, dass du bei Jess übernachtest, sollte ich dich jetzt wirklich heimbringen. Es ist schon kurz vor elf«, entgegnete er. »Komm, räumen wir alles auf, damit ich morgen keinen Ärger bekomme.«

Inzwischen hatte ich zugelassen, dass die Müdigkeit mich komplett gefangen nahm, sodass ich nur noch stumm nickte. Währenddessen flog die Akte von meinem Tisch zurück an ihren Platz, genauso wie auch die anderen Akten, die wir über alle Tische verteilt hatten. Erstaunt blickten Jonathan und ich uns um, dann flüsterte ich: »Ich liebe Magie.«

Im Auto musste ich mich zusammenreißen, um nicht einzuschlafen. Wo war diese Müdigkeit nur gewesen, als ich noch die Akten durchforstet hatte? Ich warf einen prüfenden Blick auf mein Handy. Gott sei Dank, noch keine besorgte Nachricht von meinen Eltern.

»Ähm, du bist an euer Einfahrt vorbeigefahren«, unterbrach ich die Stille, die sich über den Wagen gelegt hatte.

»Ich bringe dich ganz nach Hause«, antwortete Jonathan. »Um die Uhrzeit lasse ich dich ganz sicher nicht mehr alleine zurücklaufen.«

Unwillkürlich verdrehte ich die Augen. Er war ja fast genauso schlimm wie mein Vater. »Das wäre doch nicht nötig gewesen. Die paar Meter machen mir nichts aus. Zumindest nicht, seit ich die Vampire kenne.«

Seine nächsten Worte, die so leise waren, dass ich mir nicht sicher war, ob ich sie hören sollte, verunsicherten mich: »Du kennst nur die guten Vampire, nicht die bösen.«

Erst überlegte ich, auf das Thema weiter einzugehen, aber da Jonathan genau in diesem Moment vor unserer Einfahrt parkte, stellte sich mir eine andere Frage. »Woher weißt du, wo ich wohne?«

»Die Unterlagen, die ihr bei eurem ersten Treffen ausfüllen musstet«, antwortete er, während er in der Ablage nach etwas suchte. »Bevor ich Emma informiert habe, habe ich mich erst mal etwas über dich schlau gemacht. ... Ah, hier ist sie ja.«

Jonathan förderte eine Visitenkarte zu Tage. »Hier, wenn was ist, kannst du mich jederzeit anrufen. Auch tagsüber«, erklärte er mir, wobei er mir die Karte in die Hand drückte. Darauf standen sein Name, seine Handynummer und seine E-Mail-Adresse.

»Danke«, erwiderte ich. »Bis morgen beim richtigen Infotreffen.«

»Genau, bis morgen«, entgegnete Jonathan lächelnd. »Schlaf gut, Ally.«

»Du auch«, flüsterte ich, nachdem ich schon ausgestiegen war. An seinem Blick konnte ich erkennen, dass er meine Worte trotzdem verstanden hatte.

Natürlich waren meine Eltern noch wach, als ich die Haustür hinter mir schloss, doch ich fertigte sie schnell damit ab, dass ich entsetzlich müde sei und ihnen morgen alles erzählen würde.

Jetzt wollte ich einfach nur noch ins Bett.

Kapitel 8

Anfang Juli 2015 – Ally

»Juhu, Ally, hörst du mir überhaupt zu?«, riss mich Jess aus meinen Tagträumen und wedelte mit der Hand vor meinem Gesicht herum.

»Hm, was?«, fragte ich blinzelnd. »Tut mir leid, ich bin nur so entsetzlich müde.« Ich hatte mir eingebildet, dass ich Emma die Namen noch vor dem Frühstück schicken müsste, und war daher schon um halb fünf aufgestanden. Für etwa vier Stunden Schlaf war mein Körper jedoch einfach nicht gemacht. Zumindest nicht, wenn er gleichzeitig noch von Hexenkräften ausgelaugt wurde.

Jess kicherte, als ich gähnen musste. »Sag mal, was hast du denn gestern so lange gemacht, dass du so spät ins Bett gekommen bist?«, wollte sie neugierig von mir wissen.

»Jonathan und ich waren im Stadtarchiv, um meinen Familienstammbaum zu erforschen«, erzählte ich ihr mit gesenkter Stimme. »Deswegen bin ich erst um halb eins heimgekommen und dann wieder um halb fünf aufgestanden, um die Namen an den Hexenstamm weiterzuleiten.« Und mir noch Stunden Gedanken über Jonathan zu machen. Der Schlaf war schrecklich unruhig gewesen. Nicht wegen der Albträume, sondern wegen Träumen, die mir mehr als deutlich gemacht hatten, dass mehr hinter den Gefühlen für ihn stecken musste als nur normales Vertrauen. Kristy musste ihn gekannt haben, aber sie wollte mir auf meine Fragen partout keine Antworten geben. Außerdem wusste ich nicht, ob meine Träume Erinnerungen oder nur ganz simple unbedeutende Träume waren. Darauf wollte Kristy mir nämlich erst recht keine Antwort geben. Ich müsste alles selbst herausfinden, hatte sie gesagt. In Bezug auf

Jonathan konnte und durfte sie mir nicht helfen. Deswegen saß ich jetzt auch hier und war genauso unwissend wie zuvor, was genau Jonathan Westlake für mich bedeutete.

Jess starrte mich mit großen Augen an. »Du warst mit Jonathan alleine im Stadtarchiv?«, hakte sie ungläubig nach. »Ganz alleine?«

»Ja«, erwiderte ich verwirrt. »Ich vertraue ihm und irgendwie ist er ja auch nur …« Vor Jess versuchte ich die Sache herunterzuspielen. Sie sollte nicht wissen, dass ich langsam einem Vampir verfiel oder was auch immer mein Gefühlschaos bedeutete.

Weiter kam ich nicht, da Jess meinen Satz beendete: »… der bestaussehende Vampir im ganzen Zirkel. Meine Güte, Ally, wie hast du das denn hinbekommen?«

Nur mit viel Mühe konnte ich das Augenrollen unterdrücken. »Indem ich ihn einfach gefragt habe, ob er mir helfen kann«, antwortete ich, als wäre es das Selbstverständlichste der Welt, obwohl ich selbst wusste, dass dem nicht so war. Rückblickend überraschte es mich sogar, dass er mir so schnell seine Hilfe angeboten und sich dafür sogar den Schlüssel seiner Schwester geholt hatte. »Außerdem, woher willst du denn wissen, dass es nicht einen noch hübscheren Vampir im Zirkel gibt? So viele haben wir bis jetzt ja auch noch nicht zu Gesicht bekommen.«

»Ja, aber …« Meine beste Freundin verstummte, als sich die Klassenzimmertür hinter Mrs. Freedman schloss. Sie verstummt sonst nie, wenn der Unterricht begann, erst nach einer Ermahnung wurde sie still, wenn überhaupt.

Verwirrt drehte ich mich auf meinem Stuhl herum, um den Grund für die inzwischen allgemeine Stille in der Klasse zu erkunden. Neben Mrs. Freedman stand ein blondhaariges Mädchen, dessen Blick beinahe prüfend über unsere Klasse wanderte. Eine neue Schülerin, so kurz vor den Sommerferien? Das war mehr als ungewöhnlich.

»Das ist eure neue Mitschülerin Stana Knight. Stana, setz dich doch an den freien Tisch neben Alisia«, stellte unsere Lehrerin die Neue vor. »Alisia, könntest du dich bitte um sie kümmern und ihr bei der Eingewöhnung helfen?«

Natürlich, wer sonst? »Kein Problem, Mrs. Freedman. Das mache ich doch gerne«, antwortete ich, wobei ich mein allerschönstes

Lächeln aufsetzte. »Hi, ich bin Ally«, stellte ich mich Stana noch mal gesondert vor, als diese neben mir Platz nahm.

»Stana«, erwiderte sie kurz angebunden, bevor sie ihren Block herausholte.

Ich warf Jess einen kurzen Seitenblick zu, die nur mit den Schultern zuckte. Na gut, mehr konnte ich zu diesem Zeitpunkt auch nicht tun, da Mrs. Freedman mit dem Unterricht begann.

Als es zur Pause klingelte, wusste ich immer noch nicht, was ich tun sollte. Sollte ich auf Stana warten oder wollte sie gar nichts mit mir zu tun haben? Nicht dass mich das stören würde, dann hätte ich eine Aufgabe weniger, um die ich mich kümmern müsste. Ich war mit meinen Hexenkräften und den Vampirtreffen schon überfordert genug. Nicht zu vergessen mein früheres Ich, das mir nur kryptische Hinweise gab und mehr ein Klotz am Bein war als eine wirkliche Hilfe.

»Hey.« Beinahe schüchtern trat unsere neue Mitschülerin zu mir. »Tut mir leid, dass ich so abweisend war, aber für mich ist das hier eine vollkommen ungewohnte Situation. Nach dem Tod meines Vaters und dem Umzug bin ich wohl noch etwas durch den Wind.«

»Kein Problem«, erwiderte ich mit einem freundlichen Lächeln. »Die Neue zu sein ist nie leicht.«

»Du kennst dieses Gefühl doch gar nicht«, mischte Jess sich ein, nachdem sie alles in ihre Tasche gepackt hatte.

»Nein«, antwortete ich kichernd. »Aber ich musste mich schon einmal einer neuen Mitschülerin annehmen, wenn du dich vielleicht daran erinnerst.«

Meine beste Freundin grinste mich schelmisch an. Genauso hatte vor fünf Jahren unsere Freundschaft begonnen. Sie war damals nach den Weihnachtsferien in unsere Klasse gekommen und da sie einen Spind direkt neben meinem zugewiesen bekommen hatte, waren wir unzertrennlich geworden.

»Ich komme ursprünglich aus Florida«, erklärte Jess Stana. Selbst heute sah man ihr wegen der dunklen Haut an, dass sie nicht aus dem meist eher trüben Chicago kam, und ihr sonniges Gemüt tat das Übrige, um klarzustellen, dass Jess aus dem Sunshine State kam.

»Ach wirklich? Wie schön. Mutter und ich haben für zwei Jahre in Tennessee gelebt, bevor wir hierhergezogen sind«, erzählte Stana uns daraufhin, während wir uns auf den Weg zu den Spinden machten, da Jess und ich noch unsere Bücher für die nächste Stunde austauschen mussten.

Zum Glück stellte Jess die Frage, die mir nach diesen Worten auch schon im Kopf herumgeisterte: »Dein Akzent ist aber nicht der typische Südstaatendialekt, oder?«

Stana schüttelte den Kopf. »Nein«, entgegnete sie. »Geboren wurde ich in England, aber wir leben schon seit einiger Zeit in Amerika. Leider mussten wir oft umziehen, weil Vater immer wieder versetzt wurde und nach seinem Tod wollte Mutter nicht mehr in dem Haus leben, das uns für immer an ihn erinnern würde.«

Es entstand eine ungemütliche Stille. Niemand von uns wusste, was er darauf erwidern sollte und einfach so das Thema zu wechseln, um über etwas Lustiges zu reden, kam mir in diesem Moment falsch vor.

Bei den Spinden angekommen teilten wir uns auf, nachdem ich Stana noch erklärt hatte, wo sich ihre Klassenräume befanden, in die sie bis zur Mittagspause musste.

Den ganzen Tag über führte ich sie durch die Schule, stellte sie unseren anderen Freunden vor und versuchte ihr den ersten Schultag so angenehm wie möglich zu gestalten. Dank dieser Aufgabe verschwand meine Müdigkeit mehr und mehr, doch die Gedanken an die Namensliste, die ich Emma geschickt hatte, blieben bestehen. Nach jedem Stundenwechsel checkte ich mein Handy, ob sie mir schon geantwortet hatte, aber bis zum Nachmittag Fehlanzeige.

»Ich frage mich gerade, wieso ich heute Morgen so früh aufgestanden bin«, murrte ich auf dem Nachhauseweg genervt. Gerade eben hatten wir uns von Stana verabschiedet, die nur wenige Querstraßen von der Schule entfernt wohnte.

Jess kicherte. »Immer noch keine Antwort auf deine E-Mail?«, meinte sie amüsiert. »Sicher, dass du sie abgeschickt hast? Schlaftrunken bildet man sich so einiges ein.«

»Haha«, erwiderte ich missmutig und suchte auf meinem Handy die E-Mail heraus. »Hier, Beweis genug?«

In dem Moment, in dem Jess auf den Bildschirm blickte, begann das Handy zu vibrieren. »Jetzt scheinst du ja deine Antwort zu bekommen«, entgegnete meine beste Freundin grinsend und gab mir mein Handy zurück.

»Emma?« Mein Herz klopfte mir vor Aufregung bis zum Hals. Hatte sie etwas rausgefunden? Hatten unsere Nachforschungen etwas gebracht?

»Hallo Alisia, tut mir leid, dass ich mich jetzt erst melde, aber es waren nicht gerade wenige Namen, die du mir geschickt hast«, begrüßte die Stammesführerin mich und fuhr dann gleich fort: »Ich habe mich durch alle Verzeichnisse gewälzt, aber keinen der Namen gefunden. Deine familiäre Verbindung zur Quelle der Macht muss noch weiter zurückliegen oder außerhalb von Chicago liegen, was ich nicht mal so unwahrscheinlich finde, wenn ich sehe, bis wohin du deine Vorfahren schon zurückverfolgt hast.«

Enttäuscht verzog ich das Gesicht. War alles umsonst gewesen? Wäre es doch klüger, einen professionellen Dienst dafür im Internet zu beauftragen? Auch wenn ich eigentlich nicht vorhatte, Geld zu bezahlen, um herauszufinden, wie genau ich jetzt mit meinem früheren Ich verwandt war.

»Aber ich habe den englischen Stämmen mal eine Mail geschrieben, ob sie Dokumente über Kristy Sarrow haben, damit wir von der anderen Seite aus suchen können. So könnte es einfacher sein«, informierte Emma mich, wobei ich aus dem Hintergrund ein Klicken einer Computertastatur vernahm. »Vor morgen rechne ich jedoch wegen der Zeitverschiebung nicht mit einer Antwort.«

»Danke«, flüsterte ich erleichtert. »Danke, dass du mir hilfst.«

Emma lachte kurz auf. »Das mache ich gerne. Ich will doch selbst herausfinden, wie du zu diesen unermesslich großen Kräften gekommen bist. Vielleicht hilft uns das auch dabei zu lernen, wie wir in deinem Zauberunterricht damit umgehen sollen.«

»Dann arbeiten wir morgen wieder daran?«, hakte ich nach.

»Genau«, antwortete Emma. »Wenn alles gut geht, wissen wir dann auch mehr über deine Herkunft.«

»Bis morgen«, verabschiedete ich mich von ihr und legte auf.

»Und?«, wollte Jess neugierig wissen. Mein Leben als Hexe war für sie die beste Geschichte, die es derzeit zu hören gab. Ach, was sagte ich da? Die beste Geschichte, die sie jemals zu hören bekommen hatte.

Aus diesem Grund ließ ich mir extra viel Zeit mit dem Einstecken des Handys, bevor ich entgegnete: »Sie kennt keinen der Namen, aber sie will mir bei der Suche helfen.«

»Na, das ist doch etwas«, meinte Jess erfreut, ehe sie das Thema auf unsere neue Mitschülerin lenkte. »Was hältst du von Stana?«

»Sie scheint ganz nett zu sein«, antwortete ich nachdenklich. Obwohl ich anfangs kein gutes Gefühl bei unserer neuen Mitschülerin gehabt hatte, hatte ich vor allem während des Mittagessens den Eindruck gewonnen, dass sie einfach nur aufgeregt gewesen war.

Erstaunlicherweise schien Jess da anderer Meinung zu sein. »Ich finde sie irgendwie komisch. Allein schon wie sie redet und so tut, als wären unsere Probleme nur Lappalien und ihre Aufmerksamkeit nicht wert.«

»Ach, du magst sie ja nur nicht, weil sie wie ein Emo gekleidet ist«, konterte ich in einer Mischung aus amüsiert und genervt. Stanas tiefschwarze Kleidung und das dunkle Make-up spiegelte genau das Gegenteil zur quirligen und farbenfrohen Jess wider.

Jess verdrehte die Augen. »Nein ... nicht nur. Ich kann es selbst nicht beschreiben, aber irgendwie habe ich kein gutes Gefühl bei ihr«, erwiderte sie. »Vielleicht liegt das aber auch daran, dass sie mich den ganzen Tag über kaum beachtet hat.«

Nachdenklich nickte ich. Damit hatte sie sogar recht. Stana hatte sich vollkommen auf mich fokussiert, obwohl ich immer wieder versucht hatte, Jess und meine anderen Freunde miteinzubeziehen. »Sehen wir uns heute Abend?«, fragte ich meine beste Freundin, als wir zu der Straßenkreuzung kamen, an der wir uns trennen mussten.

»Aber natürlich«, antwortete Jess aufgeregt. »Das lasse ich mir doch nicht entgehen. Bis später.«

»Bis dann«, verabschiedete ich mich von ihr. Jetzt musste ich nur noch einen Weg finden, damit meine Eltern mich heute Abend gehen ließen. Schließlich dachten sie, dass gestern schon das Treffen gewesen war.

Dieses Problem löste sich jedoch zu Hause schnell in Luft auf. Ich hatte vergessen, dass Mom heute Abend ein Geschäftsessen in ihrem Betrieb hatte. Dad hatte sich in seinem Büro eingeschlossen, um die Hausarbeiten seiner Studenten zu korrigieren. Da ich wusste, dass er dabei meist Stunden beschäftigt war und nicht gestört werden wollte, schrieb ich nach meiner Fertigpizza nur einen kurzen Zettel, dass ich noch mit Jess ein Referat vorbereiten und erst später nach Hause zurückkommen würde. In mir machte sich ein schlechtes Gewissen breit, weil ich meine Eltern anlog, aber ich konnte ihnen nicht von meinen Kräften erzählen. Das war alles noch zu neu, zu unsicher.

Außerdem waren die beiden nicht wirklich offen eingestellt, wenn es um unsere übernatürlichen Mitbewohner ging. Bei Mom konnte ich es wegen ihrer Erziehung ja irgendwie verstehen, aber Dad war eigentlich immer neugierig gegenüber allem Unbekannten. Nur bei den mystischen Wesen hielt sich diese Neugier zurück und wurde von Angst und Ablehnung ersetzt. Noch wusste ich nicht, wie ich ihnen beibringen sollte, dass ich selbst eine Hexe war, aber irgendwann würde ich nicht mehr drum herumkommen. Bis dahin würde ich jedoch mein Kartenhaus aus Lügen hegen und pflegen, um nicht aus Versehen mein Geheimnis lüften zu müssen. Je weniger Menschen von meinen Kräften wussten, desto sicherer war es für mich.

Das erklärte ich auch gerade meiner besten Freundin, während wir über die Einfahrt zur Vampirvilla hochgingen. »Du weißt doch, dass die beiden keine Fans von übernatürlichen Kräften sind. Wie soll ich ihnen da erklären, dass ich eine Hexe bin und es wahrscheinlich an Dads Familie liegt?«, beendete ich meinen Monolog, der seit meiner Haustür angehalten hatte.

»Irgendwann wirst du es aber tun müssen«, antwortete Jess. »Sonst stürzt dein Lügenkonstrukt noch zusammen.«

Missmutig verzog ich das Gesicht, sie hatte ja recht. »Aber …«

Weiter kam ich nicht, denn Jonathan trat aus den Bäumen zu uns. »Na, Ally, gut geschlafen?«, fragte er mich schelmisch grinsend. Natürlich wach wie eh und je und ohne jegliche Spuren von Augenringen, typisch Vampir eben.

»Gut schon, aber nicht lange«, erwiderte ich, wobei sich auf mein Gesicht ebenfalls ein Grinsen schlich. Das Gefühlschaos war zurückgekehrt und verdrängte jegliche Gedanken an meine Eltern und meine Lügen.

»Hat unsere Suche gestern wenigstens etwas gebracht?«, wollte Jonathan neugierig wissen.

Das Lächeln verschwand wieder aus meinem Gesicht und ich schüttelte den Kopf. »Emma hat keinen der Namen in den Hexenchroniken gefunden, aber morgen wollen wir noch mal gemeinsam schauen, ob wir nicht vielleicht doch eine Verbindung erkennen können.«

»Morgen schon wieder? Wird dir das nicht zu viel?« Jonathans Stimme hörte sich ehrlich besorgt an.

»Nein, nein«, entgegnete ich vorschnell. »Sonst werde ich meine Kräfte doch nie kontrollieren können.«

Doch als mein Blick Jonathans kreuzte, sagte er etwas ganz anderes aus. Meine Kräfte und alles, was damit verbunden war, laugten mich aus.

Schnell wandte ich den Blick ab, um nicht hilfesuchend zu wirken. Ich brauchte seine Hilfe nicht. Ich schaffte das auch alleine.

Kapitel 9

Mitte Juli 2015 – Ally

Bei meinen Zauberkräften konnte Jonathan mir sowieso nicht helfen. Obwohl ich die Luft immer noch nicht wirklich beherrschte, hatte sich Emma für heute überlegt, dass wir das Element besser ruhen lassen sollten und wir wandten uns stattdessen den Zaubertränken zu.

Was sich unglaublich spannend anhörte, stellte sich als einziges langes Auswendiglernen heraus. Dieses Kraut ist für das gut und die beiden Zutaten solltest du auf keinen Fall gleichzeitig in einen Trank mischen. Dieser Trank hilft gegen Kopfschmerzen, aber vorsichtig, nur eine Minute länger köcheln lassen und er wird zu einem Abführmittel.

Ich war schon versucht zu fragen, ob es dafür nicht eine Koch-App gab, biss mir aber gerade noch rechtzeitig auf die Zunge, um diese Frage zu verhindern. Emma wäre sicher nicht erfreut darüber gewesen, auch wenn sie eigentlich eine sehr lockere Lehrerin war. Jedoch merkte ich ihr an, dass ihr die Zaubertränke sehr am Herzen lagen – was vielleicht an ihrer Affinität zu Wasser lag, der Grundzutat jedes Zaubertranks.

»Ally, hörst du mir überhaupt noch zu?«, riss sie mich aus meinen Überlegungen.

»Tut mir leid«, entgegnete ich. »Ich frage mich nur, wozu ich das lernen muss. Es gibt doch sicher andere Hexen, die Tränke machen können. Wäre es da für mich nicht besser, wenn ich stattdessen lerne, wie ich meine Kräfte in Bezug auf die Elemente kontrollieren kann? Das erscheint mir die größere Gefahr.«

Emma atmete einmal tief ein, bevor sie antwortete: »Willst du nicht wissen, wie du einem anderen Menschen helfen kannst, wenn er sich schwer verletzt hat?«

»Dazu habe ich doch mein Handy und kann den Notarzt rufen«, erwiderte ich. »Emma, ich habe dich gerade wieder durch die Luft geschleudert. Ich weiß, dass das für dich sicher nicht lustig ist, und ich will erst recht nicht, dass ich Menschen in der Öffentlichkeit durch die Luft schleudere. Es ist ja schon ein Wunder, dass bis jetzt noch nichts dergleichen passiert ist. Jeden Tag warte ich darauf, aber jeden Tag kann ich erleichtert aufatmen. Die Frage ist nur, wie lange das noch so gut gehen wird. Verstehst du meine Angst?«

Für einen kurzen Moment befürchtete ich, dass Emma mich nicht verstehen würde und ich mich weiter mit den Zaubertränken beschäftigen müsste, doch dann nickte sie zustimmend. »Aber ich lasse mich nicht mehr durch die Luft wirbeln. Wenn du das noch einmal machst, bekommst du eine Ladung Wasser ab, haben wir uns verstanden?«

Kichernd nickte ich. Vielleicht brauchte ich ja diesen Anreiz, um bei dem Luftsammlungszauber endlich keinen ganzen Wirbelsturm mehr heraufzubeschwören. »Dann probiere ich es jetzt einfach noch mal, oder?«

»Ja, aber versuch die Luft langsam zu verdichten. Du machst es immer viel zu schnell und dann braut sich gleich der Sturm zusammen. Wir wollen nur ein laues Lüftchen.« Zur Sicherheit trat Emma einige Schritte hinter mich, da der Sturm normalerweise immer nach vorne ausschlug und nicht nach hinten.

Konzentriert streckte ich die Hand mit der Handfläche nach oben aus. Nachdem ich einmal tief eingeatmet hatte, fokussierte ich meine Handfläche und erinnerte mich an die Anweisungen, die Emma mir gegeben hatte. *Die Gabe ist in dir. Spüre die Luft um dich, fange sie ein und verbinde sie, wie ein Netz aus Spinnenweben.* Dieses Mal versuchte ich so vorsichtig wie möglich zu sein, um den Wirbelsturm klein zu halten, aber es klappte einfach nicht.

Stattdessen erfasste der Sturm mich, weswegen ich die Hand hilfesuchend nach der Wand ausstreckte, die ich links von mir vermutete. Sehen konnte ich wegen des Winds sowieso nichts mehr, es war schon ein Wunder, dass ich immer noch auf dem

Boden stand und nicht durch die Luft segelte, wie Emma es sonst immer tat.

Erleichtert erwischte ich einen Garderobenhaken, an den ich mich so fest wie möglich klammerte. Sofort legte sich der Wind wieder, aber ich ließ den Haken nicht los. Verdammt, so konnte es nicht weitergehen! Ich musste endlich die Kontrolle über die Luft erlangen!

Bevor ich jedoch etwas dazu sagen konnte, fiel mir Emmas Blick auf. Sie starrte mich mit riesigen Augen an. Nein, sie starrte nicht mich an, nur meine Hand an dem Garderobenhaken.

Langsam drehte ich mich um und erstarrte ebenfalls. Der Garderobenhaken war kein Garderobenhaken. Es war der Ast eines Baumes, der plötzlich aus dem Boden vor der Wand aufgetaucht war. »Warst du das?«, stammelte ich, befürchtete jedoch, dass die Antwort nein lauten würde.

Genauso war es auch. »Nein, Alisia, das warst du«, erwiderte Emma mit einer Stimme, die eine Mischung aus Ehrfurcht und Angst darstellte. »Du überraschst mich immer wieder.«

»Aber das wollte ich doch gar nicht«, entgegnete ich überfordert, während ich vorsichtig die Hand von dem Ast löste. Sofort fiel der Baum in sich zusammen und löste sich so auf, als wäre er nie da gewesen. Nichts erinnerte mehr an den Ast, der mir im Sturm Halt gegeben hatte. »Emma, was … ich meine wie?«

Mit einer fließenden Handbewegung reinigte sie den Boden von den letzten kleinen Spuren des Baumes. »Wie viel hast du schon von dem Buch gelesen, das ich dir bei unserem letzten Termin mitgegeben habe?«, fragte sie mich mit einem kryptischen Gesichtsausdruck.

Schuldbewusst verzog ich das Gesicht. Wegen des Chaos um Kristy, meiner Nachforschungen mit Jonathan und der Schule war ich noch gar nicht zum Lesen gekommen. »Nur die kurze Einführung am Anfang«, gab ich zerknirscht zu.

Emmas Gesicht glich einer Maske, sodass ich nicht einschätzen konnte, ob sie enttäuscht von mir war. »Am Anfang habe ich dir doch erklärt, dass jede Hexe sich auf ein bestimmtes Element spezialisiert«, begann sie ruhig.

»Ja«, antwortete ich. »Was bei mir Luft ist.«

»In sehr seltenen Fällen kommt es vor, dass sich eine Hexe auf mehrere Elemente spezialisiert, aber selbst im Gallagher-Clan, der dafür berühmt war, kommt es in der heutigen Zeit nur noch alle paar Generationen vor.« Inzwischen war mir klargeworden, worauf Emma hinauswollte. »Und dann stehst du vor mir, ein Mädchen, dessen Eltern keine Hexen sind, und hast nicht nur starke Kräfte, sondern kannst auch noch Luft und Erde deine Elemente nennen. Das ist wirklich unglaublich, selbst wenn man weiß, wer dein früheres Ich ist.«

»Vielleicht liegt es ja an dem Buch, durch das meine Kräfte damals aufgetaucht sind«, murmelte ich. »Vielleicht hat Kristy ihre Kräfte an es gebunden, wie bei *Harry Potter.*«

Emma fing laut zu lachen an. »Das Einzige, was das Buch kann, ist fehlerhafte Zauber beizubringen. Entweder wurde bei der Übertragung schlampig gearbeitet oder es handelt sich dabei nur um eine magische Kopie des Originals, bei der die Hexe nicht alles genau durchlesen konnte und in Eile einige Kleinigkeiten übersehen hat. Zum Beispiel bei dem Schutzzauber, auf dessen Seiten das Buch bei dir das erste Mal aufgeschlagen war, fehlt der Hinweis, dass die ausführende Hexe den Kreis um ihren Kopf zweimal machen und noch ein paar spezielle Worte sprechen muss, damit das Ritual auch bei ihr Wirkung zeigt«, erklärte sie mir. »Nein, ich kann mir nicht vorstellen, dass das Buch etwas damit zu tun hat. Außerdem, Alisia, so etwas wie Horkruxe gibt es bei den echten Hexen nicht. Wir sind nicht wie *Harry Potter.*«

Beinahe hätte ich »schade« gesagt. So einen Zauberstab hatte ich mir schon als kleines Kind immer gewünscht.

»Um zu zaubern, brauchen wir keinen Zauberstab«, fuhr Emma fort, als hätte sie meine Gedanken gelesen. »Das darfst du jetzt auch gerne noch mal selbst ausprobieren.«

»Und dich durch die Luft schleudern?«, fragte ich zwinkernd.

»Lieber nicht«, erwiderte Emma. »Versuch doch den Sturm etwas mehr zu kontrollieren. Vielleicht klappt es ja jetzt, da dich dein zweites Element erden kann.«

»Na gut«, murmelte ich. »Aber ich garantiere für nichts.«

Tagebuch 2

08.07.15 – 3. Eintrag

Seit wir hier in Chicago sind, forscht Mutter wieder wie verrückt nach einem Ort, an dem wir das Ritual ausführen können. Vor 350 Jahren schien das keine so schwierige Aufgabe gewesen zu sein wie heute. Das macht sie so unausstehlich, dass ich fast den ganzen Tag am Lake Michigan oder in der Innenstadt verbringe. Vielleicht finde ich ja zufälligerweise die Hexe, mit deren Kräften wir unsere Unsterblichkeit wiederherstellen können. Oder ich laufe Lord Jonathan über den Weg und kann ihn mit meinem Charme bezaubern. Aber leider ist dem nicht so. Keine Hexe und kein Lord Jonathan, obwohl ich es bei einem Vampir auch nicht anders erwartet hätte.

Wenn es nach Mutter ginge, müssten wir die Hexe schon längst gefunden haben und den Zauber ausführen. Sie meint, dass wir uns schon viel zu lange auf unserer Unsterblichkeit ausgeruht haben. Gleichzeitig weiß sie genauso wenig wie ich, wieso die Unsterblichkeit plötzlich verschwunden ist. Aber das ist im Moment auch unwichtig. Wichtig ist, dass wir die Unsterblichkeit wiederherstellen.

S.

10.07.15 – 4. Eintrag

Zwei Erfolge an einem Tag. Mutter sieht Licht am Ende des Tunnels und auch ich bin wieder zuversichtlich, dass wir den Zauber noch rechtzeitig ausführen können, denn ich habe jetzt zwei Eisen im Feuer.

Erstens hat mich meine Mutter in die Schule geschickt, um eine Hexe zu finden, und entgegen meiner Erwartungen bin ich wirklich auf eine gestoßen. Meine Mitschülerin Ally ist eine Hexe, aber leider hat sie nicht erkannt, dass ich auch eine bin. Ich werde wohl an ihr dranbleiben müssen und mich weiter in der Schule durchkämpfen, um in den Hexenstamm zu kommen. Ally scheint dazu ein gutes Mittel zu sein.

Zweitens war ich heute Abend im Vampirzirkel und habe Lord Jonathan besucht. Der war vielleicht überrascht, als ich vor ihm stand und ihn fragte, ob er sich nicht an mich erinnern könnte. Tja, jetzt tut er das wieder und denkt, dass ich Kristys Wiedergeburt bin. Nur noch ein paar Treffen und ich habe ihn so weit, dass er mir vertraut. Gut, dass ich so gut mit Kristy befreundet war. Je ähnlicher mein Verhalten ihrem ist, desto schneller wird er mir wirklich glauben, dass ich seine Gefährtin bin. Oh, warte nur, Jonathan Westlake, deine Zweifel werden schneller aus dem Weg geräumt sein, als du denkst.

S.

Kapitel 10

Mitte Juli 2015 – Ally

Ein Rütteln riss mich aus meinem Schlaf. »Ally, aufstehen«, weckte Mom mich liebevoll. »In einer Stunde kommen die Gäste.«

Hatte ich bei ihrem ersten Satz noch vorgehabt, einfach weiterzuschlafen, so schlug ich nun sofort die Augen auf. *12.56 Uhr* zeigte mein Wecker auf dem Nachttisch an. Dad hatte seine Gäste für 14 Uhr eingeladen. »Oh Gott, wieso hast du mich nicht früher geweckt?«, wollte ich von Mom wissen, während ich eilig aus dem Bett sprang und die Schranktüren aufriss.

»Ich hatte das Gefühl, dass du den Schlaf bitter nötig hast«, erwiderte Mom und fügte noch hinzu: »Unten habe ich eine Tasse Tee für dich gemacht. Mach dich fertig, dann kannst du ganz ruhig wach werden, bis deine Großmutter an der Tür erscheint.«

»Danke«, flüsterte ich, wobei ich versuchte meinen Schrank zu durchsuchen, ohne dass ein Chaos entstand. Wer wusste, ob heute nicht noch jemand in mein Zimmer kommen wollte. Meinen Cousinen war alles zuzutrauen.

Etwa eine halbe Stunde später betrat ich einigermaßen wach die Küche, um mir den Tee zu holen. Andere Menschen tranken zum Wachwerden Kaffee, aber damit kam ich so überhaupt nicht klar. Stattdessen brauchte ich mein »Zuckerwasser«, wie Dad immer sagte, weil ich zwei Löffel Zucker in eine einzige Tasse Früchtetee schüttete.

Da der Esszimmertisch schon für Kaffee und Kuchen hergerichtet war, ließ ich mich auf der Couch nieder und beobachtete Dad dabei, wie er die Terrasse kehrte.

Ja, den Schlaf hatte ich wirklich nötig gehabt. Die Vampirinformationstreffen und der gleichzeitige Hexenunterricht laugten mich mehr und mehr aus. Gestern hatten Emma und ich Kristys Geschichte versucht zu ergründen, aber weit waren wir dabei nicht gekommen. Ich wusste bis jetzt nur, dass ich irgendwie mit Kristy verwandt war und dass sie aus der McKenna-Familie stammte, einer der drei Gründerfamilien.

Kristy hatte sich seit ihrem ersten Auftauchen nicht mehr gemeldet, sodass ich ganz auf mich allein gestellt war. Was hatte es für einen Sinn, dass ich von ihr wusste, wenn sie eigentlich gar nichts sagen durfte? Da hätte sie auch gut unsichtbar bleiben können. Vielleicht wäre ich dann etwas weniger verwirrt, als ich es wegen ihrer kryptischen Aussagen im Moment war.

Oft hatte ich schon daran gedacht, Jonathan anzurufen und ihn ein weiteres Mal um Hilfe zu bitten, hatte die Idee aber immer wieder verworfen. Obwohl ich ihm vertraute, hielt mich etwas zurück. Anfangs hatte ich geglaubt, dass es etwas mit Kristy zu tun hätte, aber das war Blödsinn. Schließlich hätte ich doch sonst schon längst von dieser Verbindung erfahren ... oder? Emma und ich hatten gestern doch alle Informationen durchforstet, die man von Kristy bei den Stämmen finden konnte. Leider ergaben meine sonstigen Vermutungen bezüglich Jonathan keinen Sinn. Kristy musste ihn irgendwie gekannt haben.

»Willst du deine Großmutter immer noch wegen der Familiengeschichte fragen?«, wollte Mom von mir wissen, als sie meine leere Tasse wegräumte.

»Ja«, antwortete ich sofort. Dieser Plan stand immer noch, solange ich nicht wusste, woher meine immensen Kräfte kamen. Erst gestern hatte ich Emma wieder in einem Wirbelsturm durch die Luft geschleudert. Von Kontrolle war auch trotz Erde noch nichts zu sehen. »Ich weiß nur noch nicht, wie ich sie am besten fragen soll.«

»Ach, ich bin mir sicher, dass sich dafür eine Möglichkeit ergeben wird«, versicherte Mom mir grinsend. »Agatha plaudert doch so gerne aus dem Nähkästchen.«

Mit diesen Worten sollte sie recht behalten. Nur eine Stunde später bot sich mir die perfekte Gelegenheit, als Dad erzählte: »Ally taucht seit einigen Wochen in die Vampirwelt ein.«

Grandmas neugieriger Blick fiel auf mich, genauso wie auch die Blicke der restlichen Familienmitglieder. Das war´s dann mit der Unsichtbarkeit, die ich bis gerade eben noch genossen hatte. »Wirklich? Wie kommt das denn?«, wollte sie interessiert wissen, wobei mich ihre türkisgrünen Augen ganz genau betrachteten.

»Meine beste Freundin hat mich dazu überredet«, antwortete ich, nachdem ich mein Essen hinuntergeschluckt hatte. »Aber mittlerweile macht es wirklich Spaß.«

»Das wundert mich. Wenn es nach deinem Blut ginge, müsstest du Vampire hassen«, meinte Grandma lächelnd. »Wusstet ihr, dass in unserer Familie eine Hexe auf dem Scheiterhaufen verbrannt wurde?«

Während die anderen in meiner Familie aufstöhnten, lehnte ich mich gespannt nach vorne. Sprach sie von Kristy? »Wirklich?«, hakte ich mit leuchtenden Augen nach. »Eine Hexe?«

Meine Großmutter schien es zu freuen, dass nicht nur ihr einziger Sohn wie gebannt an ihren Lippen hing, denn sie richtete sich freudestrahlend auf. »Als ich ein kleines Kind war, habe ich die Geschichte immer erzählt bekommen, wenn ich unartig war. Es hieß immer ›Sei brav, sonst wirst du wie unsere Vorfahrin auf dem Scheiterhaufen enden‹. Seit ich weiß, dass Hexen wirklich existieren, erschien mir die Geschichte mehr und mehr als die Wahrheit. Also habe ich meine Tanten gefragt, was sie sonst noch darüber wissen.«

»Und?«, fragte ich nach, als sie eine spannungssteigernde Pause einlegte.

»Leider habe ich nicht viel herausgefunden, aber ich kann sagen, dass die Geschichte der Wahrheit entspricht. Unsere Vorfahrin war wirklich eine Hexe, deren Kräfte im Laufe unserer Familie scheinbar verschwunden sind«, antwortete sie.

»Das ist ja wie bei den Hexen von Salem«, unterbrach meine Cousine Carey die Erzählung, bevor sie richtig anfangen konnte. Ich war nicht mehr die Einzige, die interessiert lauschte. Als ich mich am Tisch umblickte, hatten sich alle bis auf die Kleinen nach vorne gelehnt, um jedes Wort mitzubekommen.

»Genau«, stimmte Grandma ihr zu. »Nur, dass diese Vorfahrin nie nach Amerika kam. Es waren ihre Schwestern, die in die Neue Welt flüchteten, wo sie anscheinend ihren Hexenkräften abschworen, um ein normales, sicheres Leben führen zu können. Eine dieser Schwestern ist unsere Ururgroßmutter.«

Ich stand vom Tisch auf, um mir den Tee nachzufüllen. »Sagtest du nicht, unsere Vorfahrin wäre verbrannt worden?«, hakte ich nach, obwohl ich schon wusste, wie die Geschichte lauten würde. Bis jetzt passte alles zu Kristy, zumindest soweit ich wusste.

Grandma lächelte mich wissend an. »Sie war bei ihrem Tod erst 16 Jahre alt und hatte keine Kinder, selbst im 17. Jahrhundert waren Geburten in diesem Alter sehr selten, auch wenn sie schon verlobt war.«

»Verlobt?«, sprach Tante Hannah die Frage aus, die sich auch in meinem Kopf breitgemacht hatte. Zusammen mit dem unguten Gefühl, dass mir die Antwort nicht gefallen würde.

»Am besten erzähle ich die Geschichte so, wie sie mir immer erzählt wurde«, schlug Grandma vor und klopfte auf den freien Platz neben sich, damit ich mich neben sie setzte.

Erst als ich neben ihr saß, begann sie mit der Geschichte, die so schnell niemand von uns vergessen würde: »Die ersten Worte meiner Mutter waren immer: Willst du die Geschichte von der kleinen Hexe hören? Vor vielen Jahren lebte sie gemeinsam mit ihren drei Schwestern im schönen England bei ihrer Mutter und ihrer Großmutter. Im Gegensatz zu dir hat sie ihren Vater nie kennengelernt, da er vor ihrer Geburt gestorben war. Sie wusste von Anfang an, dass sie eine außergewöhnliche Hexe ist und deswegen besonders gefördert wurde. Ihre Kräfte waren so groß wie von noch keiner Hexe zuvor. Aus diesem Grund wurde sie von allen in ihrem Hexenstamm geschätzt, jedoch auch gefürchtet. Doch nicht nur der Neid unter den Hexen wurde ihr gefährlich, sondern auch das Leben unter den Menschen wurde immer schwieriger. Du musst wissen, zu dieser Zeit machten die Menschen Jagd auf Hexen, da sie in ihnen den Grund für das Böse auf der Welt sahen. Kurz vor ihrem 17. Geburtstag musste sich auch unsere kleine Hexe dieser Gefahr stellen, als einer der berühmten Hexenjäger in ihre Gegend kam. Sie war gerade frisch verliebt, verlobt und wahrscheinlich bald verheiratet. Obwohl sie versuchte sich mit Zaubern zu schützen, wurde sie gefangen genommen und nicht mal ihr Verlobter konnte sie retten, obwohl er ein Lord war. So wurde sie auf dem Scheiterhaufen verbrannt, während ihre Familie nach Irland und Amerika flüchtete, um nicht auch noch ermordet zu werden. Und auf diese Weise konnte unsere kleine Hexe durch ihre Schwestern weiterleben, obwohl diese der Hexerei abschworen.«

Carey verzog das Gesicht. »Ich hatte mit einer spannenderen Geschichte gerechnet«, gab sie abschätzig zu. »Man müsste doch bei Hexen mehr Magie erwarten.«

Grandma legte ihre Hand auf Careys. »Du musst bedenken, dass mir die Geschichte erzählt wurde, als Magie noch nicht real war. Meine Mutter wollte mich damit belehren, deswegen musste die Geschichte so glaubhaft wie möglich sein.«

»Und deswegen erzählt sie von einer kleinen Hexe?« Moms Stimme triefte nur so vor Sarkasmus, was ich auf ihre skeptische Erziehung zurückführte. »Agatha, das glaubst du doch selbst nicht. Was für eine Lektion soll das denn überhaupt gewesen sein?«

»Selbst Liebe kann einen vor dem Tod nicht retten?«

»Eine Hexe sein ist gefährlich?«

Die verschiedensten Vermutungen wurden in den Raum geworfen, aber ich blieb still. Mir war egal, welche Lektion hinter dieser Geschichte steckte. In meinem Kopf verglich ich Grandmas Geschichte mit den Informationen aus den englischen Stämmen. Bis auf den Verlobten passte alles zusammen. Trotzdem wusste ich nicht, ob Grandmas Geschichte wirklich der Wahrheit entsprach.

»Meine Mutter wandelte die Geschichte immer wieder so ab, dass sie perfekt zu unserer Situation passte. Mal war die kleine Hexe rebellisch, dann legte sie wieder Wert auf die Liebesgeschichte zwischen ihr und dem Lord. Das, was ich gerade erzählt habe, war mehr oder weniger eine Zusammenfassung all dieser Geschichten. Die kleine Hexe begleitete mich meine ganze Kindheit und war in jeder Situation bei mir. Als kleines Kind akzeptierte ich die Magie, die erst viele Jahre später Realität wurde«, unterbrach Grandma die Diskussionen am Tisch. »Sie hat mir in jeder Situation meines Lebens auf irgendeine Weise geholfen.«

Bevor jemand anderes wieder einen dummen Kommentar dazu abgeben konnte, stellte ich die Frage zu der einzigen Person, die in meinem Kopf noch keinen Namen erhalten hatte: »Weißt du auch, wer ihr geheimnisvoller Verlobter war?«

»Ist ja klar, dass dich die Liebesgeschichte interessiert«, funkte Carey kichernd dazwischen. »Der private Liebesroman in unserer Familiengeschichte. Soll Grandma es noch als Buch schreiben, damit du es dir ins Regal zu deinen anderen Schnulzen stellen kannst?«

Auch alle anderen am Tisch lachten, während Grandma ihre Stirn in Falten zog und über den Verlobten nachdachte. »Wenn ich mich richtig erinnere, lebte meine kleine Hexe in Exeter, aber mir fällt partout nicht der Namen von dem Lord ein ... irgendwas mit J ... James ... Jasper ...«

»Jonathan«, flüsterte ich, obwohl ich auf ein Nein als Antwort hoffte.

Doch auf Grandmas Gesicht erschien ein strahlendes Lächeln. »Ja, genau. Lord Jonathan, so hat meine Mutter ihn immer genannt.«

Wie erstarrt fixierte ich die Tasse vor mir. *Lord Jonathan of Devon.* Jonathan und Kristy waren ein Paar gewesen. Jonathan war mit meinem früheren Ich zusammen gewesen.

Das erklärte so einiges.

Kapitel 11

Mitte Juli 2015 – Ally

»Wie soll ich denn wissen, dass es meine Gefühle sind und nicht Kristys?«, stieß ich frustriert hervor, als Emma wissen wollte, was mich denn so beschäftigte. Heute klappte in meinem Unterricht rein gar nichts. Der Wind machte, was er wollte und da meine Gedanken mit allem beschäftigt waren, nur nicht mit meinen Kräften, konnte ich ihn auch nicht kontrollieren. Da half selbst das beruhigende Gefühl der Erde nicht, anders als Emma es erwartet hatte.

Verwirrt legte diese den Kopf schief. Noch hatte ich ihr nichts von meinen neuen Erfahrungen erzählt. »Welche Gefühle und für wen? Ally, was verschweigst du mir?«, hakte sie nach.

Mit geschlossenen Augen lehnte ich mich gegen die Wand. »Am Samstag hat Grandma mir erzählt, dass Kristy mit Jonathan verlobt war«, begann ich zu erzählen. »Er ... woher weiß ich, dass ich ihm so vertraue, weil ich ihn mag und nicht, weil Kristy in mir danach schreit?«

Emma legte mir die Hand auf den Unterarm. »Ally ...« Sie schien nicht zu wissen, was sie jetzt am besten sagen sollte. »Ich weiß, du bist nicht als Hexe aufgewachsen, aber du darfst dein früheres Ich nicht als eine getrennte Persönlichkeit ansehen. Kristy ist ein Teil von dir. Sie hat dich schon dein ganzes Leben beeinflusst, nur hast du es bis vor wenigen Wochen noch nicht gewusst. Du bist keine andere Person geworden, nur weil du jetzt weißt, wer du in deinem früheren Leben warst.«

»Aber ...«, stammelte ich, doch Emmas Blick brachte mich zum Verstummen.

»Erinnerst du dich daran, als ich dir von meinem Gefährten erzählt habe?«, fragte sie mich.

Stumm nickte ich.

»Gefährten finden sich in jedem Leben wieder. Es ist das Geschenk unserer Göttin, dass unsere Liebe nicht mit dem Tod endet. Jonathan scheint dein Gefährte zu sein. Schätze dich glücklich, dass du nicht lange nach ihm suchen musstest und auch nicht umziehen musst, um mit ihm zusammenzuleben.«

»Umziehen?«, wiederholte ich skeptisch. »Wieso denn umziehen?«

»Normalerweise ist es so, dass eine Hexe erst an ihrer Manifestation von ihrem Gefährten erfährt und nicht selten muss sie umziehen, da er in manchen Fällen sogar am anderen Ende der Welt wohnt«, erklärte Emma mir, wobei ihr Blick sagte, dass sie schon wusste, wie ich darauf reagieren würde.

»Bei Hexen gibt es Zwangsheirat?«, hakte ich geschockt nach. »Ihr zwingt eure Hexen einen Mann zu heiraten, den sie zuvor vielleicht noch nie gesehen haben? Das ist doch vollkommener Blödsinn!«

Die Stammesführerin zuckte nur mit den Schultern. »Das ist Tradition und wir tun es doch in dem Wissen, dass es sich bei der Person um unseren Seelenverwandten handelt«, antwortete sie. »Glaub mir, Ally, das ist nicht so schlimm, wie du dir das gerade vorstellst.«

»Ich dachte, Zwangsheirat wäre ausgestorben«, murrte ich missmutig und konnte es einfach nicht verstehen, dass die Hexen noch so rückständig waren.

Emma lächelte amüsiert. »Wenn du das Gefühl selbst spüren würdest, könntest du verstehen, dass bei den Hexen niemand von einer Zwangsheirat spricht. Außerdem lernt man sich vor der Hochzeit immer erst kennen und bis jetzt hat sich noch jeder in seinen Partner verliebt«, versicherte sie mir. »Glaubst du an Liebe auf den ersten Blick?«

Diese Frage war unvermittelt gekommen, weswegen ich einen Moment lang überlegen musste. »Es wäre schön«, gab ich schließlich zu, wobei sich mein rationales Ich in mir durchsetzte. Wir waren hier schließlich in keinem Märchen. »Aber ich kann es mir nicht vorstellen.«

»Was hast du gefühlt, als du Jonathan das erste Mal gesehen hast?«, wollte Emma wissen.

Langsam beunruhigte mich die Richtung, die das Gespräch gerade nahm. Trotzdem antwortete ich so ehrlich wie möglich: »Ich hatte das Gefühl, als müsste ich ihn kennen, aber ich konnte mir nicht vorstellen woher. Jetzt weiß ich das ja.«

»Setz dich mal im Schneidersitz auf den Boden«, wies Emma mich an.

»Wieso?«, fragte ich verwirrt.

»Tu es einfach«, wiederholte sie. »Ich erkläre dir dann, was ich vorhabe.«

Als ich mich hinsetzte, nahm sie mir gegenüber Platz und griff nach meinen Händen. »Eigentlich hätte ich das schon lange machen sollen«, murmelte sie. »Wir machen jetzt eine Rückführung in dein früheres Ich, damit du mal siehst, wie es bei Kristy angefangen hat.«

»Ich habe doch immer meine Träume«, wandte ich schwach ein.

»Haben dir deine Träume bisher geholfen?«, konterte Emma.

»Nein«, flüsterte ich kopfschüttelnd.

»Dann schließ jetzt einfach die Augen«, bestimmte sie daraufhin. »Wenn alles so klappt, wie ich es mir vorstelle, wirst du das erste Kennenlernen von Kristy und Jonathan zu sehen bekommen.«

Sofort folgte ich ihren Anweisungen und versuchte gleichzeitig meine Nervosität zurückzuhalten. Tief ein- und ausatmen. Ein und aus. Ein und aus … Ich hörte, dass Emma einige Worte in Gälisch sprach, konnte jedoch nicht verstehen, was. Leiser und leiser wurde meine Umwelt, bis ich gar nichts mehr hörte. Dieser Moment dauerte nur so lange an, bis ich mich an einem Ort wiederfand, den ich als letztes erwartet hätte – das Krankenhaus, in dem ich zur Welt gekommen war.

Verwirrt blickte ich mich um. Hatte Emma nicht gesagt, dass sie mich zu meinem früheren Ich zurückführen würde? Gerade befand ich mich aber im Chicago meiner Zeit, nicht im Exeter des 17. Jahrhunderts. Plötzlich fiel mir auf dem Zeitungsstand am Eingang des Krankenhauses etwas auf. Emma hatte mich auf irgendeine Weise in die Zukunft statt in die Vergangenheit katapultiert. Die Zeitungen trugen das Datum 25.08.2015, also einen Monat in der Zukunft. Was hatte das verdammt noch mal zu bedeuten?

In diesem Moment öffnete sich die Tür nach draußen und Jonathan betrat das Gebäude. Hinter ihm schwebte eine junge Frau, die ich erkannte, obwohl sie ein altmodisches Gewand trug. Emma hatte mir von Visionen erzählt. Konnte es sein, dass Kristy Jonathan das erste Mal in einer solchen Vision gesehen hatte und ich das jetzt miterlebte?

Gemeinsam folgten wir Jonathan einige Gänge entlang, bis wir vor der Tür zum OP-Saal stehen blieben. Dort löste sich ein anderer Mann von der Wand, den ich nach kurzem Hinsehen als Lord Marcus erkannte. Er begann lautstark auf Jonathan einzureden: »Jonathan, bist du dir wirklich ganz sicher? Wir können sie mit nichts konfrontieren, ohne zu wissen, ob es auf sie zutrifft.«

Um wen ging es in diesem Gespräch? Sarah, eine andere Vampirin, oder vielleicht sogar um mich?

Jonathan nickte vehement. »Marcus, ich bin mir zu hundert Prozent sicher, dass sie es ist. So unglaublich es scheint, es gibt zu viele Gemeinsamkeiten.« Seine Stimme hörte sich bei diesen Worten so überzeugt an, dass ich keine Zweifel äußern würde.

Bevor Marcus antworten konnte, löste Kristy sich vor meinen Augen in Luft auf und nur wenige Sekunden später fand auch ich mich an einem anderen Ort wieder.

Als ich mich umblickte, erkannte ich, dass es sich um Stallungen eines großen Gutshauses handelte. Gerade betrat Jonathan diesen Stall, in einem Outfit, das mich davon überzeugte, dass ich mich jetzt wirklich in der Vergangenheit befand. Vorsichtig folgte ich ihm und einem weiteren Mann in den abgelegenen Bereich mit den Heuballen. Während die beiden miteinander plauderten, blickte ich mich suchend nach Kristy um, konnte sie jedoch nirgends entdecken.

Dann riss mich ein lautes Nachluftschnappen aus den Gedanken. Ich hatte gar nicht mitbekommen, dass Jonathan den anderen Mann gebissen hatte. Genauso wie Jonathan suchte ich in dem Raum nach dem Ursprung des Geräusches, konnte aber immer noch niemanden außer uns entdecken.

Jonathan schien es genauso zu gehen, doch er war ein Vampir und konnte sich auch auf seine anderen Sinne perfekt verlassen. Von meinem Blickpunkt aus sah ich, dass seine Nasenflügel flatterten.

»Mylord?«, fragte der Mann erschöpft. »Stimmt etwas nicht?«

Jonathan schüttelte beunruhigt den Kopf. »Ich habe etwas gehört.«

»Sie meinen, jemand hat uns beobachtet?« Nun zierte auch den anderen Mann ein besorgter Gesichtsausdruck.

»Wahrscheinlich«, murmelte Jonathan, der sich wie ein Raubtier dem großen Stapel Heuballen näherte.

»Mylord, vielleicht war es auch nur eine Maus?«, versuchte der Mann eine Erklärung zu finden.

Doch Jonathan hörte nicht auf ihn, sondern ging direkt vor dem Heuballen in die Knie.

Bevor er jedoch die Hand ausstrecken konnte, wurde ich wieder an einen anderen Ort gerissen. Nun befand ich mich vor dem riesigen Anwesen und es fühlte sich nicht mehr so an, als würde ich in der Luft schweben.

»Er ist ein Vampir«, schoss es mir, oder eher Kristy, durch den Kopf. *»Wieso schickt Gaia mir eine Vision mit einem Vampir, den ich erst einen Tag später kennenlerne? Wieso zeigt sie mir die Zukunft? Was ist daran der Sinn?«* Wir bewegten uns auf den kleinen Wald auf der anderen Seite des Anwesens zu. *»Oh Gott, Vampire sind blutrünstige Wesen. Die gefährlichsten Wesen, die es auf der Erde gibt. Was machen diese Wesen in unserer Gegend? Wollen sie uns alle töten? Ich will noch nicht sterben. Ah, ich verfluche diese Vision!«*

Als sie diesen Gedanken zu Ende formuliert hatte, wurde ich wieder an einen anderen Ort gebracht. »Ally? Ally? Kannst du mich hören? Bitte sag doch was!« Emmas besorgte Stimme informierte mich, dass ich wieder in meinen eigenen Körper zurückgekehrt war.

»Ich bin da«, flüsterte ich kraftlos und öffnete die Augen. »Ist eine Rückführung immer so anstrengend?«

Emma nickte. »Ja, ist es. Die mentalen Kräfte verlangen uns

immer besonders viel Energie ab«, antwortete sie und beobachtete mich ganz genau, während sie mir beim Aufstehen half. »Erzähl, was hast du gesehen?«

»Kristy hat Jonathan das erste Mal in einer Vision gesehen ... und ich glaube, in dieser Vision ging es um mich«, erzählte ich ihr. »Sie hat ihn erst danach kennengelernt und ich bin mir sicher, dass es keine Liebe auf den ersten Blick war. Zumindest hört sich ›ich verfluche diese Vision‹ für mich nicht so an.«

Emma kicherte. »Nein, das tut es wahrlich nicht. Aber die Vision ist wahrscheinlich wichtig. Ich würde sagen, wir machen für heute Schluss, damit du dich von den Strapazen der Rückführung erholen kannst, und du schreibst zu Hause alles auf, woran du dich erinnern kannst. Je genauer, desto besser.«

Kapitel 12

Mitte Juli 2015 – Ally

»Sind Sie Alisia Dawson?«, rief eine mir unbekannte Frau und stürmte zu mir, kaum, dass ich das Hexenhaus betreten hatte.

Verwirrt blickte ich die Frau an und überlegte, ob ich sie schon einmal im Stamm gesehen hatte. Sie war jung, in ihrem blassen Gesicht zeichneten sich noch keine Falten ab, und ihre schwarzen Haare hatte sie hochgesteckt. Vielleicht war es ja eine Hexe, die ich noch nicht kennengelernt hatte, obwohl ich erst diese Woche beinahe allen Hexen vorgestellt worden war. »Äh, ja«, antwortete ich. »Und Sie?«

»Justine Gallagher«, stellte sie sich vor und reichte mir die Hand. »Es freut mich sehr dich kennenzulernen. Ich darf doch du sagen, oder? Als wir gehört haben, dass eine Gallagher im Chicagoer Stamm aufgetaucht ist, mussten wir natürlich sofort herkommen, um dich kennenzulernen.«

Gallagher? War das nicht eine dieser drei altehrwürdigen Magica-Familien, von denen ich in meinem Buch gelesen hatte? Seit wann war ich denn ...

»Also wirklich, Justine«, unterbrach eine ältere Dame meine Gedanken. »Alisia ist ja wohl eher eine von uns. Marcia McKenna, mein Name.« Auch sie streckte mir die Hand entgegen und ich schüttelte sie geistesabwesend.

Überfordert blickte ich mich suchend nach Emma um, konnte sie jedoch nirgends entdecken. Stritten sich hier gerade wirklich zwei der drei mächtigsten Magica-Familien darum, zu welcher ich gehörte? Oh Gott, und da dachte ich schon, dass meine Familienfeiern zu Hause schlimm waren.

Während die beiden vor mir weiter diskutierten, versuchte ich herauszufinden, wie sie von mir erfahren hatten. Emma hätte mein Geheimnis niemals in die weite Welt hinausposaunt, oder? Doch in ihrem Gespräch ging es nur darum, zu welcher Familie ich denn nun gehörte.

»Sie ist nicht Lisa Gallaghers Nachfahrin, sondern Mary Sarrows«, konterte Marcia McKenna einen weiteren Kommentar von Justine Gallagher. »Alisia ist eine McKenna, ohne Zweifel.«

»Alisia, was sagst du denn dazu?«, wandte Justine sich daraufhin unvermittelt an mich.

Fieberhaft suchte ich nach einer Antwort, mit der ich keine der beiden verletzte, aber zum Glück stieß Emma genau in diesem Moment zu uns, die mich sofort rettete: »Ally gehört zu unserem Stamm, in dem es egal ist, welcher Familie sie angehört.«

Dann griff sie nach meiner Hand und zog mich von den beiden erstaunten Hexen weg. Erst als wir in ihrem Büro angekommen waren, ließ sie ihre beherrschte Maske fallen und fluchte: »Ich weiß schon, wieso ich meine Email so kryptisch wie möglich formuliert habe.« Entschuldigend wandte sie sich an mich: »Es tut mir leid, dass du dich mit den beiden herumschlagen musstest. Sie standen heute einfach vor der Tür.«

»Wie haben sie von mir erfahren?«, wollte ich von ihr wissen, während ich mich in einen der Sessel sinken ließ. »Ich wusste ja selbst noch gar nicht, dass ich mit zwei der drei Hexendynastien verwandt bin.«

Emma lehnte sich frustriert gegen die Wand. »Kristy gehörte zur McKenna-Familie. Anscheinend hat sich herumgesprochen, dass ich wegen eines neuen Stammesmitglieds nach einer Verbindung zur Quelle der Macht suche. Jetzt stehen zwei Hexen in unserer Eingangshalle, die sich darum streiten, zu welcher Familie du denn nun gehörst. Erst habe ich gar nicht verstanden, was sie von mir wollten. Sie haben nur darüber diskutiert, wer dich unterrichten darf und dass es eigentlich ihre Aufgabe wäre, dich in die Hexenkunst einzuführen«, erzählte sie mir.

»Und Sie wissen, zu welcher Familie ich gehöre?«, fragte ich hoffnungsvoll nach, obwohl immer noch die Diskussion in meinen

Ohren klang. Die beiden schienen sich nicht einig gewesen zu sein.

Jetzt ließ sich auch Emma in ihren Stuhl sinken. »Nein, Justine und Marcia wissen es selbst nicht, aber sie wissen mehr als ich«, antwortete sie. »Da du nicht direkt von Kristy abstammen kannst, bleiben nur noch ihre Schwestern Katherine, Mary und Lisa übrig. Katherine und Mary bilden dabei die McKenna-Seite, während Lisa durch ihre Hochzeit zu einer Gallagher wurde. Deswegen kämpfen jetzt beide Hexenfamilien um dich und keiner kann sicher sagen, wer richtigliegt. Obwohl ich eine Theorie habe.«

»Die wäre?«, hakte ich nach.

»Für mich ist es am wahrscheinlichsten, dass du von Mary abstammst. So wie ich es verstanden habe, hatte Mary keine Hexenkräfte und dadurch könnten sie im Laufe der Zeit in Vergessenheit geraten sein. Außerdem sind Lisas und Katherines Linien so nahtlos zurückverfolgbar, dass ich mir nicht vorstellen kann, dass man eine unbekannte Tochter übersehen hätte«, legte Emma mir ihre Vermutung offen, ehe sie wieder aufstand. »Aber noch müssen wir uns nicht damit beschäftigen. Du musst erst lernen deine Kräfte zu kontrollieren, bevor du dich einer Familie anschließt und damit in das große Haifischbecken der Hexenwelt hineingeworfen wirst.«

Sofort weiteten sich meine Augen. »Ich will nicht vor den beiden üben!«, wandte ich unverzüglich ein. Was, wenn ich dann wieder die Kontrolle verlieren und den Raum verwüsten würde? Sie würden schneller aufhören, um mich zu streiten, als ich mich versehen könnte. Wie konnte ich überhaupt zu einer der großen Familien gehören? Ich war nicht so außergewöhnlich wie alle taten. Ich war doch nur Ally.

Emma lächelte mich an. »Keine Sorge, Ally, du wirst dich nicht so früh vor ihnen beweisen müssen. Heute will ich dir die Anfängerzauber zeigen, die man normalerweise als Erstes lernt und die am ungefährlichsten sind. Da können wir in meinem Büro bleiben, ohne dass du mir meine Möbel zerstörst.«

Besorgt blickte ich mich in ihrem Büro um. »Und was, wenn es doch passiert? Wenn ich einfach aus Angst einen Sturm heraufbeschwöre?«, murmelte ich.

»Mach dir darum keine Sorgen, wir bekommen das schon hin«, versicherte sie mir. »Was die beiden Familien angeht, nun ja, irgendwann wirst du dich entscheiden müssen. Spätestens bei deiner Initiation wird eine Entscheidung verlangt werden. Entweder weißt du bis dahin, zu welcher Familie du gehörst, oder du wählst die Familie, die dir am liebsten ist.«

Erschrocken starrte ich sie an, doch die Stammesführerin meinte es vollkommen ernst. Nervös schluckte ich. »Wie lange habe ich noch Zeit?«

»Höchstens drei Monate«, erwiderte Emma. »Länger kann ich die Initiation nicht hinauszögern.«

»Wirst du mir helfen? Mich zu entscheiden, meine ich.«

»Immer doch.« Lächelnd legte Emma mir den Arm um die Schultern und zog mich an ihre Brust. »Egal was ist, du kannst immer zu mir kommen. Auch wenn es um dein früheres Ich und Jonathan geht.«

Damit hatte sie ein Thema angeschnitten, das ich in den letzten Tagen tunlichst vermieden hatte. Mein früheres Ich und seine Verbindung zu Jonathan bereiteten mir immer noch Kopfschmerzen, seit ich davon erfahren hatte. Immer noch war ich mir unsicher, wie ich mich verhalten sollte. Vor allem die Sache mit Jonathan beschäftigte mich. Spätestens morgen Abend müsste ich mich damit beschäftigen, ob ich zu dem Vampirtreffen gehen würde, aber bis dahin wollte ich nicht darüber nachdenken, wie ich jetzt zu Jonathan stand. Noch konnte ich ihn ignorieren und einfach so tun, als wäre nichts Besonderes passiert. »Lass uns lieber üben«, ging ich deswegen nicht weiter auf ihre Worte ein.

Der Unterricht hatte mich abgelenkt und auch ansonsten hatte ich mich immer soweit beschäftigt, dass ich nicht mal ansatzweise an Jonathan und Kristy denken konnte. Erstaunlicherweise ließen mich auch meine Träume diesbezüglich in Ruhe, worüber ich mehr als froh war. Ich hätte es nicht ertragen, jede Nacht zu sehen, wie Jonathan mit meinem früheren Ich gelebt hatte.

Jess' »Heute wie immer?« machte es dann aber leider unausweichlich über die Vampirtreffen nachzudenken. Ich musste mich damit beschäftigen, ob ich Jonathan sehen wollte oder nicht.

Meine beste Freundin blickte mich abwartend an, während ich einen inneren Kampf ausfocht. Ja oder Nein? Ja oder Nein? Vielleicht würde es mir helfen, wenn ich mit ihm über meine neue Erkenntnis redete. Vielleicht würde es das aber nur noch schlimmer machen. Vielleicht wurden dann all meine schlimmsten Befürchtungen wahr, die ich bis jetzt noch gekonnt ausschloss. Was, wenn er sich plötzlich Gefühle einbilden würde, nur, weil ich die Wiedergeburt seiner Ex war?

Vielleicht könnte ich ihn aber auch einfach weiterhin so behandeln wie zuvor. Nein, das ging nicht. Ich konnte nicht so tun, als wäre nichts passiert. Außerdem würde Jonathan sicher merken, dass etwas nicht stimmte, und dann würde er wissen wollen wieso und irgendwann könnte ich nicht mehr lügen.

»Nein«, antwortete ich. »Ich will Jonathan nicht begegnen.«

»Wieso?«, fragte Jess verwirrt nach. »Du warst doch sonst immer so erpicht darauf, ihn zu sehen.«

»Na ja«, fing ich an, ihr alles zu erzählen.

Nachdem sie dann alles wusste, stimmte meine beste Freundin mir sofort zu und versicherte mir auch, dass sie sich eine gute Ausrede überlegen würde, sollte er nach mir fragen. Irgendwas mit Hausaufgaben oder so.

Mein Abend war gerettet ... dachte ich zumindest.

Vergangenes 2

1904 – Jonathan

»Blut mit Erdbeergeschmack«, murrte Marcus, der vor mir in meinem Zimmer auf und ab rannte. »So ein Blödsinn. Dafür haben wir das unechte Menschenblut nicht erfunden.«

Ich verdrehte die Augen, obwohl ich ihm innerlich zustimmte. Seit wir vor zwei Jahren endlich einen Weg gefunden hatten, um nicht mehr von den Menschen abhängig zu sein, hatten andere Wissenschaftler begonnen, neue Experimente durchzuführen. Ihnen ging es dabei jedoch nicht ums Überleben, sondern um spezielle Geschmacksrichtungen oder darum, besondere Gaben hervorzurufen, wobei vor allem die Gaben noch sehr kritisch gesehen wurden. »Na ja, wir können uns zumindest nicht beklagen, dass wir kein Geld bekommen würden. Schließlich sind sie uns zu großem Dank verpflichtet.«

Marcus grunzte. Nur widerwillig hatte er die Rezeptur rausgegeben, damit nicht nur unser Zirkel, sondern auch die anderen Vampire von unserer Entdeckung profitieren konnten.

Durch Mikroskope und die heutigen Möglichkeiten hatten wir alle Blutsorten untersucht und einen Unterschied gefunden. Unser wahlloses Mischen von Blut war an diesem Tag zum Erliegen gekommen, weil wir viel tiefer in die DNA hatten gehen müssen. Mithilfe einiger kompetenter Zirkelmitglieder hatten wir die Lösung gefunden und die DNA von Hirschblut so verändert, dass sie den Nährwert generierte, den Vampire zum Überleben brauchten.

Jetzt verdienten wir zwar an dem Verkauf von Artem *immer noch etwas mit, aber Einfluss auf die Versuche konnten wir leider keinen mehr nehmen. »Als hätten wir nicht schon genug Geld … und*

Jonathan, ich weiß genau, dass man sich deinen tiefsten Wunsch nicht mit Geld kaufen kann«, entgegnete er.

Nun war es an mir, das Gesicht zu verziehen. Natürlich hatte er recht, kein Geld der Welt konnte mir Kristy zurückbringen. Verdammt, nichts, was ich tat, konnte irgendwie beeinflussen, wann sie zu mir zurückkehrte. Marcus war der Einzige, der immer noch fest an ihre Rückkehr glaubte, weswegen ich auch noch nicht aufgegeben hatte, obwohl ich schon oft kurz davor gewesen war. »Ich …«, begann ich, wurde jedoch durch meine Schwester unterbrochen, die laut knallend die Tür aufstieß.

»Jonathan, Jonathan, ich muss unbedingt mit dir reden!«, rief sie aufgeregt. »Oh, hallo Marcus.«

»Ich geh dann mal besser«, meinte Marcus grinsend, verließ den Raum und schloss die Tür hinter sich.

»Was gibt es denn so Wichtiges?«, wandte ich mich an meine kleine Schwester, die mit leuchtenden Augen vor mir stehen geblieben war. Instinktiv erwartete ich eine neue Blutgeschmacksrichtung, aber andererseits sprachen wir hier von meiner Schwester, da musste ich mich auf alles gefasst machen.

Und so war es auch. »Ich will erwachsen werden«, verkündete sie.

»Sarah«, fing ich vorsichtig an, um nichts Falsches zu sagen, »du bist ein Vampir. Vampire können nicht älter werden.«

»Doch«, erwiderte sie. »Gerade wurde dieser Brief vorbeigebracht. Wegen eurer Erfindung hat man einen Weg gefunden, wie Vampire älter werden können. Sie fragen, ob ich nicht mitmachen will.«

Ihrem Gesicht konnte ich ablesen, dass sie sich so sehr wünschte, es machen zu dürfen. Endlich diesem Körper eines kleinen Mädchens zu entkommen, war ihr großer Traum, so wie es meiner war, Kristy wiederzubekommen. »Wie würde das denn genau ablaufen? Ist es gefährlich? Besteht ein Risiko? Könntest du daran sterben?«, hakte ich nach und verschränkte die Arme vor der Brust. »Sarah, ich will dich nicht verlieren.«

Meine Schwester zog eine Schnute, die mich an Kristys Dackelblick erinnerte. Sie wusste, dass sie mich damit normalerweise immer um den Finger wickeln konnte. »Das steht alles in diesem Brief. Für mich hört es sich gar nicht gefährlich an«, informierte sie mich und reichte mir besagtes Schreiben.

Besonders gründlich las ich mir den Brief durch. Durch die vielen Fachbegriffe konnte ich zwar nicht viel verstehen, aber auch für mich hörte es sich nicht gefährlich an. Erleichtert stellte ich außerdem fest, dass mir der Autor des Briefes durch die damaligen Verhandlungen um die Rezeptur bekannt war. »Ich werde das mal überprüfen und mit Mr. Moreton sprechen«, verkündete ich meiner Schwester. »Bevor ich nichts Genaueres weiß, wirst du rein gar nichts unternehmen, junge Dame. Haben wir uns verstanden?«

»Ja«, antwortete Sarah ehrlich. Wir hatten nur noch uns beide, auf ihre Versprechen konnte ich mich in solchen Fällen immer verlassen.

Nur wenige Stunden später stand ich auch schon an der Tür von Mr. Moretons Bostoner Stadthaus, das sich nur wenige Blocks von uns entfernt befand. Es war in einer der billigeren Gegenden, woraus ich schloss, dass Moreton entweder noch nicht lange ein Vampir war, und/oder bei seiner Verwandlung nicht viel Geld besessen hatte.

»Mr. Westlake, mit Ihnen hätte ich so gar nicht gerechnet.« Diese Lüge hätte sogar ein Blinder erkannt, so unbeeindruckt wie der Mann mich anschaute. Er war bei seiner Verwandlung um einiges älter gewesen als ich, sicher so um die 35, war klein und trug eine Brille, die für sein schmales Gesicht viel zu groß war. »Geht es um Ihre Schwester?«, wollte er scheinheilig von mir wissen, während er mich in seinen kleinen Salon führte.

»Natürlich geht es um meine Schwester«, antwortete ich und drehte mich mit verschränkten Armen zu ihm um. Er sollte von Anfang an wissen, dass mit mir hierbei nicht zu spaßen war. »Wieso wollen Sie unbedingt Sarah als Versuchskaninchen?«

Moreton erwiderte meinen Blick erstaunlich unnachgiebig. »Weil es eine viel größere Öffentlichkeitswirkung hätte, wenn es sich bei einer der Probanden um die Schwester des Erfinders handelt«, erklärte er mir nüchtern. »Außerdem hätte ich bei Ihrer Schwester einen besonderen Anreiz, alles richtig zu machen.«

»Es besteht also ein gewisses Restrisiko«, stellte ich fest.

Isaac Moreton zuckte unbeeindruckt mit den Schultern. »Das bleibt immer.«

»Ich werde meine Schwester keiner Gefahr …«, fing ich wütend an.

»Mr. Westlake«, unterbrach Moreton mich gelassen. »Sie als Wissenschaftler sollten doch am besten wissen, dass ein Risiko in solchen Situationen nie ausgeschlossen ist. Oder wollen Sie mir erzählen, dass Sie Artem *nicht oft selbst testen mussten, um die richtige Mischung zu finden? Sie hätten auch immer sterben können und trotzdem sind Sie dieses Risiko eingegangen.«*

»Aber bei Marcus´ und meinen Versuchen ging es nicht um die Veränderung eines erstarrten Körpers«, entgegnete ich. »Wie wollen Sie das überhaupt bewerkstelligen? Und erklären Sie es mir bitte so, dass ich es auch verstehen kann. Nicht wie in ihrem Brief. Nur weil ich an der Erfindung von Artem *beteiligt war, heißt das nicht, dass ich mich mit allen chemischen und biologischen Fachbegriffen auskenne.«*

Moreton atmete einmal durch und griff sich einen Zettel von dem kleinen Tisch hinter ihm, den er mir dann reichte. »Hier sehen Sie, wie ich mir die Verwandlung vorstelle. Wenn Vampire verwandelt werden, bildet sich eine Flüssigkeit, die durch ihre Beschaffenheit alle Zellen nach und nach einfriert. Genauso wie man Eis wieder auftauen kann, habe ich ein Serum gefunden, das diese Wirkung in den Zellen aufhebt. Es wird einige Zeit dauern, aber dann kann selbst ein Vampir wieder wachsen.«

»Sie haben ein Mittel gegen Vampirismus erfunden?«, hakte ich nach.

»Nein, nein, nein«, wandte Moreton sofort ein. »Nur ein Mittel, um Wachstum wieder möglich zu machen. Ihre Schwester wird weiterhin auf Blut angewiesen sein, ein besonders gutes Gehör und eine besonders gute Sicht besitzen und auch alle anderen Vorteile genießen, die zum Vampirismus gehören. Gleichzeitig habe ich ein Mittel erfunden, um das Wachstum zu beschleunigen, sodass Ihre Schwester nicht erst acht Jahre warten müsste, um achtzehn zu werden, sondern schon nach wenigen Tagen das Aussehen einer jungen Dame besitzen würde. Durch Vampirblut wird der natürliche gefrorene Modus der Zellen wieder einsetzen und Ihre Schwester wieder zu einem Vampir machen, der nicht älter wird.«

»Und die beiden Mittel haben keine Nebenwirkungen?«, wollte ich von ihm wissen. Ich konnte es mir nicht so einfach vorstellen, wie er es mir gerade darlegte.

Mit meiner Frage hatte ich den wunden Punkt seines Plans getroffen, denn Moreton verzog das Gesicht. »Gemeinsam habe ich sie noch nie getestet. Zumindest noch nicht in einem Vampirkörper. Deswegen wäre es ja so wichtig, dass Ihre Schwester mir helfen würde«, antwortete er mir zögerlich, wohlwissend, dass er gerade seinen Versuch gefährdete.

»Sarah ist die Einzige, die mir von meiner Familie geblieben ist. Ich will sie auf keinen Fall verlieren!«, stellte ich unmissverständlich klar. »Sie wollen mir also sagen, dass Sie nicht wissen, welche Auswirkungen ihre Erfindung haben wird? Wieso sollte ich das Schicksal meiner Schwester dann in Ihre Hände legen?«

Zum ersten Mal seit ich das Haus betreten hatte, zeigte sich ein zuversichtliches Lächeln auf Mr. Moretons Gesicht. »Weil Sie mir vertrauen können. Seit ich von Ihrer Erfindung erfahren habe, forsche ich nach einem Wachstumsmittel. Ja, es gibt immer noch Risiken, aber die sind minimal im Gegensatz zu den Schwierigkeiten, die ich am Anfang hatte. Ich kann mir nicht vorstellen, dass es Ihre Schwester oder meine anderen Probanden verletzen könnte. Wir Vampire sind sehr widerstandsfähig. Es wird alles gut gehen. Schließlich habe ich die beiden Mittel schon an extrahierten Zellen von mir ausprobiert.«

Wieso hatte er das nicht von Anfang an gesagt? Zumindest hatte er es schon mal an sich selbst ausprobiert und würde nicht komplett ins Blaue experimentieren.

Trotzdem war ich mir noch unsicher, weswegen ich zum zweiten Mal an diesem Tag sagen musste: »Ich werde es mir überlegen.«

Drei Wochen später war es dann soweit und ich schloss meine kleine Schwester fest in die Arme. Nach zwei weiteren Tagen Überlegzeit hatte ich dem Experiment zugestimmt, auch weil Sarah kontinuierlich auf mich eingeredet hatte. Sie konnte ganz schön hartnäckig sein, wenn sie etwas dringend wollte.

»Jonathan, du brauchst mich nicht zu erdrücken«, meinte Sarah grinsend. »Es wird schon alles gut gehen.« Sie war schon den ganzen Tag über unglaublich aufgeregt gewesen, was Marcus und mich nur

noch nervöser gemacht hatte. Aus diesem Grund war Marcus auch nicht dabei, als ich Sarah bei Moreton absetzte. Er würde sich das ganz sicher nicht antun, hatte er mir erklärt.

Besorgt atmete ich aus und ließ ein gespieltes Lächeln auf meinem Gesicht erscheinen. »Das glaube ich erst, wenn ich dich wieder in meine Arme schließen kann«, erwiderte ich.

»Miss Westlake«, unterbrach Moreton unsere geschwisterliche Umarmung. »Sind Sie so weit?«

Sarah nickte, drückte mich ein letztes Mal und löste sich dann aus meinen Armen. »Bis dann, Jonathan.«

»Bis in vier Tagen«, flüsterte ich, bevor sich die Tür hinter ihr schloss.

Isaac Moreton wandte sich ein letztes Mal an mich: »Sobald die Verwandlung abgeschlossen ist, melde ich mich sofort bei Ihnen.«

»Danke«, entgegnete ich und drehte mich dann zur Haustür um. Jetzt musste ich mich nur noch auf andere Gedanken bringen, damit ich diese vier Tage überstand, ohne verrückt zu werden.

Kapitel 13

Ende Juli 2015 – Ally

Seit zwei Wochen war ich schon nicht mehr bei den Vampirtreffen gewesen und ich nahm zur Kenntnis, dass meine Eltern insgeheim froh darüber waren. Wenn sie den Grund wüssten, wären sie das wahrscheinlich nicht mehr.

Eines Abends, wieder mal ein Mittwoch ohne Vampirtreffen, saß ich gerade an meinen Hausaufgaben, als es an der Haustür klingelte. Da Mom die Tür öffnete, kümmerte ich mich nicht weiter darum und konzentrierte mich wieder auf mein Matheproblem, bis es auch an meiner Zimmertür klopfte.

»Ally, hier ist ein junger Mann, der unbedingt mit dir sprechen will«, informierte meine Mutter mich durch die geschlossene Tür hindurch.

Junger Mann? Oh Gott, meinte sie damit ...? Schnell sprang ich von meinem Stuhl auf und eilte zum Fenster. Natürlich stand kein fremdes Auto in unserer Einfahrt. Nein, wenn es wirklich Jonathan war, dann wäre er bei der kurzen Entfernung sicher zu Fuß gekommen. Oh Gott, aber wer sollte es sonst sein? Mich besuchten sonst keine jungen Männer. Vor allem nicht so spät am Abend.

»Soll ich ihm sagen, dass du beschäftigt bist?«, hakte Mom nach, als ich längere Zeit nichts gesagt hatte.

»Das würde nichts bringen«, flüsterte ich, bevor ich laut erwiderte: »Schick ihn hoch.«

Auf Wiedersehen, ruhiger Abend! Schneller als erwartet musste ich mich Jonathan stellen. Während ich mich in meinem Zimmer umblickte, ob es repräsentabel war, ratterte es in meinem Kopf.

Sollte ich ihm von Kristy erzählen? Konnte ich mir in der kurzen Zeit eine glaubwürdige Lüge überlegen? Und würde der Vampir sie auch nicht erkennen? Verdammt, ich hätte viel mehr Zeit gebraucht, um mich vorzubereiten. Wieso musste er jetzt auftauchen? Wieso konnte er nicht einfach akzeptieren, dass ich Zeit brauchte.

»*Aber du hast ihm nicht mal gesagt, dass du Zeit brauchst*«, erinnerte Kristy mich.

Verdammt, verdammt, verdammt. Jetzt gab es kein Zurück mehr. Ich musste stark bleiben. Er durfte es nicht erfahren. Irgendeine Lüge musste er mir glauben. Irgendwie musste man doch auch einen Vampir anlügen können. Mir musste nur …

Wieder klopfte es an meine Zimmertür, doch dieses Mal war es Jonathan, dem ich nervös die Tür öffnete. »Hallo«, stammelte ich. »Komm doch rein.«

Sein Blick lag die ganze Zeit prüfend auf mir. Nicht eine Sekunde ließen die stechend grünen Augen von mir ab, versuchten jede meiner Bewegungen zu entschlüsseln. Er hatte bis jetzt noch kein Wort gesagt, was mich zusehends verunsicherte. Ich wusste nicht, wie ich das Gespräch beginnen sollte.

»Setz dich doch auf mein Bett«, bot ich ihm an, wobei ich mich wieder auf meinen Schreibtischstuhl fallen ließ.

Jonathan setzte sich und wandte endlich den Blick von mir ab, um mein verhältnismäßig großes Zimmer zu betrachten. »Worüber musst du so intensiv nachdenken, dass du nicht mehr zu den Treffen kommen willst?«, fragte er mich endlich, woraufhin sich meine Augen erschrocken weiteten. *Was* hatte Jess denn da bitte schön gesagt?

»War das Jess´ Erklärung?«, erwiderte ich verwirrt, da mir nichts Besseres einfiel.

Ein Lächeln schlich sich auf Jonathans Gesicht. »Nicht die erste Erklärung, aber das war die Erklärung, die am meisten der Wahrheit entsprach«, antwortete er. »Erst hat sie etwas von einem wichtigen Test gefaselt, dann wich sie zurück auf Hausaufgaben und irgendwann war es nur noch intensives Nachdenken und dass sie nicht mehr dazu sagen dürfte.«

Also konnte er eine Lüge erkennen. Das machte es mir um einiges schwieriger, aber ausweichen ging trotzdem. »Ich will eigentlich nicht darüber reden.« Und erst recht nicht mit dir, beziehungsweise würde ich mit vielen darüber reden, nur nicht mit dir.

»Geht es um die Vampire?«, hakte Jonathan nach. »Ally, nur weil du jetzt eine Hexe bist, musst du nicht auf Abstand zu uns gehen. Ich weiß, deine Stammesmitglieder werden dir das geraten haben, aber du musst dich nicht an diese Regeln halten. Emma hat auch Kontakt zu mir und sie wurde noch nicht gelyncht oder ihres Amtes beraubt.«

Wenn es nur das wäre ... »Darum geht es nicht«, antwortete ich. Inzwischen war mir zwar wirklich schon einige Male im Hexenstamm offenbart worden, wie Hexen zu Vampiren standen, aber ich würde mich nicht davon beeinflussen lassen. Der Streit ging mich nichts an und Emma schien auch sehr gut mit dem Zirkel auszukommen, wie Jonathan gesagt hatte.

»Worum geht es dann? Jess hörte sich nicht so an, als würde es sich nur um eine Schullappalie handeln«, entgegnete Jonathan, der immer noch versuchte, mich mit seinen Blicken zu entschlüsseln. »Es ist etwas Übernatürliches, oder?«

Kurz überlegte ich, ob ich mich rausreden sollte, verwarf diesen Gedanken jedoch sehr schnell wieder. So wie es aussah, würde das sowieso nicht funktionieren. Jonathan würde jede meiner Lügen erkennen. »Ich weiß jetzt, von wem ich meine Kräfte habe«, gab ich leise zu. »Grandma hat es mir vor zwei Wochen offenbart.« Das entsprach zwar nicht ganz der Wahrheit, kam ihr jedoch sehr nahe.

Interessiert lehnte Jonathan sich nach vorne. »Und?«

Bevor ich antwortete, atmete ich tief ein und aus. »Vor vielen, vielen Jahren wurde in unserer Familie eine Hexe auf dem Scheiterhaufen verbrannt«, begann ich zögerlich und widerstand nur knapp dem Drang, mich Richtung Schreibtisch zu drehen, um ihn nicht mehr ansehen zu müssen.

»Eine Salem-Hexe?«

»Nein.« Ich schüttelte den Kopf. »Noch vor den Salem-Verbrennungen. Sie wurde in England verbrannt.«

Es war deutlich sichtbar, dass Jonathan ein Gedanke kam, den er sofort wieder aus dem Kopf verbannte. Wie befürchtet hatte Kristy ihn noch nicht losgelassen, doch jetzt konnte ich nicht mehr zurück.

»Meine Kräfte habe ich auf zweierlei Arten bekommen. Einerseits durch meine Hexenvorfahren, deren Kräfte erst bei mir wiederaufgetaucht sind und andererseits durch eine bei Hexen sehr bekannte Methode«, fuhr ich fort, wurde jedoch von Jonathan unterbrochen.

»Bitte sag jetzt nicht Wiedergeburt«, flüsterte er mit einer rauen Stimme und ließ den Kopf in seine Hände sinken.

»Genau das«, erwiderte ich vorsichtig. Wie würde er auf meine nächsten Worte reagieren? »Mein früheres Ich war Kristy Sarrow, deine Verlobte.«

Jonathan blickte mich mit großen Augen an und sagte einige Momente lang gar nichts. Dann murmelte er: »Ich hatte nicht mehr daran geglaubt und dann kommen innerhalb eines Monats zwei Mädchen, die mir erzählen, dass sie Kristys Wiedergeburt sind.«

»Zwei?«, flüsterte ich. »Wie kann das sein? Kristy kann doch nicht in zwei Personen wiedergeboren werden!«

Jonathan schüttelte planlos den Kopf. »Das kann ich mir auch nicht vorstellen«, erwiderte er. »Sie verhielt sich mehr wie Kristy, aber du ...«, er kam ins Stocken.

Abwartend studierte ich ihn ganz genau. Äußerlich konnte ich keine Veränderung wahrnehmen, aber das musste nichts heißen. Mein Herz klopfte mir bis zum Hals, meine Hände fühlten sich unangenehm nass an und schon zum dritten Mal in dieser kurzen Zeit hatte ich die Stellung meiner Beine geändert.

»Das erklärt deine Reaktion auf das Buch«, unterbrach Jonathan nach einer gefühlten Ewigkeit die Stille. »Es hat Kristy gehört, bevor sie gestorben ist.«

Stumm nickte ich, immer noch unsicher, was ich jetzt zu erwarten hatte. »Deswegen habe ich auch so eine unglaubliche Angst vor Feuer. Wie oft habe ich geträumt, dass ich verbrannt wurde? Jetzt weiß ich, dass es Erinnerungen waren und nicht nur Träume.«

Jonathan streckte die Hand nach mir aus, ließ sie dann doch auf seinen Oberschenkel sinken. »Wie kommst du damit klar?«, wollte er überraschenderweise von mir wissen.

»Es ist verwirrend«, antwortete ich ausweichend. »Bis vor einem Monat war ich noch ein normales Mädchen und jetzt bin ich plötzlich die Wiedergeburt der Quelle der Macht, einer der mächtigsten Hexen der Welt. Dann streiten auch noch zwei der drei mächtigsten Hexenfamilien um mich und meine Eltern wissen noch nicht mal, was bei mir alles abgeht.«

»Das ist verständlich, meinte ich aber nicht«, entgegnete Jonathan. »Ich meinte, wie es dir damit geht, dass du Kristys Wiedergeburt bist.« Es schien mir fast so, als würde er mit diesen Fragen versuchen herauszufinden, ob ich wirklich Kristys Wiedergeburt war oder ob diese ominöse andere Person die Wahrheit gesprochen hatte und ich nur eine Lügnerin war.

Jetzt konnte ich nicht mehr anders. Ich musste ihm die Wahrheit sagen, damit ich ihn nicht verlor. Wer auch immer diese andere Person war, sie konnte nicht Kristys Wiedergeburt sein. Das war nur ich und niemand konnte mir das nehmen. Jonathan war für mich bestimmt, für niemanden sonst. »Seit ich weiß, dass Kristy deine Verlobte war und ich mitbekommen habe, wie wichtig den Hexen Wiedergeburten in Bezug auf Liebe sind, weiß ich nicht mehr, welche Gefühle meine eigenen sind und welche Kristy gehören«, erklärte ich ihm zögerlich.

Jonathan nickte. »Ally, du darfst das, was ich jetzt sage, nicht falsch verstehen. Du bist eine wunderbare Person, aber als ich damals von der Möglichkeit einer Wiedergeburt erfahren habe, habe ich mir darunter etwas anderes vorgestellt«, begann er vorsichtig.

»Und jetzt bist du enttäuscht«, murmelte ich den Tränen nahe, obwohl das genau meine Befürchtung gewesen war.

»Nein, nein, nein«, wandte Jonathan sofort ein. »Das darfst du auf keinen Fall denken. Ich brauche einfach nur etwas Zeit, um über alles nachzudenken. Zuerst muss ich mir darüber klar werden, wem ich in Bezug auf die Wiedergeburt glauben kann und wem nicht. Du bist nicht als Einzige verwirrt.«

»Aber?«, fragte ich nach, da mir der Satz noch etwas unvollständig vorkam.

»Aber du musst verstehen, dass ich schon vor Jahren aufgegeben und nicht mehr an die Wiedergeburt geglaubt habe. Natürlich kenne ich deine Kräfte, was dich jedoch noch lange nicht zu Kristy macht. Und ich will nicht wieder das erleben müssen, was damals geschehen ist. Gaias Pläne haben damals mein ganzes Leben zerstört. Wusstest du, dass Sarah und ich nicht die Einzigen aus unserer Familie waren, die verwandelt wurden? Bis ich Kristy kennenlernte, lebte ich mit meiner ganzen Familie zusammen. Nachdem der Hexenjäger Kristy gefangen genommen hatte, ließ er meine Familie ermorden. Wahrscheinlich hat Gaia damit auch etwas zu tun, damit ich mich auf meine kleine Schwester konzentriere und nicht auf die Rettung von Kristy«, erzählte er mir. »Woher weiß ich, dass mir das nicht wieder passiert? Ich könnte einen weiteren Todesfall nicht verkraften.«

Das verstand ich, doch eine Sache störte mich. Er hatte bis jetzt nichts über seine Gefühle zu mir gesagt. Bei ihm hörte es sich fast an, als ginge es um einen Geschäftsabschluss und nicht um Liebe. Spürte er stärkere Gefühle für diese andere Person und wollte es deswegen nicht sagen oder hatte er in mir noch nie das gesehen, was ich jeden Tag in ihm sah? »Ist es denn wichtig, ob ich Kristy bin?«, murmelte ich. »Ich meine, wir können das doch einfach ignorieren und so weitermachen wie bisher.«

»Kannst du das?«, erwiderte Jonathan skeptisch.

Gute Frage. Hatte ich mich nicht von ihm ferngehalten, weil ich es nicht ignorieren konnte? »Es würde so oder so immer zwischen uns stehen«, flüsterte ich.

Jonathan blickte mich mit durchdringenden Augen an. »Dann schlage ich vor, dass wir uns beide etwas Zeit nehmen, um darüber nachzudenken. Wir bekommen das schon irgendwie hin.«

Sein aufmunterndes Lächeln zauberte auch auf mein Gesicht ein kleines Lächeln. Vielleicht musste ich mir keine so großen Sorgen machen und er spürte das Gleiche wie ich. Das musste er als mein Gefährte doch sowieso, oder? »Bist du dir sicher?«, fragte ich.

Er stand auf, woraufhin ich es ihm gleichtat, und nickte. »Ich mag dich wirklich, Ally, und das würde ich ungern aufgeben.«

»Mich oder Kristy?«

Eigentlich hatte ich es so leise sagen wollen, dass er mich nicht verstand, aber das war bei einem Vampir anscheinend ein Ding der Unmöglichkeit. »Wenn ich Ally sage, dann meine ich auch wirklich dich. Komm nächste Woche zum Treffen und dann reden wir noch mal drüber. Ich bin mir sicher, dass wir bis dahin etwas Ordnung in unsere Gefühle bringen können«, antwortete er, bevor er die Tür öffnete. »Bis dann, Ally.«

»Bis dann«, wiederholte ich, zu verdattert, um ihn nach unten zu begleiten.

Hatte er gerade von Gefühlen gesprochen? Unseren Gefühlen? Hieß das …? Frustriert ließ ich meinen Kopf in meine Hände sinken. Ich hatte schon gewusst, wieso ich diesem Gespräch aus dem Weg gegangen war. Es hatte mich mit nur noch mehr Fragen zurückgelassen. Empfand Jonathan wirklich etwas für mich oder war das nur so daher gesagt gewesen? Und waren meine Gefühle überhaupt meine? Wer war außerdem diese zweite Person, die behauptet hatte, dass sie Kristys Wiedergeburt war, und welches Ziel verfolgte sie damit? Was wollte sie von Jonathan und woher wusste sie von Kristy? Fragen über Fragen und keine Antworten. Wer konnte mir da nur helfen?

Kapitel 14

Ende Juli 2015 – Ally

Jess´ Gesichtsausdruck sagte schon alles aus, als ich mich ihr am nächsten Morgen näherte. So schuldbewusst hatte ich sie schon lange nicht mehr erlebt. »Ich habe es wirklich versucht«, waren ihre ersten verzweifelten Worte. »Aber er wollte mir einfach nicht glauben.«

Lächelnd legte ich ihr den Arm um die Schultern. »Mach dir deswegen keinen Kopf, Jess«, versicherte ich ihr. »Ich habe gestern nur zu gut gemerkt, dass man Jonathan Westlake nicht anlügen kann.«

»Also hast du es ihm gesagt?«, fragte meine beste Freundin sofort nach und das Schuldbewusstsein verschwand beinahe komplett aus ihrem Gesicht. Stattdessen wurde es durch eine unbändige Neugier ersetzt.

Während wir unseren Schulweg fortsetzten, erzählte ich ihr im kleinsten Detail, was am gestrigen Abend passiert war. Da ich nach seinem Besuch noch die ganze Nacht wach gelegen hatte, um über das Gespräch nachzudenken, konnte ich jede seiner Reaktionen und Antworten noch wortgetreu wiedergeben. Die Interpretation dazu überließ ich gerne Jess, die den Abend positiver zu lesen schien als ich.

»Aber er hat erst von Gefühlen gesprochen, nachdem er von Kristy wusste«, wandte ich ein, da Jess mit einem verträumten Blick gemeint hatte, dass er mich lieben würde. »Ich will nicht wegen meines früheren Ichs geliebt werden. Ich will geliebt werden, weil ich Ally bin, nur Ally.«

Jess schüttelte den Kopf. »Du bist schon lange nicht mehr nur

Ally. Du bist eine Hexe, sogar eine sehr Mächtige. Zwei Hexenfamilien streiten um dich und du kannst dich frei entscheiden, was du tun willst. Langsam solltest du dich von ›nur‹ Ally verabschieden, sonst wirst du immer auf der Stelle treten und in den wirklich wichtigen Belangen nie weiterkommen«, riet sie mir mit einer Stimme, die mir einen Schauder über den Rücken jagte. So ernst und weise hatte sie noch nie mit mir gesprochen.

»Meinst du wirklich?«, stammelte ich, was mir mit einem heftigen Nicken beantwortet wurde.

»Ally, du darfst mich nicht falsch verstehen, du bist meine beste Freundin und genau deswegen muss ich diejenige sein, die dir mal klar die Meinung sagt«, begann Jess und brachte mich mit einer einzigen Handbewegung zum Stillstand. »Ich weiß, dass du in einer Familie aufgewachsen bist, die vor allem mütterlicherseits nicht viel von der mystischen Welt hält. Seit du weißt, dass du eine Hexe bist, kommt es mir so vor, als würdest du versuchen dieses Weltbild aufrechtzuerhalten und deine Kräfte so gut wie möglich zu verstecken. Deine Eltern wissen nichts davon, in der Schule befürchtest du jeden Moment, dass du irgendetwas mit deinen Kräften zerstörst, und wenn ich die Vampirtreffen oder deinen Hexenunterricht in der Öffentlichkeit anspreche, würdest du mir am liebsten den Mund zuhalten. Du könntest mit deinen Kräften so vieles machen, stattdessen unterdrückst du sie. Schau, selbst jetzt blickst du dich immer wieder suchend um, ob uns nicht vielleicht jemand belauschen könnte und dein Geheimnis herausfindet. Wir leben nicht mehr in einer Welt, in der Hexen auf dem Scheiterhaufen verbrannt werden. Niemand wird dich dafür verurteilen, was du bist. ›Nur‹ Ally ist spätestens verschwunden, als du deine Kräfte entdeckt hast. Obwohl du auch davor schon mehr als nur Ally warst. Du hast das nur nie so gesehen. Und glaub mir, Jonathan wäre dumm, wenn er dich auf deine Hexenkräfte oder dein früheres Ich reduzieren würde. Du bist mehr als das. Du bist meine beste Freundin, auf die ich mich immer verlassen kann, du bist der großherzigste Mensch, den ich kenne und du denkst immer zuerst an andere und dann an dich. Denk jetzt bitte einmal an dich selbst, Ally. Du hast es dir verdient.«

Erschlagen brauchte ich einige Sekunden, damit mein Kopf verstand, was mein Herz von Anfang an gewusst hatte – Jess war die beste Freundin, die ich mir wünschen konnte. Tränen rannen über meine Wangen, als ich sie in eine Bärenumarmung zog. »Danke«, flüsterte ich. »Danke.« Zu mehr war ich in diesem Moment einfach nicht im Stande.

Jess grinste mich an und auch in ihren Augen standen die Tränen. »Ich bin immer für dich da, Ally, vergiss das nicht«, erwiderte sie.

Mit einem glücklichen Grinsen auf dem Gesicht setzten wir den Weg zur Schule fort. »Aber ich meine, ist doch richtig cool, dass sich zwei Hexenfamilien um dich streiten, oder?«, meinte Jess unvermittelt, nachdem es einige Minuten lang still gewesen war. Im Gegensatz zu dieser Frage war es jedoch eine angenehme Stille gewesen. Da wären mir sogar Fragen über Jonathan lieber als diese.

»Richtig cool?«, wiederholte ich ihre Worte. »Es nervt entsetzlich, wie die beiden um mich gestritten haben, als wäre ich irgendein Ding. Aber ja, an sich ist es schon eine Ehre, dass gleich zwei der drei großen Hexenfamilien behaupten, meine Familie zu sein.«

»Hexenfamilien?«, unterbrach eine weitere Stimme uns, bevor Jess antworten konnte. Stana hatte sich uns unbemerkt genähert und anscheinend zu viel des Guten gehört. »Wieso behaupten zwei Hexenfamilien, dass du zu ihrer Familie gehörst? Bist du eine Hexe?«

Ein kurzer Seitenblick zu Jess reichte aus, um mir zu verdeutlichen, dass ich es besser nicht leugnen sollte. »Ja«, erwiderte ich aus diesem Grund. »Ich bin eine Hexe, aber aus meiner näheren Verwandtschaft sonst niemand und deswegen mussten wir in den Nachforschungen so weit in die Vergangenheit gehen, dass jetzt die beiden großen Familien McKenna und Gallagher diskutieren, zu welcher von beiden ich denn nun gehöre.«

Stana zog erstaunt eine Augenbraue nach oben. »Wow«, murmelte sie. »Ich habe schon lange nicht mehr gehört, dass die McKennas und die Gallaghers einen Streit hatten, aber verwunderlich ist es nicht. Das ist bei den beiden Familien ja normal. Einfach abwarten, irgendwann beruhigen sich die schon wieder.«

Erstaunt blickte ich sie an. »Wieso kennst du dich so gut mit den Hexenfamilien aus?«, wollte ich skeptisch von ihr wissen.

Als Antwort ließ Stana eine Blume auf ihrer Hand erscheinen und schob sie mit einem Luftstoß hinter ihr Ohr. »Ich bin selbst eine Hexe«, erzählte sie uns und obwohl wir schon das Schulgelände betreten hatten, schien es ihr egal zu sein, dass jemand ihr Geständnis mitbekommen könnte. Dieses Selbstbewusstsein hätte ich in Bezug auf meine Kräfte auch gerne. »Seit wir nach Chicago gezogen sind, versuchen wir schon Kontakt zum ortsansässigen Hexenstamm aufzunehmen, aber die findet man leider nicht so einfach im Telefonbuch.«

»Soll ich dich Emma mal vorstellen?«, schlug ich ihr sofort vor, ohne groß darüber nachzudenken. »Sie ist die Leiterin des Stammes und kann euch da sicher helfen. Ich muss heute Nachmittag wegen meines Unterrichts sowieso wieder zu ihr, da kannst du gerne mitkommen.«

Auf Stanas Gesicht zeigte sich ein erleichtertes Lächeln. »Das wäre wunderbar. Aber nur, wenn es keine Probleme bereitet«, erwiderte sie. »Ich vermisse die regelmäßigen Rituale und Mutters Einzelunterricht bräuchte auch wieder etwas Abwechslung.«

Da ich bisher bei keinem Ritual dabei gewesen war – Emma war der Meinung, dass wir es langsam angehen lassen sollten –, konnte ich darauf nur stumm nicken. »Dann treffen wir uns heute nach der Schule hier am Eingang und gehen dann gemeinsam zum Stammeshaus. Das ist nicht weit weg von hier.«

Stana nickte und zog mich mit leuchtenden Augen in die Arme. »Danke Ally, du bist die Beste.«

Hinter mir konnte ich Jess grummeln hören. Ich konnte mir vorstellen, dass sie nicht gerade glücklich darüber war, dass die neue Mitschülerin etwas mit mir gemeinsam hatte, was Jess nie haben könnte. Aber das Problem würde ich später lösen, schließlich hatte sie mir gerade bewiesen, dass ich mir keine bessere beste Freundin wünschen könnte, da würden auch Stanas Kräfte nichts daran ändern. Auf meiner Liste standen derzeit jedoch noch viel größere und gravierendere Probleme – allein schon der Mathetest heute gehörte dazu.

Kapitel 15

Ende Juli 2015 – Ally

»Gott, der Test war schrecklich«, murrte ich, als Stana und ich das Schulgelände hinter uns gelassen hatten. Da die Chicagoer Innenstadt in der entgegengesetzten Richtung zu meinem Zuhause lag, hatten wir uns schon von Jess verabschieden müssen, die sich aber bereits in unserer gemeinsamen Französisch-Stunde ausgiebig über den Mathetest beklagt hatte.

Stana zuckte stattdessen nur mit den Schultern. »So schlimm fand ich ihn gar nicht, aber ich war ja auch eine der wenigen, die die Hausaufgaben gemacht hatte«, entgegnete sie nachdenklich.

Ja, das war auch so eine Sache gewesen. Die Aufgaben in dem Test waren fast eins zu eins die Hausaufgabe gewesen, nur mit anderen Worten. Und natürlich hatte ich wegen Jonathans Besuch gestern nicht mehr genug Motivation gehabt, um die Hausaufgabe zu machen. »Kann er das eigentlich?«, wollte ich genervt wissen. »Ich meine, das ist doch nicht fair. Gleiches Recht für alle.«

Die junge blondhaarige Hexe neben mir blickte mich amüsiert an. »Hättest du die Hausaufgaben gemacht, würdest du dich sicher nicht so aufregen. Gleiches Recht für alle, es hätten nur alle die Hausaufgaben machen müssen. Das sollte vielleicht einigen eine Lehre sein.«

Das war eine der Charaktereigenschaften von Stana, die mich nervten. Ab und zu hatte ich bei ihr das Gefühl, dass sie einem in den Rücken fiel und die Schule viel zu ernst nahm. Bei Jess konnte ich mir hundert Prozent sicher sein, dass sie zu mir stehen würde, aber bei Stana glaubte ich, dass sie viel zu sehr auf ihren eigenen

Vorteil aus war und sich in solchen Momenten höhergestellt sah als den Rest der Mitschüler. Vielleicht schätzte ich sie aber auch einfach nur falsch ein, weil ich sie erst so kurz kannte.

»Weißt du seit deiner Kindheit, dass du eine Hexe bist?«, wechselte ich das Thema, um nicht mehr an die Schule und die Mathehausaufgaben denken zu müssen, die ich wegen Jonathan nicht gemacht hatte.

Aus diesem Grund war es auch gut gewesen, dass ich mich während des Unterrichts mit der Frage beschäftigt hatte, ob ich nicht schon früher hätte merken müssen, dass Stana auch eine Hexe war. Vielleicht Schwingungen spüren? Ihr Element bemerken? Ging das bei Hexen? Emma hatte es zumindest bei mir behauptet, aber meine Kräfte waren ja noch mal eine eigene Art, wenn man bedachte, dass sie von der Quelle der Macht kamen.

Stana lächelte mich an und nickte. »Meine Mutter ist auch eine Hexe, genauso wie mein Vater ein Hexer war.« Für einen kurzen Moment glitten bei dem Gedanken an ihren Vater Schatten über ihr Gesicht, dann riss sie sich jedoch wieder zusammen und lächelte. »Als ich noch jung war, hat Mutter die Aufgabe des Unterrichtens übernommen. Sie ist eine sehr gute Hexe, die mir viel beibringen konnte, aber jetzt fällt ihr nichts mehr wirklich Neues ein und ich langweile mich meist.«

»Vermisst du deinen Vater sehr?«, wagte ich mich an eine schwierige Frage. Einerseits wusste ich nicht, wie es sich anfühlte, ohne Eltern zu sein, aber andererseits spürte ich trotzdem so ein Gefühl der Verbundenheit. Und dieses Mal verdrängte ich meine Verbindung zu Kristy nicht, sondern öffnete mein Herz für dieses Gefühl. Vielleicht konnte ich Stana so näherkommen.

Es dauerte einige Minuten, bis Stana antwortete, sodass ich schon mit einem Themenwechsel rechnete, aber es kam ganz anders. »Das ist unausweichlich«, gab sie mit einer traurigen Stimme zu. »Jeden Tag denke ich an ihn und stelle mir vor, was er sagen würde. Ich denke, das wird sich nie legen. Egal wie viel Zeit vergeht. Weißt du, er hat Mutter immer wieder auf den Boden der Tatsachen geholt, wenn ihre Ziele zu hoch wurden. Jetzt fehlt er mir einfach, wenn sie mal wieder umziehen will, um in einem anderen Ort eine bessere Arbeit zu finden. Manchmal frage ich mich, ob alles anders gekommen wäre, wenn er noch leben würde.«

Nachdenklich nickte ich. Diesen Was wäre wenn-Fragen konnte niemand entkommen. In jeder Situation schlichen sie sich in den Kopf und riefen Zweifel hervor. Es schien, als wäre man nie davor geschützt. Seit meine Kräfte zu Tage getreten waren, hatte ich mich schon oft gefragt, wie mein Leben verlaufen wäre, wenn ich Jonathan nicht kennengelernt und das Buch nicht berührt hätte. Inzwischen war ich zu dem Schluss gekommen, dass die Kräfte irgendwann so oder so aufgetaucht wären und ich mich eigentlich glücklich schätzen konnte, dass sofort jemand zur Stelle gewesen war, der mir geholfen hatte. Was jedoch nichts daran änderte, dass mir die Sache mit Kristy und Jonathan Kopfzerbrechen bereitete – immer noch.

»Dort.« Ich deutete auf das unscheinbare Haus, in dem sich der Hexenstamm von Chicago versammelte.

Stana runzelte die Stirn. »Das ist aber nicht groß. Ich hatte mit einer prunkvollen Villa oder einem richtig hohen Wolkenkratzer gerechnet«, murmelte sie, woraufhin ich mir das Grinsen nicht verkneifen konnte. Ja, das Hexenhaus unterschätzten so einige, auch die Vampire, wie ich wusste.

»Lass dich überraschen«, erwiderte ich in einem Singsang, während ich fast schon auf die Tür zu tanzte.

Skeptisch folgte Stana mir, was sich jedoch änderte, als wir in der Eingangshalle stehen blieben. »Wow«, flüsterte sie. »Ich hätte damit rechnen müssen, dass sich hinter der Fassade Großes verbirgt.«

»Hexenkräfte sind etwas Wunderbares«, mischte sich Emma von der Treppe aus ein. »Emma Statterton, und wer sind Sie?«

»Stana Knight«, stellte meine Begleitung sich vor. »Ally meinte, sie könnten mir helfen.«

Emmas fragender Blick glitt sofort zu mir, weswegen ich als Erklärung hinzufügte: »Stana hat heute in der Schule mitbekommen, dass ich eine Hexe bin. Sie und ihre Mutter sind auch Hexen, konnten aber nach ihrem Umzug noch keinen Zugang in den Stamm finden. Ich habe sie mitgenommen, weil du ihnen vielleicht dabei helfen kannst. Schließlich bist du ja die Stammesleitung.«

Besagte Stammesleitung warf nun Stana einen prüfenden Blick zu. »Dann komm mal mit in mein Büro, damit wir uns kennenlernen können«, bestimmte sie mit einer Stimme, die keine Widerrede zuließ, bevor sie sich wieder auf den Weg die Treppe nach oben machte. »Ally, du kannst derweil schon runtergehen und die Zauber vom letzten Mal wiederholen«, informierte sie mich mit einem freundlichen Lächeln, ehe sie die Tür hinter sich und Stana schloss.

Obwohl ich unglaublich neugierig war, widerstand ich dem Drang zu lauschen. Es hätte sowieso nichts gebracht, denn ich würde so oder so von dem Gespräch erfahren. Stattdessen befolgte ich brav Emmas Anweisung und eilte über die Treppe nach unten in den Übungsraum. Dort setzte ich mich im Schneidersitz auf den Boden und erlaubte es mir zum ersten Mal, wirklich über Jonathan nachzudenken.

»Du kannst ihm vertrauen«, mischte sich dabei auch eine Person ein, von der ich schon lange nichts mehr gehört hatte. Nur wenige Meter von mir entfernt schwebte Kristy, deren rote Haare am heutigen Tag ihr Gesicht in wilden Wellen umrahmten. Ihre Kleidung passte schon mehr zu der Epoche, in der sie gestorben war, wirkte jedoch neuer und um einiges hochwertiger als damals.

»Darum geht es doch gar nicht«, antwortete ich. »Ich weiß, dass ich Jonathan vertrauen kann. Es geht eher um meine Gefühle, denen ich nicht vertraue.«

Mit einer wahrlich eleganten Bewegung setze sie sich mir gegenüber, wobei sie ihr Kleid vorsichtig um sich herum drapierte. »Willst du darüber reden?«, fragte sie mich.

»Ja«, flüsterte ich. »Wie ging es dir damals, als du erfahren hast, dass Jonathan dein Gefährte ist?«

Kristy schüttelte kurz den Kopf und antwortete dann: »Bei mir war es damals etwas anderes. In meiner Zeit war es nichts Ungewöhnliches, dass man einen Menschen heiratete, den man nicht kannte. Nur die wenigsten in unserem Stamm mussten zur Heirat nicht umziehen. Schau dir nur meine Schwester Lisa an, sie zog deswegen nach Irland. Außerdem waren Jonathan und ich schon ein Paar, bevor Gaia mir verkündete, dass er mein Gefährte ist. Nun ja, wir waren gerade getrennt, weil ich etwas falsch verstanden hatte, aber das änderte nichts daran, dass ich ihn immer noch geliebt habe. Ich habe mich damals nur so verraten von ihm gefühlt und erst Gaia konnte mir mit der Manifestation klarmachen, dass ich ihm vertrauen konnte und er mich nicht nur wegen meiner Kräfte liebte.«

»Du dachtest, er würde dich wegen deiner Kräfte lieben? Wieso? So würde ich Jonathan gar nicht einschätzen«, hakte ich verwirrt nach.

Daraufhin entwich Kristy ein ersticktes Lachen. »Nein, eigentlich hätte ich wissen müssen, dass er das niemals tun würde. Aber bei dem Thema war ich so empfindlich, dass ich einfach überreagiert habe. Im Hexenstamm ging es allen nur um meine Kräfte, wie groß sie waren und was ich deswegen für eine Verantwortung trug. Kaum einen interessierte das Mädchen, das hinter den Kräften steckte. Als ich dann das Gespräch zwischen Jonathan und seinem Vater mitbekam, indem er meine Hexenkräfte besonders hervorhob, bin ich einfach ausgeflippt und habe nicht mehr mit ihm geredet, bis Gaia mir bei der Manifestation meiner Schwester gezeigt hat, dass er meine Gefährte ist«, erzählte sie mir. »Bis heute kann ich es manchmal nicht glauben, dass er mir wirklich verziehen hat. Er hat mich wirklich geliebt.«

»Und jetzt mich?«, flüsterte ich.

Ohne zu zögern, nickte Kristy. »Ich habe euch schon beobachtet, bevor du erfahren hast, dass ich früher mit Jonathan zusammen war. Wenn du das nicht wüsstest, wärt ihr sicher schon längst ein Paar. Glaub mir, vor dir hat er sich noch nie so sehr um eine Vampirschülerin gekümmert. Und du kannst es so viel leugnen, wie du willst, aber du bist auch in ihn verliebt.«

»Aber nur, weil du mein früheres Ich bist«, wandte ich ein.

»In solchen Momenten denke ich, dass es ein Fehler war, dich so früh zu besuchen«, murmelte Kristy. »Ally, du und ich sind eine einzige Person. Meine Gefühle sind deine und umgekehrt. Alle Menschen haben ein früheres Ich, nur sieht es niemand so, wie du mich siehst. Dein Herz ist in Jonathan verliebt, nicht meinetwegen, sondern weil es glücklich damit ist. Ich habe mich auch gefragt, wer mein früheres Ich war. Vielleicht Jonathans menschliche Verlobte?

Oder habe ich ihn kennengelernt, als er auch in einem anderen Körper steckte? Aber weißt du was? Es ist mir egal. Was zählt, ist das Hier und Jetzt. Und hier und jetzt bist du in ihn verliebt. Nicht ich, nicht mein früheres Ich, sondern du alleine.«

Langsam ließ ich die Worte in meinen Kopf sinken. »Aber was ist mit der anderen Person, die behauptet, deine Wiedergeburt zu sein? Was, wenn er sich für sie entscheidet?«, wollte ich skeptisch von ihr wissen.

Kristy blickte mich an, als wäre ich verrückt geworden. »Ich sitze hier vor dir und nicht vor dieser anderen Person. Ally, du bist meine Wiedergeburt und sonst niemand. Keine Ahnung, wer diese Hochstaplerin ist und was sie will, aber Jonathan wird spüren, dass du die Richtige bist. Da bin ich mir ganz sicher.«

Erleichtert schlich sich ein Lächeln auf mein Gesicht, doch ehe ich antworten konnte, hörten wir Schritte auf der Treppe. »Wir reden später weiter«, flüsterte Kristy schnell, bevor sie sich wieder unsichtbar machte.

Während ich immer noch mit ihren Worten beschäftigt war und mich auch fragte, wieso sie unbedingt hatte verschwinden müssen, erschien Emma im Raum. »Du hast ja gar nichts geübt. Ist alles okay?«

»Jaja«, erwiderte ich und stand schnell auf. »Ich war mit etwas anderem beschäftigt.«

»Willst du darüber reden?«, fragte sie nach.

Zu meinem Erstaunen stellte ich fest, dass ich glücklich den Kopf schüttelte. »Nein, danke, aber das muss ich mit mir selbst ausmachen.« Mit mir und meinem früheren Ich.

Tagebuch 3

20.07.15 – 5. Eintrag

So einfach wie ich dachte, macht Jonathan es mir doch nicht. Er glaubt mir nicht, das bekomme ich bei jedem Treffen zu spüren, aber trotzdem will er auch nicht riskieren, dass seine einzige Chance, Kristy wiederzusehen, den Bach hinunterfährt.

Ich muss mir mehr Mühe geben, obwohl ich meine Mitschülerin derzeit für die größere Hilfe halte, wenn sie nur endlich mal merken würde, dass ich auch eine Hexe bin.

S.

27.07.15 – 6. Eintrag

Heute hatte ich endlich mal Glück. Meine Mitschülerin hat gerade mit ihrer Freundin über die Hexerei gesprochen, als ich zu ihnen gestoßen bin. Die Chance konnte ich mir natürlich nicht entgehen lassen – Ende der Geschichte: Sie hat mich in den Hexenstamm mitgenommen und der Stammesführerin vorgestellt. Die Stammesführerin will aber erst noch mit Mutter sprechen, bevor sie uns in den Stamm initiiert. Aber Mutter wird ihr schon die Meinung geigen. Schließlich ist sie um einiges stärker als diese Hexe. Dass so jemand Stammesführerin werden kann, ist schon unglaublich.

Dann muss ich mich wenigstens nicht mehr mit diesem Vampir abgeben, der sich Gefährte von Kristy schimpft und bei unserem letzten Gespräch noch distanzierter als sonst war. Sobald wir im Stamm aufgenommen sind, brauche ich ihn sowieso nicht mehr. Das war alles nur eine schreckliche Zeitverschwendung. Er hat mir kein bisschen geholfen.

S.

Kapitel 16

Ende Juli 2015 – Ally

Zwei Stunden später kehrte ich nach Hause zurück und ließ mich sofort auf mein weiches Bett fallen. »War der Unterricht bei dir auch immer so anstrengend?«, wollte ich von Kristy wissen, wobei ich versuchte, so leise zu reden, dass man mich unten in der Küche nicht verstehen könnte.

Mein früheres Ich lehnte jetzt an meinem Fenster und hatte in der Zwischenzeit die Kleidung gewechselt. Das Kleid war zu einem gemütlichen Pulli und einer schwarzen Jeans geworden. »Wahrscheinlich sogar noch anstrengender. Unsere Stammesführerin hatte sehr hohe Anforderungen und von mir hat sie wegen meiner besonderen Kräfte noch mehr erwartet als von den anderen Hexen in unserem Stamm«, antwortete sie. »Vor allem, wenn sie auf einen wütend war, konnte der Unterricht zu einer echten Qual werden. Du hast mit Emma noch richtig Glück.«

Wirklich glücklich fühlte ich mich gerade zwar nicht, aber ich wollte es ihr jetzt einfach mal glauben. »Deine Worte haben mich zum Nachdenken gebracht. Du meinst also, dass mir mein früheres Ich, also du, egal sein sollte?«

Kristy nickte. »Wie gesagt, wir sind eine Person. Dir kommt es nur nicht so vor, weil ich noch wie ein Geist bei dir bin und du noch nicht den vollen Zugriff auf meine Erinnerungen hast«, erklärte sie mir.

»Noch? Meinst du damit, dass es nicht immer so sein wird?«, hakte ich verwirrt nach. »Wirst du irgendwann verschwinden?«

Sie lächelte und strich mir liebevoll über die Haare, was ich zu meiner Überraschung sogar spürte. »Wenn meine Mission beendet ist, werden wir komplett zu einer Person verschmelzen. Du wirst auf meine Erinnerungen wie selbstverständlich zugreifen können und nicht mehr das Gefühl haben, dass du eine andere Seele in dir trägst«, erwiderte sie.

Interessiert setzte ich mich auf. »Was ist eigentlich deine Mission? Mich und Jonathan zusammenzubringen?«

Zu meiner Überraschung zuckte Kristy mit den Schultern. »Gaia meinte nur, dass ich es schon wüsste, wenn meine Mission erfüllt sei. Deswegen mache ich mir auch Sorgen um dich, obwohl ich bisher keine Gefahr erkennen konnte. Aber ja, erst mal ist mein Ziel, dass du und Jonathan ein Paar werdet. Das bin ich ihm schuldig.«

»Wieso?«

Mit einem fast schon niedergeschlagenen Gesicht ließ sich Kristy neben mir auf die Bettkante sinken. »Er wollte mich retten, aber ich habe ihn weggeschickt. Meinetwegen wurden Timmie, Lady Isabelle und Lord Christopher umgebracht und ich konnte es nicht verhindern, weil ich der Willkür meiner Göttin unterworfen war. Ich fühle mich schuldig, weil er wegen mir alles verloren hat. Deswegen will ich, dass du ihm eine Chance gibst. Er hat es verdient und wird auch wissen, dass er sich für dich entscheiden muss. Du bist die einzige Wahl für ihn.«

Am liebsten hätte ich sie in den Arm genommen, aber das ging bei ihr als Geistwesen leider nicht, selbst wenn sie mir über die Haare hatte streichen können. Sie wirkte so betrübt, dass es mir im Herzen wehtat. Ob das der Grund für mein Umschwenken war, würde ich mir nie beantworten können, aber ich beschloss, meine Gefühle nicht länger zu bekämpfen. »Wie sollte ich deiner Meinung nach am besten vorgehen?«, wollte ich von Kristy wissen.

»Du gehst zu ihm, redest mit ihm und dann küsst du ihn!«, erklärte sie mir, als wäre es selbstverständlich.

Ich konnte nicht anders, ich musste einfach zu lachen anfangen. Kristys Vorschlag war so verrückt, weil sie eine schwierige Lage so einfach lösen wollte. »Kristy, das ...«

Schritte auf der Treppe ließen mich stocken. Sie kamen immer näher, weswegen ich schnell nach meinem Handy griff und ein Telefonat fingierte, als meine Mutter die Tür öffnete. »Was ist denn so lustig, dass du so laut lachen musstest?«, wollte sie interessiert von mir wissen und blickte sich suchend in meinem Zimmer um. Zum Glück hatte Kristy sich unsichtbar gemacht, sonst wäre ich echt in Erklärungsnot geraten.

»Ach, nur Jess und ich am Telefon ... du weißt schon ...«, versuchte ich eine vernünftige Erklärung zu finden.

»... das übliche Herumgealbere«, beendete Mom meinen Satz. »Ich verstehe schon. Richte ihr schöne Grüße aus. In zehn Minuten gibt es Essen, also seid bitte bis dahin mit eurem Gespräch fertig.«

»Okay, Mom«, erwiderte ich und atmete erleichtert aus, nachdem sich die Tür wieder hinter ihr geschlossen hatte. »Verdammt, das war knapp.«

Jetzt erschien auch Kristy wieder genau an dem Ort, an dem sie zuletzt gesessen hatte. Auf ihr Gesicht hatte sich ein amüsiertes Lächeln geschlichen, was sie jünger wirken ließ. »Du solltest nicht so laut lachen, wenn du mit deinem früheren Ich sprichst und nicht willst, dass deine Eltern davon erfahren«, meinte sie grinsend. Zum ersten Mal hatte ich das Gefühl, die Kristy zu sehen, in die Jonathan sich damals verliebt hatte. Fröhlich, locker und von keinen Schatten der Vergangenheit beeinflusst.

»Dann solltest du mir aber keinen so dummen Vorschlag machen«, entgegnete ich, wobei ich mir das Lächeln nicht verkneifen konnte, ehe ich wieder ernst wurde. »Kristy, ich kann nicht einfach zu Jonathan gehen und ihn küssen. Das ist nicht meine Art.«

Kristy verzog kurz das Gesicht, doch nur wenige Sekunden später leuchteten ihre Augen auf. »Der Traum«, flüsterte sie.

»Wie bitte?«, fragte ich nun vollkommen verwirrt nach.

»An dem Tag, an dem Jonathan mich das erste Mal geküsst hat, hatte ich einen Traum von einem Kuss. Erst dachte ich, dass ich die Person in dem Traum bin, aber ich habe diese Szene nie erlebt, also musst du diejenige sein, durch deren Augen ich sie gesehen habe. Der Traum war eine Vision«, erklärte sie mir, während sich ihre Stimme vor Aufregung fast überschlug. »Ally, das ist die Lösung.«

»Äh«, planlos starrte ich sie an, »kannst du mir das bitte noch mal so erklären, dass ich es auch verstehe? Bisher verstehe ich nämlich nur Bahnhof.«

Lächelnd begann Kristy in meinem Zimmer auf und ab zu gehen. »Du musst Jonathan nicht küssen, du musst es nur so hinbekommen, dass die Vision Wirklichkeit wird und er dich dann küsst. Das sollte doch machbar sein, oder?«

Ihr Gesichtsausdruck wirkte dabei so zuversichtlich, dass ich schon fast ›ja‹ sagen wollte, ohne genauer darüber nachzudenken. Aber zum Glück meldete sich mein Verstand zu Wort und forderte eine genaue Erklärung dieser Szene. »Was müsste ich denn dann tun?«, wollte ich daher wissen.

Kristy griff nach meiner Hand und befahl mir die Augen zu schließen. Mit einem Mal spürte ich eine pulsierende Verbindung zwischen uns, die immer stärker zu werden schien, bis ein Bild vor meinem inneren Auge erschien.

»Ich bin immer für dich da«, versprach mir Jonathan, der mich fest in den Armen hielt. »Gemeinsam schaffen wir das. Vertrau mir, ich kenne mich damit aus.«

»Danke«, flüsterte ich erleichtert. »Was würde ich nur ohne dich tun?« Mein Blick fokussierte sich auf seine grünen Augen, wobei er in kurzen Abständen zu den Lippen glitt.

Jonathan bemerkte das grinsend, tippte mein Kinn nach oben und küsste mich. Ein Schauder rann mir über den Rücken, während ich meine Arme um seinen Nacken schlang, um ihm noch näher zu kommen.

Der Kuss begann sanft, doch langsam wurde er immer leidenschaftlicher und ich begann zu schwanken ... Warte, schwanken?

Das war der Moment, in dem sich das Bild vor meinen Augen wieder auflöste und auch die Verbindung zu Kristy verschwand. »Das war der Moment, in dem mich meine Schwester aufgeweckt hat«, erklärte sie mir, als ich meine Augen langsam wieder öffnete. »Ich vermute, dass du die Person in diesem Traum bist. Also musst du euer Gespräch nur in die Richtung lenken, dass Jonathan diese Worte spricht und dann könnte die Vision Wirklichkeit werden.«

»Könnte«, wandte ich ein, woraufhin Kristy mit den Schultern zuckte.

»Ich kann auch nicht genau sagen, wann die Vision eintreten

wird, aber ich habe ein gutes Gefühl dabei«, meinte sie. »Du wirst es wohl ausprobieren müssen.«

»Kristy, ich weiß nicht«, erwiderte ich unsicher.

»Ach, papperlapapp, du hast nichts zu verlieren und wenn ich mich irre, ist es doch auch nicht weiter schlimm«, unterbrach sie mich beinahe schnippisch. »Das wird schon.« Sie stellte sich vor mich und zog meine Mundwinkel nach oben. »Nicht so skeptisch sein. Alles wird gut.«

»Und wie soll ich ihn bitteschön dazu bringen, dass er sagt, dass er immer für mich da ist?«, hakte ich nach, darauf hoffend, dass ihr das den Wind aus den Segeln nehmen würde.

Leider war dem nicht so. Kristy lächelte triumphierend und entgegnete: »Die Sache mit den Hexenfamilien, die Unsicherheit meinetwegen, deine großen Kräfte … glaub mir, du hast genug Möglichkeiten, um ihn dazu zu bekommen, dass er diese Worte spricht. Er mag dich, Ally, da wird das sicher nicht lange dauern.«

Fieberhaft suchte ich nach einer Möglichkeit, um dieser Geschichte noch zu entkommen, aber mir fiel nichts mehr ein. »Okay«, flüsterte ich. »Ich mache es. Aber nur, wenn ich ihn nicht selbst küssen muss. Weil das wäre mir sonst peinlich.«

Kristy kicherte. »Klar, das ist in meinem Traum ja auch nicht passiert.«

Dann warf ich einen Blick auf meinem Wecker. »Ich muss jetzt zum Essen. Wirst du danach noch da sein?«

»Ich bin immer da«, erwiderte Kristy. »Du bemerkst es nur zu selten.« Daraufhin löste sie sich vor meinen Augen auf und nachdem ich einmal tief eingeatmet hatte, machte ich mich auf den Weg nach unten.

Dort herrschte wenigstens etwas Normalität und es ging nicht um irgendwelche Visionen, Kräfte oder andere magische Dinge.

Kapitel 17

Anfang August 2015 – Ally

Kristy und ich hatten geübt. Wir waren jede erdenkliche Möglichkeit durchgegangen, die Kristy sich hatte vorstellen können. Und sie war der Meinung gewesen, dass sie Jonathan gut genug kennen würde, um ihn einschätzen zu können. Wie oft ich es auch versucht hatte, sie hatte nicht einsehen wollen, dass vier Monate selten ausreichten, um alle Tiefen einer Person zu erforschen.

Trotzdem fühlte ich mich um einiges sicherer, als ich gemeinsam mit Jess die Auffahrt zur Vampirvilla hinaufging. »Was wirst du ihm sagen?«, wollte meine beste Freundin interessiert wissen. »Ich meine, wie willst du mit der Sache umgehen?«

»Geh zu ihm, rede mit ihm und küss ihn«, war das Erste, was in meinem Kopf erschien, aber das konnte ich ihr nicht sagen. Alles konnte ich sagen, nur nicht das. »Abwarten, was auf mich zu kommt. Einen wirklichen Plan habe ich gar nicht«, log ich sie, ohne das Gesicht zu verziehen, an. Natürlich hatte ich einen Plan, doch es stimmte, dass ich abwarten musste, was Jonathan sagen würde. Auf seine Worte musste ich dann meine abstimmen, um Kristys Vision Wirklichkeit werden zu lassen.

Jess zuckte mit den Schultern. »Ist wahrscheinlich die schlauste Idee«, murmelte sie.

In der Eingangshalle blickte ich mich suchend nach Jonathan um, entdeckte jedoch nur Sarah, die zielsicher zu uns kam. »Ally, können wir reden?«, fragte sie mich sofort. »Alleine?«

Erstaunt wechselten Jess und ich einen kurzen Blick. »Äh, ja, klar«, erwiderte ich besorgt.

»Bis später dann«, meinte meine beste Freundin. »Ist es heute wieder im Schulungsraum?«, wandte sie sich an Sarah.

Jonathans Schwester nickte mit einem freundlichen Lächeln. »Ich komme sofort nach.« Nachdem Sarah sich mit der Hand durch die Haare gefahren war, bedeutete sie mir, ihr in das erste Untergeschoss zu folgen.

Dort führte sie mich in ein Büro direkt neben Jonathans, dessen Tür sie vorsorglich abschloss, bevor sie das Wort an mich richtete: »Wie stehst du zu meinem Bruder?«

Überfordert starrte ich sie erst ein paar Sekunden an, in denen ich versuchte, eine zufriedenstellende Antwort zu formulieren. Nur was genau wollte sie von mir hören? »Er ist sehr nett und hat mir schon oft geholfen. Meine Situation ist gerade ja nicht wirklich einfach.«

Sarah verdrehte die Augen. »Wir wissen beide, dass ich das nicht meinte, aber anscheinend muss ich meine Frage präzisieren. Bist du in ihn verliebt?«

Ehe ich antwortete, atmete ich einmal tief durch. »Ja«, flüsterte ich dann. »Bist du jetzt zufrieden?«

Eine gefühlte Ewigkeit blieb Sarah komplett still und schien über meine Antwort nachzudenken. »Ich habe es vermutet, aber irgendwie immer noch gehofft, dass es nicht so ist«, murmelte sie.

»Wieso?«, hakte ich besorgt nach. Was hatte sie gegen mich? Eigentlich hatte ich gedacht, dass sie mich mögen würde. Zumindest hatten wir uns immer gut verstanden.

Sarah begann vor mir auf und abzulaufen. »Du bist eine Hexe, er ist ein Vampir. Das habe ich schon einmal miterlebt und es ist für beide Seiten nicht gut ausgegangen. Ich will nicht, dass es sich wiederholt.«

Wie aufs Stichwort tauchten vor meinem inneren Auge die Bilder von Kristys Verbrennung auf. Ein Schaudern rann mir über den Rücken, während ich versuchte die Erinnerung in den hintersten Winkel meiner Gedanken zu schieben. »Aber es gibt doch keine Hexenjäger mehr«, erwiderte ich mit schwacher Stimme. »Niemand will mich oder deine Familie umbringen.«

In diesem Moment weiteten sich Sarahs Augen. »Woher weißt du das? Hat Jonathan dir von Kristy erzählt?«

Langsam streckte ich die Hand nach ihr aus und brachte sie damit zum Stehen. »Jonathan musste es mir nicht erzählen. Instinktiv wusste ich es schon immer. Meine Angst vor Feuer kommt nicht von irgendwoher.« Da Sarah mich planlos anstarrte, fügte ich hinzu: »Glaubst du an Wiedergeburt?«

Sofort schlug sie die Hand vor ihren Mund. »Oh mein Gott, oh mein Gott, oh mein Gott«, stammelte sie. »Du bist Kristy, also, ich meine ... oh mein Gott.«

Stumm nickte ich.

»Weiß Jonathan davon?«, wollte sie wissen.

Wieder nickte ich. »Ich habe es ihm letzte Woche gesagt und eigentlich wollten wir heute darüber sprechen, wie es jetzt weitergehen soll«, antwortete ich und wollte mir durch die Haare fahren, bis mir auffiel, dass ich mir heute Morgen ja einen Zopf geflochten hatte.

Sarahs prüfender Blick schien mich richtig zu durchbohren, was mich zunehmend verunsicherte. »Wenn ich mir Kristys Wiedergeburt vorgestellt habe, dachte ich immer, dass Jonathan sie sofort erkennen würde. Eigentlich habe ich ja gar nicht an die Wiedergeburt geglaubt. Von Anfang an hielt ich es für eine bescheuerte Idee. Du wirst verstehen, dass ich auch jetzt nicht so schnell glauben will, dass du wirklich Kristys Wiedergeburt bist. Andererseits schätze ich dich nicht wie eine Person ein, die einen Mann mit Betrug für sich gewinnen will. Was also willst du?«

»Ein normales Mädchen sein«, flüsterte ich. »Mein Leben war so einfach, bis ich Jonathan kennengelernt habe. Ich war ein junges Mädchen mit Zielen, Ziele, die nicht Vampire und Hexen beinhalteten. Dann berühre ich dieses Buch und schon kommen Kräfte zum Vorschein, die ich mir nie hätte vorstellen können. Und noch dazu ist mein früheres Ich die damalige Freundin des Mannes, in den ich mich gerade verliebte. Hätte ich nicht Kristy gehabt, die mir in der letzten Woche zugehört und mir hilfreich zur Seite gestanden hat, hätte ich wahrscheinlich keinen Fuß mehr in den Zirkel gewagt und versucht, so viel Abstand wie möglich zu Jonathan zu halten.

Erst jetzt habe ich verstanden, dass Kristy und ich eine Person sind, nicht zwei verschiedene.«

Mein Vortrag schien Sarah überrascht zu haben, denn sie sagte erst gar nichts.

Ein Klopfen nahm ihr dann die Möglichkeit zu antworten, als Jonathan auch schon den Kopf durch die Tür steckte. »Sarah, wo bleibst ...?« Er unterbrach sich, kaum dass er mich entdeckt hatte. »Hallo Ally.«

»Hallo«, erwiderte ich mit einer Stimme, der man meinem Empfinden nach die Nervosität deutlich anhörte. Ich versuchte in seinem Gesicht zu erkennen, was auf mich zukommen würde, musste jedoch feststellen, dass Jonathan kein offenes Buch war, aus dem man alles einfach ablesen konnte. Meine Nervosität stieg ins Unermessliche.

»Ich bin schon auf dem Weg nach unten. Sind denn schon alle da?«, meldete Sarah sich zu Wort und bewegte sich in Sekundenschnelle von der einen Seite des Zimmers zur Tür.

Jonathan zuckte mit den Schultern. »Keine Ahnung, ich war noch nicht unten, weil ich auf Ally gewartet habe«, antwortete er mit einem kurzen Seitenblick zu mir. »Aber da hätte ich ja noch lange warten können.«

Während ich für einen kurzen Moment dachte, dass Jonathan den letzten Satz böse gemeint hatte, fing seine Schwester sofort zu lachen an. »Tut mir leid, dass ich sie entführt habe, aber wir hatten etwas Wichtiges zu besprechen«, entgegnete sie.

»Was denn?«, wollte Jonathan neugierig wissen.

»Ach, nur so Hexen-Vampir-Sachen«, meinte Sarah, bevor sie klugerweise die Tür hinter sich schloss.

Nun war ich der vollen Aufmerksamkeit von Jonathan ausgesetzt. »Hexen-Vampir-Sachen?«, wiederholte er verwirrt. »Worüber habt ihr gesprochen?«

»Sie wollte wissen, ob ich in dich verliebt bin und mir dann eine Rede halten, dass du wegen Kristy im Bezug darauf etwas ... nun ja ... weit ist sie nicht gekommen, weil ich ihr durch mein Bekenntnis, dass ich die wiedergeborene Kristy bin, den Wind aus den Segeln genommen habe«, erklärte ich ihm.

Jonathan blieb still, als würde er darauf warten, dass ich noch etwas sagte.

»Sie macht sich Sorgen um dich«, fügte ich aus diesem Grund einfallslos hinzu.

Er nickte. »Wahrscheinlich hat sie gestern mein Gespräch mit Marcus mitangehört. Oder er hat es ihr erzählt, obwohl ich mir das nicht vorstellen kann. Marcus kann man vertrauen«, erwiderte er. »Ich hoffe, sie war nicht zu forsch.«

»Nein, nein«, entgegnete ich sofort. »Alles okay. Wegen deiner Schwester brauchst du dir keine Sorgen machen.«

»Mache ich auch nicht.« Jonathan löste sich von der Tür. »Deine Gedankengänge sind es, die mir Sorgen machen.«

Hatte ich schon mal erwähnt, dass ich es hasste, wenn er mich so ansah, als könnte er tief in meine Seele blicken? Ich fühlte mich in diesen Momenten immer so nackt und die besonders grellen Augen der Vampire machten es da nicht gerade besser. Wahrscheinlich kam daher die Bezeichnung Röntgenblick.

»Denkst du, mir geht es nicht so?«, entgegnete ich. »Und im Gegensatz zu mir bist du kein offenes Buch, aus dem man einfach lesen kann, was die Person denkt.«

Jonathan lachte kurz auf. »Glaub mir, Ally, du bist alles, nur kein offenes Buch. Ich versuche dich zu entschlüsseln, seit wir uns kennengelernt haben und trotzdem kommen immer wieder Dinge zum Vorschein, mit denen ich nie gerechnet hätte. So wie deine Verbindung zu Kristy.«

Jetzt waren wir also so weit, das Thema Kristy stand offen im Raum. »Hattest du genug Zeit zum Nachdenken?«, fragte ich ihn zögerlich.

»Ich denke schon«, erwiderte er mit einer ernsten Stimme. »Eine Zeitlang habe ich mich gefragt, wie unsere Beziehung verlaufen wäre, wenn du mir nicht gesagt hättest, dass du Kristys Wiedergeburt bist und nicht diese andere Person aufgetaucht wäre, der ich von Anfang an nicht wirklich geglaubt habe. Das war wahrscheinlich die beste Idee, denn ich bin zu dem Schluss gekommen, dass wir wahrscheinlich schon längst ein Paar wären. Denkst du das nicht auch?«

Stumm nickte ich. Das war auch Kristys und meine Schlussfolgerung gewesen.

»Ally.« Jonathan stand mir nun direkt gegenüber, sodass ich den Kopf heben musste, um ihm in die Augen blicken zu können. Genauso hatten wir in Kristys Traum voreinander gestanden. »Wenn ich nicht daran denke, dass du Kristys Wiedergeburt bist, könnte ich mich in dich verlieben.«

»Und wenn du daran denkst?«, flüsterte ich besorgt. Dieser Satz hatte sich für mich zu sehr nach einem ›aber‹ angehört.

»Dann versuche ich dich mit Kristy zu vergleichen und jedes Mal fallen mir neue Gemeinsamkeiten zwischen euch auf. Genauso sehe ich aber auch die Unterschiede, die dich einzigartig machen und von ihr abheben.« Liebevoll strich er mir über die Haare. »Kristy würde sicher nicht wollen, dass wir wegen ihr so umeinander eiern.«

Oh ja, das würde sie sicher nicht. Grinsend dachte ich an ihre Worte. *Geh zu ihm, rede mit ihm und küss ihn.* Mein Blick wanderte zu seinen Augen. Vielleicht hatte Kristy doch unrecht gehabt und die Vision würde erst an einem späteren Zeitpunkt geschehen.

Obwohl das so überhaupt nicht meine Art war, stellte ich mich auf meine Zehenspitzen und legte vorsichtig meine Lippen auf seine. Wenn ich früher an meinen ersten Kuss gedacht hatte, hatte ich mir immer vorgestellt, dass er mich küsste, wie diese Prinzen in den Disneyfilmen. Nicht, dass ich den Anstoß dazu gab. Was, wenn ich es nicht richtigmachte? Und was, wenn ich seine Worte ganz falsch interpretiert hatte, obwohl das kaum möglich war?

Erst reagierte Jonathan nicht, was in mir sofort Sorgen heraufbeschwor, doch dann erwiderte er den Kuss und zog mich noch näher zu sich heran. Erleichterung durchfuhr mich, woraufhin ich mich in seinen Armen auch sichtlich entspannte. Jetzt konnte ich den Kuss so genießen, wie ich es mir immer vorgestellt hatte. Doch es war noch viel besser, als es jemals in meinen Vorstellungen hätte sein können. Jonathan schien zu merken, dass es mein erster Kuss war, denn er ging ganz zärtlich mit mir um, so als wäre ich eine zerbrechliche Porzellanpuppe und kein Mensch aus Fleisch und Blut.

Irgendwann waren meine Luftreserven dann aber doch aufgebraucht und ich musste mich von ihm lösen, wobei ich den Kopf lächelnd an seine Brust lehnte.

»Und du behauptest, du wärst ein offenes Buch«, flüsterte Jonathan überhaupt nicht atemlos. Aber was hatte ich auch von einem Vampir erwartet?

Unwillkürlich kicherte ich. Meine Güte, verwandelte ich mich gerade in einen dieser Cheerleader, die immerzu kichern mussten? Macht Liebe das mit einem? »Vielleicht ja doch nicht. Sonst hätte ich Emma nicht schon so oft durch die Luft geschleudert«, antwortete ich, als ich wieder normal atmete. »Pass auf, dass dir das nicht auch mal passiert.«

Jonathan lachte. »Das kann ich mir nicht vorstellen. Mit Hexen hatte ich schon genug zu tun und ich vertraue dir, dass du dich unter Kontrolle halten kannst.«

»Aber ich habe besonders starke Kräfte. Möglicherweise sogar noch stärkere als Kristy«, entgegnete ich besorgt.

»Du kannst deine Kräfte noch so aufbauschen, es wird bei mir nichts ändern. Ich bin immer für dich da«, versprach mir Jonathan, der mich fest in seinen Armen hielt. »Gemeinsam schaffen wir das. Vertrau mir, ich kenne mich damit aus.«

In meinem Kopf schellten die Alarmglocken. Das war der Satz aus Kristys Traum. Obwohl ich noch so viel hatte sagen wollen, nutzte ich diese Chance und flüsterte nur: »Danke. Was würde ich nur ohne dich tun?« Mein Blick fokussierte seine grünen Augen, wobei er in kurzen Abständen zu seinen Lippen glitt.

Jonathan bemerkte das grinsend, tippte mein Kinn wieder etwas nach oben und küsste mich. Ein Schauer rann mir über den Rücken, dabei hatten wir uns doch gerade erst geküsst. Dann schlang ich meine Arme um seinen Nacken, um ihm noch näher zu kommen.

Die Vision hatte sich doch erfüllt, ohne dass ich etwas dafür hatte tun müssen.

Kapitel 18

Mitte August 2015 – Ally

»Wollen wir noch etwas gemeinsam machen oder habt ihr schon etwas vor?«, wollte Stana von uns wissen, als wir das Gelände des *Fairs* verließen. Langsam hatte sie angefangen zu akzeptieren, dass es Jess und mich außerhalb des Hexenstammes nur im Doppelpack gab. Zumindest warf sie meiner besten Freundin keine tötenden Blicke mehr zu, wenn ich dabei war.

Wir hatten jetzt mehr als zwei Stunden an den Ständen und in den Fahrgeschäften verbracht, hatten es einfach genossen, dass die Schule vorbei war. Das *Fair* war eines meiner liebsten Events in Chicago und wenn mein Geldbeutel es zulassen würde, wäre ich jeden Tag hier, aber leider hatte ich keinen Geldesel zu Hause und von einem Zauber, mit dem man Gold herbeizauberte, hatte ich auch noch nicht gehört.

Zwei Wochen war der Kuss zwischen Jonathan und mir nun schon her und ich bereute es, dass ich davor so zögerlich gewesen war. Ich war noch nie so glücklich gewesen wie in diesem Moment. Endlich hatte ich nicht mehr das Gefühl, dass mir etwas in meinem Leben fehlte, sondern ich fühlte mich komplett. Ich hatte gefunden, was ich mein ganzes Leben unterbewusst gesucht hatte.

»Ich glaube, Ally hat keine Zeit mehr«, antwortete Jess, die grinsend Richtung Straße nickte.

Als ich ihrem Blick folgte, entdeckte ich einen mir gut bekannten schwarzen BMW und an ihn gelehnt meinen Freund. Zum Schutz vor der Sonne trug er eine Sonnenbrille und auch ein langärmliges Hemd, was jedoch nichts daran änderte, dass sein Gesicht sich wie ein Brand anfühlen musste. Das hatten wir immerhin in einer unserer Vampir-Infostunden erfahren.

Schnell drückte ich Jess meine restliche Zuckerwatte in die Hand und eilte zu ihm. »Was machst du denn hier?«, fragte ich erstaunt, als ich vor ihm zum Stehen kam.

»Freust du dich gar nicht, mich zu sehen?«, erwiderte er mit einem ernsten Gesicht, wobei seine Mundwinkel verdächtig zuckten.

»Doch, doch«, beeilte ich mich schnell zu sagen. »Aber die Sonne, ich meine, das kann doch nicht angenehm sein, oder?«

Jonathan lächelte. »Keine Sorge, Ally, ich bin das noch von früher gewohnt. Damals mussten wir auch mit der Sonne klarkommen, um unerkannt unter den Menschen leben zu können«, beruhigte er mich. »Es ist zwar wirklich nicht angenehm, aber die Sonne ist jetzt auch nichts, wovor ich mich fürchten muss.«

Inzwischen waren Jess und Stana auch zu uns gestoßen. »Hallo Jonathan«, begrüßte Jess ihn mit ihrem strahlendsten Lächeln. »Was für eine Überraschung, dich bei Tag zu sehen.«

»Hallo Jess«, erwiderte er freundlich wie eh und je. »Hallo ...?« Er richtete seinen Blick auf Stana, die sofort die Hand ausstreckte.

»Stana Knight«, stellte sie sich mit einem komisch prüfenden Blick in meine und dann in Jonathans Richtung vor. Versuchte sie nur herauszufinden, ob er gut für mich war oder steckte da mehr dahinter? Mich beschlich ein ungutes Gefühl, bei dem ich nicht sagen konnte, woher es kam und was es zu bedeuten hatte.

»Jonathan Westlake«, antwortete mein Freund und schüttelte ihre Hand, als würde er nichts von diesem Gefühl in mir mitbekommen, dabei bemerkte ich auf seinem Gesicht für einen kurzen Moment einen düsteren Ausdruck, der jedoch so schnell verschwand, wie er aufgetaucht war. »Ich hoffe, ihr habt nichts dagegen, wenn ich euch Ally für den Rest des Tages entführe.«

»Nein, nein«, entgegnete Jess sofort. »Wir wollten uns sowieso gerade verabschieden.« Schon fand ich mich in ihrer Umarmung wieder, die durch ein möglichst leises Flüstern begleitet wurde: »Du musst mir morgen alles erzählen.«

Lächelnd nickte ich, verabschiedete mich auch noch von Stana und setzte mich dann auf den Beifahrersitz, zu dem Jonathan mir die Tür aufgehalten hatten.

»Kennst du Stana?«, fragte ich ihn, während er den Motor anließ. Sein Gesichtsausdruck ging mir einfach nicht aus dem Kopf, obwohl er jetzt schon wieder tat, als wäre alles in Ordnung.

Aus diesem Grund tat er auch einige Minuten lang so, als hätte er mich gar nicht gehört. Etwas, das ich von ihm so gar nicht kannte. Sonst konnte ich in jeder Situation auf ihn zählen, aber gerade schien es mir so, als würde er sich genau überlegen, was er mir antwortete.

»Sie kam mir nur irgendwie bekannt vor«, gab er schlussendlich doch eine Antwort. »Doch je länger ich darüber nachdenke, desto unwahrscheinlicher erscheint es mir jetzt.«

Er sagte mir nicht alles, das war mir klar, aber ich hakte nicht genauer nach. Jonathan hatte in seinem Leben schon viele Menschen gesehen. Ähnlichkeiten konnten vorkommen und vielleicht erinnerte sie ihn an eine Person, mit der ihn eine schreckliche Geschichte verband, an die er nur ungern dachte.

Es folgte eine Stille, die ich damit verbrachte, aus dem Fenster zu blicken, obwohl ich durch die Spiegelung immer wieder schaute, welchen Gesichtsausdruck Jonathan gerade trug. Doch das Pokerface konnte ich überhaupt nicht einschätzen.

»Wohin entführst du mich denn?«, wollte ich neugierig wissen, nachdem wir uns mehr und mehr dem Stadtrand näherten. Auch im Auto hatte Jonathan die Sonnenbrille nicht abgenommen und auch nicht gesagt, was genau er geplant hatte. Denn dass er einen Plan hatte, war mir klar. Er war sicher nicht zum Spaß am Tag aufgestanden.

Verschmitzt grinste Jonathan mich kurz an, bevor er seinen Blick wieder auf die Straße richtete. »Das wirst du noch früh genug erfahren«, meinte er nur kryptisch und in diesem Moment war ich mir sicher, dass er zumindest für den Moment das Treffen mit Stana aus seinem Kopf verbannt hatte.

»Also wenn ich nicht wüsste, dass ich dir vertrauen kann, könnte man glatt meinen, dass du mich jetzt in einen Wald bringst, um mich dort auszusaugen«, entgegnete ich gespielt empört, wobei ich ein Grinsen nicht zurückhalten konnte.

Jonathan lachte laut auf, sagte jedoch sonst nichts zu meinem Kommentar. Verdammt, dieser Vampir würde mich wirklich im Dunklen lassen, bis wir ankamen, und ich konnte rein gar nichts dagegen tun.

Während der Fahrt versuchte ich mich an den Straßen und Gebäuden zu orientieren, aber ich konnte mir keinen Reim daraus machen, wo genau wir jetzt eigentlich waren und was Jonathan vorhaben könnte.

Fünf Minuten später schien er endlich Gnade mit mir zu haben. »Warst du schon mal reiten?«, fragte er mich unvermittelt.

»Nur geführt, im Zoo«, antwortete ich. »Wieso?«

Jonathan setzte den Blinker und bog in eine Hofeinfahrt. »Weil ich dir heute Reiten beibringen werde«, erklärte er mir, bevor er den Motor abstellte.

Er hatte das Auto umrundet und mir die Tür geöffnet, bevor ich aus meiner Überraschung aufgetaut war. »Mach dir keine Sorgen, Ally. Ich werde nicht zulassen, dass Esme dir etwas tut.«

»Esme?« Ich konnte mein Lachen nicht zurückhalten. »Jetzt sag mir bitte nicht, dass du dein Pferd nach einer Figur aus *Twilight* benannt hast.«

Auch Jonathan kicherte. »Nein, Esme ist die Abkürzung von Esmeralda, weil der Name viel zu lang zum Rufen ist«, erklärte er mir, als ein Mann aus dem Stalltor trat.

»Guten Tag, Mr. Westlake, ich hätte um diese Zeit nicht mit Ihnen gerechnet«, begrüßte er meinen Freund und stützte sich auf seiner Mistgabel auf, während er mir einen kurzen misstrauischen Blick zuwarf.

Jonathan lächelte ihn freundlich an. »Hallo Dean. Ist denn die Reithalle gerade frei? Ich würde meiner Freundin gerne das Reiten beibringen. Sie hat noch nie auf einem Pferd gesessen«, erwiderte er.

Dean dachte kurz darüber nach. »In zwei Stunden gibt Izzy dort eine Reitstunde, aber bis dahin ist sie frei«, antwortete er. »Brauchen Sie sonst etwas? Esmeraldas Box wurde heute erst geputzt, Timothys mache ich gerade.«

»Nein, vielen Dank, Dean.« Jonathan lächelte den Mann ein letztes Mal an, bevor er mich durch die Stalltore zu einer der hinteren Boxen zog.

Dort stand eine schwarze Stute, die erfreut wieherte, als sie ihren Besitzer entdeckte. In diesem Augenblick ließ ich Jonathans Hand los und blieb zögerlich hinter ihm stehen, während er seinem Pferd über die Nüstern strich. Wenn die Stute den Kopf hob, war sie größer als Jonathan, was mir mächtig Respekt einflößte. Sollte ich von ihr runterfallen, wäre das sehr tief. Wollte ich das wirklich riskieren? Nur weil ich gerade Ferien hatte und durch eine Verletzung nichts verpassen würde, hieß es nicht, dass ich einen Krankenhausaufenthalt herbeisehnte.

Mein Freund bemerkte meine Unsicherheit und legte mir beruhigend den Arm um die Schultern. »Ally, du brauchst dir keine Sorgen zu machen. Esme ist ein braves Pferd, sie wird dir nichts tun, vor allem nicht, wenn ich dabei bin.«

»Aber wenn ich falle …«, flüsterte ich.

»Dann fange ich dich auf«, versprach Jonathan mir mit einem Lächeln, das mir etwas Selbstsicherheit gab. Mit ihm an meiner Seite konnte mir nichts passieren. Darauf musste ich vertrauen.

Trotzdem war ich immer noch auf der Hut, als ich Esme die Hand entgegenstreckte. Die Stute beschnupperte sie kurz und stupste mich dann vorsichtig an, so als würde sie spüren, dass ich Respekt vor ihr hatte. »Bin ich überhaupt richtig zum Reiten angezogen?«, fragte ich und warf einen kurzen Blick auf meine helle Jeans und die rote Bluse, die ich heute trug.

»Für das, was ich heute mit dir vorhabe, auf jeden Fall. Ansonsten würde dir sicher was von Sarah passen«, antwortete Jonathan. »Komm, du kannst mir beim Satteln helfen.«

Ob ich ihm dabei wirklich eine Hilfe war, konnte ich nicht einschätzen, aber es machte auf jeden Fall riesig Spaß. Etwa eine halbe Stunde nachdem wir am Stall angekommen waren, führte Jonathan seine Stute in die Reithalle. Inzwischen ohne Sonnenbrille und auch die Ärmel seines Hemds hatte er hochgekrempelt, schließlich konnten ihn die Sonnenstrahlen in der Halle nicht berühren. Jetzt wurde es ernst.

»Und wie komme ich auf Esme?«, wollte ich von Jonathan wissen. Natürlich hatte ich schon mal gesehen, wie andere Reiter aufstiegen, aber die schwarze Stute kam mir so groß vor. Wie sollte ich mich da so einfach hochschwingen, wie die Reiter es immer taten?

Ehe ich mich versah, hatte Jonathan mich schon hoch und in den Sattel gehoben. In meinem Kopf vermischten sich die Bilder der Gegenwart mit denen aus der Vergangenheit. *Ich nickte schwach und schluckte nervös, bevor der Lord mich an der Hüfte packte und hochhob.* »Du hast Kristy auch das Reiten beigebracht?«, fragte ich ihn überrascht, obwohl ich irgendwie damit hätte rechnen müssen.

Jonathan, der das Zaumzeug in die Hand genommen hatte, nickte. »Mein Bruder hat mich dazu überredet«, erklärte er mir. »Er wollte unbedingt, dass sein Ersatz-Kindermädchen reiten lernt.«

Ich kicherte. »Und du hast dann einfach ja gesagt, obwohl sie nur eine Bedienstete war? Dein Bruder muss ja sehr überzeugend gewesen sein.«

Er zuckte nur mit den Schultern, bevor sich das Pferd in Bewegung setzte. Erschrocken griff ich nach dem Sattelriemen und zog meine Beine an, um den Pferdekörper zu umklammern. »Entspann dich, Ally«, erinnerte Jonathan mich und hielt Esme sofort wieder an. »Wenn du nicht so angespannt bist, wird dir das Reiten viel leichter fallen.«

Ruhig atmete ich ein und aus, versuchte den Sattelriemen etwas lockerer zu greifen, sodass meine Knöchel nicht mehr weiß hervortraten. Nachdem meine Füße ihren Weg auch wieder in die Steigbügel gefunden hatten, lächelte ich Jonathan zuversichtlich an. »Solange wir bei dieser Schnelligkeit bleiben, sollte alles gut sein«, verkündete ich.

Daraufhin schnalzte Jonathan mit der Zunge und der Körper unter mir begann wieder zu schaukeln. Dieses Mal versuchte ich mich jedoch nicht anzuspannen, sondern atmete immer ruhig ein und aus. Je mehr Runden Jonathan mit mir in der Reithalle drehte, desto schöner wurde es für mich. Die Bewegungen gingen auch auf mich über und ich merkte, dass ich mich unwillkürlich im gleichen Rhythmus mitbewegte.

Als wir nach einer Stunde beschlossen, dass es für heute genug war – das kurze Traben war Ausschlag dafür gewesen –, meinte ich beim Absteigen: »Das Reiten liegt mir im Blut.«

»Wohl eher in der Seele«, verbesserte Jonathan mich lächelnd, sichtlich erfreut darüber, dass mir das Reiten gefiel.

»Genau wie du«, flüsterte ich, woraufhin er mich liebevoll küsste. Mit jedem Tag freundete ich mich mehr mit dem Gedanken an, dass in mir eine zweite Seele wohnte. Ich bereute nichts.

Vergangenes 3

1912 – Jonathan

Ich war Sarah in ein kleines Café gefolgt und hatte mich hinter einer Zeitung versteckt. Es hatte einige Zeit gedauert, bis ich mich daran gewöhnt hatte, dass meine kleine Schwester zu einer jungen Frau geworden war. Zwar war sie immer noch kleiner als ich und immer noch zierlich, aber ihre Gesichtszüge hatten das Kindliche verloren und sie fiel unter den ganzen Damen hier überhaupt nicht mehr ungewöhnlich auf.

So war es auch nicht weiter verwunderlich, dass Marcus meiner Schwester seit einigen Wochen so unauffällig wie möglich den Hof machte. Ich wusste nicht wieso, aber anscheinend wollten die beiden nicht, dass ich von ihrer Beziehung erfuhr. Aus diesem Grund war ich Sarah auch gefolgt, um Bestätigung für meine Vermutung zu finden.

Während meine Schwester nervös an ihrem Kaffee nippte, konzentrierte ich mich auf die Artikel in der Zeitung. Seit Tagen gab es in den Medien nur ein Thema – der Untergang der R.M.S. Titanic im Atlantik. Man fragte sich, wie es hatte passieren können, wie genau es abgelaufen war, ob es noch weitere Überlebende gab und an jedem Tag wurde ein neuer Zeuge aus dem Nichts heraufbeschworen, der neue Erkenntnisse in die Zeitung bringen konnte.

Als ich den gefühlt hundertsten Bericht über die technischen Gegebenheiten des Schiffs gelesen hatte, öffnete sich die Tür zum Café und Marcus trat ein. Zielsicher steuerte er meine Schwester an und begrüßte sie mit einem Kuss auf die Wange. An sich wäre das nichts Besonderes gewesen, aber inzwischen kannte ich Marcus gut genug, um zu wissen, dass ein Wangenkuss bei ihm keine simple Begrüßung war, sondern mehr bedeutete.

»Wieso hat dein Treffen mit David so lange gedauert? Ich dachte, ihr wolltet nur über die neuen Einkäufe des Zirkels beraten«, wollte meine Schwester sofort von ihm wissen und in ihrer Stimme schwang große Sorge mit.

Von meinem Tisch aus hatte ich glücklicherweise einen derart guten Blick, dass ich Marcus´ unsicheren Gesichtsausdruck sofort bemerkte. »Europa nähert sich dem Krieg. Gestern Abend hat der Rat eine Nachricht an alle Zirkel geschickt, dass die europäischen Vampire um unsere Hilfe bitten. David spielt mit dem Gedanken, eine kleine Armee zusammenzustellen, die er im Ernstfall nach England schicken will«, erklärte er ihr, wobei er beruhigend ihre Hand nahm.

»Du sollst mit dieser Armee nach Europa reisen?«, stammelte Sarah. »Aber bis jetzt ist doch noch nichts. Vielleicht bleibt alles friedlich. Nur weil die europäischen Vampire ...«

»Sarah, Sarah«, unterbrach Marcus sie. »Ich werde nicht nach Europa reisen. David will die Armee wenn dann selbst anführen und hat mich gebeten, ihn in dieser Zeit zu vertreten. Keiner von uns glaubt, dass es nicht zu einem Krieg kommen wird. Dazu ist die Lage jetzt schon zu angespannt.«

Sarah atmete erleichtert auf. »Gott sei Dank«, flüsterte sie. »Ansonsten wäre ich wahrscheinlich gestorben vor Sorge.«

Marcus lächelte. »Ich bin mir sicher, dass dein Bruder das nie zulassen würde. Nicht nach dem, was ihr beide schon alles durchgestanden habt.«

Meine kleine Schwester verzog missmutig das Gesicht. »Wir sollten es ihm langsam sagen. Jeden Abend fühle ich mich mies, wenn wir vor ihm so tun, als wären wir nur gute Freunde.«

Zustimmend nickte Marcus. »Wollen wir es ihm heute Abend sagen? Wenn wir unsere Blutration abholen?«

Sarah nickte, senkte jedoch ihren Blick und knetete nervös ihr Täschchen. »Hoffentlich ist er nicht wütend. Schließlich bist du sein bester Freund und ich seine kleine Schwester, die er unbedingt beschützen will. Was wenn er nicht will, dass wir ein Paar sind und eure Freundschaft dadurch ruiniert wird?«, sprach sie ihre Sorgen aus.

Lächelnd tippte Marcus ihr Kinn nach oben. »Sarah, ich bin mir sicher, dass es Jonathan lieber ist, wenn du mit jemandem zusammen bist, den er kennt, als mit einem Unbekannten.«

»Da kann ich Marcus nur zustimmen«, mischte ich mich nun auch in das Gespräch der beiden ein. Ich klappte meine Zeitung zusammen und trat zu ihnen an den Tisch. »Schwesterchen, ich verstehe gar nicht, wieso du dir meinetwegen so viele Sorgen gemacht hast.«

»Du wusstest es?«, stammelte Sarah und warf Marcus einen fragenden Blick zu. »Hast du …?«

»Marcus hat nichts gesagt«, informierte ich sie. »Es war nicht zu übersehen, dass zwischen euch mehr ist als Freundschaft. Der ganze Zirkel redet schon darüber.«

»WAS?« Sarah riss erschrocken die Augen auf. »Aber wir waren doch so vorsichtig.«

Kichernd schüttelte ich den Kopf. »Vorsichtig wärt ihr gewesen, wenn ihr euch nicht immer diese Blicke zugeworfen hättet. Obwohl ich zugeben muss, dass mir anfangs selbst nichts aufgefallen ist«, antwortete ich. »Carola hat mich als Erste darauf hingewiesen.«

Marcus´ Mundwinkel zitterten, während er das Lachen zurückhielt. »Schau, ich habe dir doch gesagt, dass alles gut wird.«

»Und wie stehst du dazu?«, hakte Sarah immer noch nervös nach. Einerseits versuchte sie mich genau zu analysieren, um herauszufinden, was in mir vorging. Gleichzeitig wich sie meinen Blicken aus, aus Angst vor meiner Reaktion. Dabei müsste man doch meinen, dass meine Schwester mich besser kannte.

»Ich freue mich für euch. Wieso sollte ich etwas dagegen haben, wenn du dich in Marcus verliebst? Ihm vertraue ich, seit er uns damals vor dem Tod gerettet hat«, erklärte ich ihr. »Aber wenn du sie verletzt, kannst du dich auf etwas gefasst machen. Ich kenne Hexen, die Elemente beherrschen können.«

Vor einigen Monaten hatte ich mich dem ortsansässigen Hexenstamm angenähert, da es dadurch für mich einfacher werden könnte, Kristy zu finden. Auf irgendeine Art und Weise mussten sich ihre

Hexenkräfte zeigen, wenn sie wieder auf die Erde zurückkehrte, und dann würde ich für sie da sein.

»Keine Sorge, das wird nicht passieren«, versicherte Marcus mir, wobei er Sarah wieder einen dieser Blicke zuwarf, der die beiden verraten hatte.

Sarah erwiderte den Blick mit einem halbherzigen Lächeln, bevor ihr Gesichtsausdruck verriet, dass ihr noch etwas auf der Seele lag.

»Was ist los, Sarah?«, fragte ich sie.

»Denkst du, Vater hätte ihn gemocht?«, flüsterte sie.

Lächelnd nickte ich. »Vater hat dich in Marcus´ Obhut gegeben, als die Vampirjäger unser Haus angegriffen haben. Außerdem kann ich mir nicht vorstellen, was er gegen Marcus haben sollte.«

Jetzt entspannte sich auch meine kleine Schwester sichtlich, woraufhin wir noch einige Minuten gemütlich zusammensaßen, ehe wir uns wieder auf den Weg in unser Haus machten.

Erst als Sarah in ihr Zimmer verschwunden war, zog ich Marcus zur Seite und meinte: »Wenigstens hast du mit deinem Liebesgeständnis gewartet, bis sie erwachsen war.«

Marcus zuckte mit den Schultern. »Glaub mir, ich war mir dieser Gefühle erst sicher, nachdem wir drei Tage lang im Ungewissen warten mussten, ob die Alterung geklappt hatte. Diese Sorge hat mich fast verrückt gemacht und dann einer so schönen jungen Frau gegenüberzutreten ...« Er musste den Satz nicht beenden, ich wusste genau, was er damit sagen wollte.

Sarah war bildhübsch geworden und mir war es lieber, wenn sie mit Marcus zusammen war, als dass ich mir wegen mysteriösen Verehrern Sorgen machen müsste.

Kapitel 19

Mitte August 2015 – Ally

»Ally, Post für dich!«, rief Mom, öffnete die Tür und wedelte mit einem kleinen Päckchen vor meinem Gesicht herum. »Das fünfte Paket in dieser Woche. Willst du mir bitte sagen, von wem die sind? Von deinem Freund ja anscheinend nicht, dafür hat er gestern zu verwirrt reagiert, als ich ihn gefragt habe.« Sie schloss die Tür hinter sich und setzte sich auf mein Bett, während ich an meinem Schreibtisch saß.

Für einen kurzen Moment drehte ich mich nicht zu ihr um, weil ich darüber nachdenken musste, was ich jetzt sagen sollte. Dabei glitt mein Blick zu dem Regal, auf das ich die anderen Geschenke der Hexenfamilien gestellt hatte. Kleine Amulette, dünne Hexenbücher und Kerzen sammelten sich dort. Anfangs hatte ich es gar nicht glauben können, aber anscheinend wollten die Gallaghers und McKennas mich mit den Geschenken bestechen, damit ich mich am Ende für ihre Familie entschied. Nur wie sollte ich das meiner Mutter erklären? Es war mir ja bei Jonathan schon schwer genug gefallen.

Gestern hatte ich ihn meinen Eltern vorgestellt. Meine Güte, war ich da nervös gewesen. Schließlich war er ein Vampir und meine Eltern standen den mystischen Wesen nicht gerade offen gegenüber. Erstaunlicherweise hatte sich das Essen doch gut entwickelt. Am Ende hatte Dad mit Jonathan gescherzt und Mom schwärmte nur noch davon, was mein Freund für ein Gentleman war.

»Ally?«, riss Mom mich aus meinen Gedanken.

Ich drehte mich zu ihr um. »Erinnerst du dich daran, was Grandma an Dads Geburtstag erzählt hat?«, begann ich vorsichtig, immer noch nicht wirklich wissend, wie ich ihr das alles beibringen sollte.

»Meinst du die Geschichte mit der Hexe?«, erwiderte sie. »Ja, daran erinnere ich mich.«

»Ich war damals nicht ohne Grund so interessiert daran.« Bevor ich mein Geheimnis offenbarte, setzte ich mich neben Mom aufs Bett und nahm ihre Hand. »Mom, ich bin eine Hexe.«

Sie erstarrte. »Eine Hexe? So richtig mit Zauberkräften?«

Ich nickte und ließ eine Blume auf meiner Hand erscheinen. »Anfangs konnte ich es selbst nicht glauben, aber ich habe gelernt, dass ich mich nicht gegen mein wahres Ich wehren kann. Jonathan und die Leiterin des Chicagoer Stamms helfen mir unglaublich dabei, mit meinen Kräften klarzukommen. Du kannst dir gar nicht vorstellen, wie geschockt ich am Anfang war. Es war ...«

»Wieso hast du uns nichts davon erzählt?«, unterbrach Mom meinen Wasserfall an Worten.

»Weil ...«, ich kam ins Stocken, »weil ihr der mystischen Welt gegenüber immer so abgeneigt wart. Anfangs wollte ich es auch nicht wahrhaben und habe es deswegen verheimlicht. Ich wollte ein normales Mädchen sein und keine Hexe. Nur Jess und Jonathan wussten außerhalb des Hexenstammes von meinen Kräften. Dann hatte ich zu große Angst davor, wie ihr reagieren würdet. Ihr wart ja schon nicht erfreut darüber, dass ich jede Woche zu den Vampirtreffen gegangen bin. In meinem Kopf hatte ich mir die schlimmsten Szenarien ausgemalt. Ich wollte nicht, dass ihr mir die Treffen verbietet, weil ich vor meinen Kräften noch einen heiden Respekt hatte und auch immer noch habe. Bis vor Kurzem habe ich noch regelmäßig Wirbelstürme heraufbeschworen, wenn ich meine Kräfte benutzt habe.«

Mom zog mich in ihre Arme. »Ach, Mäuschen, du müsstest doch wissen, dass wir immer zu dir halten werden. Du bist unsere Tochter und wirst es immer bleiben, egal ob du eine Hexe oder ein Mensch bist. Nur weil meine Mutter von der mystischen Welt nichts hält, gilt das nicht für mich. Das hättest du spätestens gestern bei deinem Freund bemerken sollen.«

Die Sorgen fielen von mir ab, weswegen mir auch ein Lachen entwich. »Ja, da war Dad eher der Skeptische von euch beiden.«

»Du bist eben seine kleine Prinzessin«, erwiderte Mom lächelnd und strich mir über die Haare. »Er würde jeden deiner Freunde bei dem ersten Treffen so behandeln, egal ob Mensch oder Vampir.«

Wie gut, dass es kein weiteres erstes Treffen geben würde. Ich plante nämlich nicht, mich jemals wieder von Jonathan zu trennen. Schließlich war er die Liebe meines Lebens, mein Gefährte.

»Aber was haben die Geschenke mit dir als Hexe zu tun?«, kam Mom wieder auf das Thema zurück, wegen dem ich mein Geheimnis offenbart hatte.

Nachdenklich wog ich das Geschenk in meiner Hand hin und her, bevor ich es auspackte. Unter dem Papier befand sich eine kleine Holzschatulle mit einem goldenen Verschluss. Als ich das Schloss öffnete, befand sich in der Schatulle nur ein kleiner Zettel. *Für deine größten Schätze. Justine Gallagher.* Kopfschüttelnd stellte ich die Schatulle auf mein Nachtkästchen. »Zwei Hexenfamilien behaupten, dass ich zu ihnen gehöre und versuchen mich mit den Geschenken zu überreden, mich offiziell zu ihnen zu bekennen. Dabei scheint ihnen egal zu sein, zu welcher Familie ich nun wirklich gehöre.«

Mom ließ ihren Blick über die anderen Geschenke wandern. »Lass dich nicht von ihnen bestechen«, wies sie mich an. »Entscheide dich klug und nach dem Gefühl, was du für besser hältst und nicht, welche Geschenke am tollsten sind.«

»Keine Sorge, Mom, ich werde mich nicht beeindrucken lassen. Außerdem hat Jonathan das gestern auch schon gesagt, als er mich wegen der Geschenke angesprochen hat. Ich muss mich nur langsam entscheiden, da meine Initiation in den Stamm nicht mehr so weit entfernt liegt. Emma meinte, dass ich mich bis dahin entscheiden sollte, was ich auf jeden Fall auch auf irgendeine Weise tun werde«, antwortete ich lächelnd, ehe ich die Schatulle mit einem sanften Windstoß auf das Regal beförderte.

In Moms Gesicht konnte ich eine Art von Ehrfurcht erkennen, als ich meine Kräfte so selbstverständlich und für eine solche eine

Kleinigkeit einsetzte. Obwohl wir in einer magischen Welt lebten, bemerkte man von den Hexen und Vampiren in der Öffentlichkeit eher weniger, vor allem die Hexen hielten sich mit dem Kräftemessen zurück, was wohl an der Vergangenheit mit den Hexenverfolgungen lag.

Dann konnten wir das Schlagen der Tür von unten vernehmen. »Alisia, Kira, ich bin zu Hause!«, rief Dad durch das ganze Haus.

»Wollen wir es ihm auch sagen?«, fragte Mom mich zuversichtlich lächelnd und stand von meinem Bett auf. »Dann wirst du dich aber auch auf einige Fragen vorbereiten müssen. Denn so wie ich deinen Vater kenne, wird seine Neugier keine Grenzen kennen.«

Ebenfalls grinsend stand ich auf. Wenn es nichts Schlimmeres war, ein paar Fragen machten mir keine Sorgen.

»Du kannst dir gar nicht vorstellen, wie erleichtert ich bin, dass meine Eltern mein Geheimnis so gut aufgenommen haben«, offenbarte ich Jonathan, als wir auf dem Weg zum Pferdestall waren. Seit meiner ersten Reitstunde hatte sich das zu einer regelmäßigen Angelegenheit entwickelt. Heute waren wir jedoch zum ersten Mal nachts unterwegs, da meine Eltern mir nach dem Kennenlernen erlaubt hatten, dass ich bei Jonathan übernachtete.

»Das kann ich mir vorstellen«, erwiderte mein Freund. »Obwohl ich dir ja von Anfang an gesagt habe, dass sie dich immer lieben werden. Eltern lieben ihre Kinder in jeder Situation, unwichtig, wie große Fehler sie gemacht haben.«

»Vermisst du sie?«, flüsterte ich.

Jonathan nickte nur und wandte dann den Blick ab. In der Spiegelung des Fensters entdeckte ich, dass auf seinen Wangen Tränen glitzerten.

Beruhigend griff ich nach seiner Hand auf dem Schaltknüppel und drückte sie. »Willst du darüber reden?«

Einen kurzen Moment antwortete er nicht, doch dann brachen die Dämme und er erzählte mir Geschichten von seiner Familie. Die ganze Fahrt redete er wie ein Wasserfall und weihte mich in das Leben vor der Verwandlung und auch in das Leben vor dem Tod seiner Familie ein. Ab und zu blitzten in meinem Kopf auch Bilder dazu auf, wenn es sich um Kristys Erinnerungen handelte.

Doch das war eher selten der Fall. Jonathan erzählte mehr von der Zeit vor Exeter, am liebsten von der voradligen Zeit.

»Und trotzdem reitest du immer noch und gibst mir Unterricht«, murmelte ich, als er wieder verstummte und in die Hofeinfahrt einbog.

Jonathan antwortete erst beim Türöffnen. »Mit dem Reiten verbinde ich zum größten Teil nur gute Erinnerungen. Ich bereue es nicht, Kristy Reitstunden gegeben zu haben, und Graces Unfall war wie gesagt ein Unfall. Damals habe ich mir geschworen, kein Monster zu werden, und das Reiten machte mich menschlich. Pferde sind eigenwillige Wesen, die man kontrollieren muss. Vampirgaben bringen einem dabei nur wenig. Wenn es um das Reiten geht, habe ich keine Vorteile«, erklärte er mir.

Verständnisvoll nickte ich. »Dann bring es mir so bei, dass ich dich auch mal menschlich sehen kann. Das würde ich nur zu gerne.«

»Ihr Wunsch ist mir Befehl, Mylady.« Wie ein echter Lord half er mir beim Aussteigen und führte mich zum Stall. »Mir wurde gesagt, dass ich ein guter Reitlehrer sei.«

»Dann beweisen Sie es, Mr. Westlake«, wies ich ihn an. »Spätestens Ende des Sommers will ich selbstständig reiten können.«

»Das ist machbar«, antwortete Jonathan sicher. »Ich verspreche dir, dass du bis Ende der Woche reiten kannst.«

»Das will ich sehen.«

»Na dann, komm!«

Kapitel 20

Mitte August 2015 – Ally

Jeder Mensch wusste, dass Vampire und Hexen sich nicht leiden konnten. Trotzdem spürte ich das erst so richtig, als ich nach einem Foto von Jonathan und mir in der Klatschzeitung das erste Mal in den Stamm kam. Hexen, die mich zuvor noch liebevoll begrüßt hatten, wandten sich sofort ab oder straften mich mit tötenden Blicken.

Kopfschüttelnd klopfte ich an Emmas Bürotür. Seit ich meine Kräfte einigermaßen unter Kontrolle hatte, fand mein Training in ihrem Büro statt und beschränkte sich auf die elementlosen Fortschrittszauber. An Feuer und Wasser wollten wir uns erst nach meiner Initiation wagen oder wenn es nach mir ginge nie, zumindest das Feuer betreffend.

Emma deutete wortlos auf den Stuhl, was mich befürchten ließ, dass sie mich jetzt auch verachtete. Doch dann lächelte sie mich fast schon entschuldigend an. »Ich schätze, du hast schon bemerkt, wie die anderen Stammesmitglieder über deine Beziehung denken«, begrüßte sie mich.

Mürrisch nickte ich. »Wieso finden sie das so schrecklich? Du bist doch auch gut mit Jonathan befreundet«, entgegnete ich. »Dass sie mich so hassen werden, hätte ich nie gedacht.«

Die Stammesführerin stützte sich auf ihren Händen ab und fragte: »Was weißt du über das Verhältnis von Vampiren und Hexen?«

»Die Vampire hassen die Hexen, weil sie bei dem Geständnis erst viel später ebenfalls an die Öffentlichkeit gegangen sind«, beantwortete ich die Frage mit der Floskel, die immer in den Zeitungen zu lesen war.

»Nein«, erwiderte Emma.

»Nein?«, wiederholte ich überrascht.

»Die Feindschaft geht noch viel tiefer«, erklärte sie mir und begann dann zu erzählen: »Vor vielen tausend Jahren waren Hexen die mächtigen Instanzen in der Welt. Man kannte sie unter den Bezeichnungen Schamane, Pythia, Hellseherin oder Heilerin. In jeder Kultur gab es eine eigene Bezeichnung für sie und sie hatten großen Einfluss auf die Anführer. Sicher kennst du die Geschichten über die Pythia, in denen sie über Krieg und Frieden entschied und viele Herrscher der griechischen Welt zu ihr kamen, wenn sie eine wichtige Entscheidung treffen mussten.« Ich nickte. »Die Vampire versuchten sich zwar auch als Propheten daran, konnten ohne spezielle Kräfte jedoch nur selten wirklich etwas ausrichten. Erst ein Mann, der von den Toten auferstand, wendete das Blatt zugunsten der Vampire.«

Ihre Worte waren so gewählt, dass ich sofort an die Religion denken musste, mit der ich aufgewachsen war. Aber das konnte doch nicht ... »Emma, meinst du damit ...?«, stammelte ich.

»Jesus Christus war ein Vampir«, beantwortet sie meine Frage. »Das Christentum beruht auf Vampiren und brachte ihnen die Macht, die zuvor den Hexen gebührte.«

Fassungslos starrte ich sie an. Ich konnte einfach nicht glauben, was sie mir gerade verkündet hatte. Es hätte doch längst schon jemandem auffallen müssen ... oder? Und wenn er wirklich ein Vampir war, müsste er dann nicht immer noch leben und unter den Menschen wandeln? Spätestens als die Vampire öffentlich wurden, hätte er doch irgendwann wieder auf der Bildfläche erscheinen müssen.

»Er ist im Dreißigjährigen Krieg gestorben, im Feuer verbrannt.« Emma schien meine Gedanken gelesen zu haben oder ich fungierte mal wieder als das offene Buch, das Jonathan so vehement verneinte.

Jesus war ein Vampir! Auf Vampiren beruhte eine der drei großen Weltreligionen! Ich konnte es nicht glauben. Vor allem, da ich immer gedacht hatte, dass die Vampire Kirchen nicht betreten konnten und Weihwasser und Kreuze als gute Waffen gegen sie galten. »Die ganzen Gerüchte sind also alle falsch? Weihwasser, Kreuz und so?«

Emma lachte laut auf. »Nein, nein, diese Gerüchte stimmen. Oder denkst du wirklich, dass die Hexen einen solchen Machtverlust einfach auf sich sitzen lassen würden?« Nach meinem immer noch verwirrten Blick fuhr sie kichernd fort: »Nur in wenigen Momenten haben die Hexen sich zusammengeschlossen. Damals war einer dieser Momente. Die Hexen haben sich vereint, um die Vampire zu verfluchen. Kein Vampir sollte ein Glaubenshaus betreten oder irgendetwas berühren können, was mit dem Glauben zu tun hatte, den sie in die Welt gebracht hatten. Natürlich revanchierten sich die Vampire, und es ging immer wieder hin und her, bis die Vampire mit der Hexenverfolgung die Grenze überschritten und somit als Sieger aus dem Ring traten. Deswegen hassen die Hexen Vampire, deswegen kommen unsere Rassen so schlecht miteinander aus und deswegen wirst du seit Neustem wie eine Aussätzige behandelt. Du hast dich mit dem ältesten Feind verbündet, den die Hexen haben.«

Obwohl mir diese Geschichte nicht in den Kopf gehen wollte oder gerade, weil sie es nicht tun wollte, schüttelte ich den Kopf. »Emma, das kann doch gar nicht wahr sein. Ich meine ... wieso weiß denn niemand davon?«

Emma stand auf und legte liebevoll den Arm um mich. »Stell dir vor, die Vampire hätten verkündet, dass der christliche Glauben auf ihnen beruht. Wie hätten die Menschen damals reagiert? Der Vorwurf der Gotteslästerung und erneute Verfolgungen wären die Folgen gewesen. Aus diesem Grund haben auch die Hexen nie etwas gesagt. Wir würden niemals die Grenze überschreiten, die durch die Hexenverfolgungen gebrochen wurde. Europa und Salem haben uns gezeigt, dass es bestimmte Grenzen gibt, die man nicht überschreiten sollte. Außerdem will niemand einen Krieg mit den Vampiren heraufbeschwören.«

Ich schluckte. »Aber du verstehst dich doch mit Jonathan gut«, versuchte ich ihr mit einem weiteren Argument den Wind aus den Segeln zu nehmen.

Stattdessen lächelte sie nur. »Jonathan ist auch einer der wenigen Vampire, denen es egal ist, wie Vampire zu Hexen stehen. Er war sogar besonders interessiert an unserer Kultur und jetzt verstehe ich, wieso er den Kontakt immer aufrechterhalten hat. Lord Marcus ist zwar auch sehr offen, aber als Oberhaupt darf er es sich mit den anderen Vampiren nicht verscherzen und muss sich der allgemeinen Haltung anschließen.«

Frustriert forschte ich in meinem Kopf nach einem anderen Grund, um nicht an Emmas Geschichte glauben zu müssen. Leider fand ich kein weiteres Argument. Mir fiel nichts mehr ein, womit ich ihr kontra geben konnte. Doch das würde bedeuten, dass ich diese Geschichte glauben musste.

»Wir sollten für heute Schluss machen«, schlug Emma vor. »Ich kann verstehen, wenn du jetzt etwas Ruhe zum Nachdenken brauchst. Oder willst du mit mir darüber reden?«

»Nein.« Bestimmt schüttelte ich den Kopf. Ich wollte zwar reden, aber nicht mit Emma, sondern mit Kristy. Mit meinem früheren Ich redete ich am liebsten, wenn ich allein war, weswegen ich aufstand, um so schnell wie möglich aus der Sichtweite von Emma zu kommen. »Sollte ich noch Fragen haben, melde ich mich bei dir. Ansonsten sehen wir uns morgen wie üblich.«

Emma merkte natürlich, dass ich es besonders eilig hatte, versuchte jedoch noch nicht zu ergründen, wieso. Die Fragen würden morgen folgen, da war ich mir sicher.

So schnell wie möglich versuchte ich mein Zuhause zu erreichen, ohne zu viel Aufsehen zu erregen. In meinem Kopf wanderten durchgehend Emmas Worte herum. *Jesus war ein Vampir. Die Hexenverfolgung hatten Vampire zu verantworten. Hexen hatten Vampire verflucht. DAS CHRISTENTUM BERUHTE AUF VAMPIREN!* Ein weiteres Mal war mein Weltbild komplett auf den Kopf gestellt worden und ich begann diese Entwicklung zu hassen. Wieso musste jedes Mal, wenn ich mich gerade an die Lage gewöhnt hatte, etwas Neues auftauchen, das meine Situation änderte? In diesem Moment konnte ich mir nicht vorstellen, dass diese Geschichte noch getoppt werden konnte, und trotzdem wappnete ich mich jetzt schon für die nächste unglaubliche Neuigkeit. Denn diese würde sicher kommen.

In meinem Zimmer angekommen ließ ich mich aufs Bett fallen und rief laut: »Kristy? Wir müssen reden!« Zum Glück war ich schon so früh zurückgekehrt, dass sich außer mir niemand sonst im Haus befand. Ich konnte also so laut reden, wie ich wollte.

Einen Moment später tauchte Kristy vor mir auf. Heute fand ich mich der modernen Kristy gegenüber, die wieder einen Pferdeschwanz und eine schwarze Lederjacke trug. »Nein, ich wusste in meinem Leben nicht davon«, beantwortete sie meine Frage, bevor ich sie überhaupt stellen konnte. Das kam dabei heraus, wenn man ein Gespräch mit seinem früheren Ich führte. Sie wusste immer, was mir durch den Kopf gegangen war.

Erstaunt zog ich eine Augenbraue nach oben. »Bei Emma hatte es sich aber so angehört, als hätte jede Hexe diese Geschichte mit der Muttermilch aufgesogen. Wie kommt es dann, dass du davon nichts wusstest?«

Kristy begann vor mir im Zimmer auf und abzugehen. »Als Gaia mir von dieser Geschichte erzählt hat, habe ich mich das auch lange gefragt. Erst einige Jahre nach meinem Tod bin ich zu dem Entschluss gekommen, dass es einfach an der damaligen Welt lag. Die Hexenstämme waren viel zu sehr damit beschäftigt, die Hexenverfolgung abzuwenden, während die Vampire noch verstreut und unorganisiert lebten. Wahrscheinlich wussten zu diesem Zeitpunkt in meiner Umgebung nur zwei Personen von dem Verhältnis Hexen-Vampire. Und weder Joanna, noch meine Großmutter hätte mir jemals davon erzählt. Wieso hätte ich davon erfahren sollen? Schließlich wusste niemand, dass Jonathans Familie Vampire waren und die Hexenverfolgung wurde den Vampiren auch erst nach ihrem Ende zugeschrieben. Ich wusste nur, dass Vampire die gefährlichsten Wesen der Welt waren und nicht mehr. Schließlich sollte ich mich nicht besonders fühlen oder denken, dass ich mehr wusste, nur, weil ich so starke Kräfte besaß.« Zum Ende hin hatte sie sich richtig in Rage geredet. Wir schienen uns auf ein schwieriges Terrain zu begeben.

»Aber wäre es nicht einfacher gewesen, euch zu erklären, wieso die Vampire gefährlich sind, wenn ihr die ganze Geschichte gekannt hättet?«, hakte ich nach und stützte mich interessiert auf meinen Unterarmen auf.

»Wäre es wahrscheinlich«, entgegnete Kristy und blieb vor mir stehen. »Im Gegensatz zu heute gab es jedoch keine einheitlichen Stammesbücher. Jeder Stamm hatte seine eigene Geschichte, die nur durch die neuen Mitglieder immer wieder ergänzt wurde. Selbst die neuen Mitglieder beschränkten sich meist auf einen nahen Umkreis oder zumindest den gleichen Sprachraum. Mit Hexen aus Israel, die von den Geschehnissen dort gewusst hätten, hatte man damals so gut wie gar nichts zu tun. Trotzdem ist man sich heutzutage sicher, dass zumindest die großen Hexenfamilien in den jeweiligen Sprachräumen von der ganzen Geschichte wussten. Als McKenna hätte ich also auch davon erfahren müssen, hatte es jedoch nicht.«

»Weiß man denn überhaupt, ob die Geschichte dann wirklich der Wahrheit entspricht?«, wollte ich skeptisch von ihr wissen. Viele alte Geschichten bestanden aus Halbwahrheiten, die man durchs Weitersagen so verfremdet hatte, dass nur noch der Kern in Wirklichkeit geschehen war.

Kristy zuckte mit den Schultern. »Teile der Geschichte stimmen. Es gab wirklich einen Vampir namens Jesus, der ›Wunder‹ getan hatte, aber die Behauptung, dass es sich um Gottes Sohn handelte, kam erst viel später durch die Menschen dazu. Also im Großen und Ganzen stimmt Emmas Geschichte schon.«

Langsam ließ ich mich wieder aufs Bett zurücksinken. Was für ein Blödsinn! Ich würde mich sicher nicht daran halten! Niemand konnte mich von Jonathan trennen! Erst recht keine alte Fehde zwischen Hexen und Vampiren, die vollkommen veraltet war!

Kapitel 21

Mitte August 2015 – Ally

Der Wind blies mir die Haare aus dem Gesicht, während ich durch die Vororte von Chicago radelte. Zwei Tage waren seit Emmas Geschichte vergangen und ich konnte es immer noch nicht so wirklich glauben. Ohne ihr während unseres gestrigen Unterrichts davon zu erzählen, hatte ich begonnen, selbst nachzuforschen. Leider musste ich einsehen, dass ich Informationen nur im Stamm bekommen konnte und dafür musste ich Emma fragen, was ich auf keinen Fall tun wollte.

Aus diesem Grund war ich auch auf dem Weg zum Stall, in dem Esmeralda stand. Mir war nämlich eingefallen, dass Jonathan einmal erwähnt hatte, dass er beim Reiten immer besonders gut nachdenken konnte. Vielleicht klappte das bei mir ja auch.

Als ich auf den Hof einbog, konnte ich schon von Weitem die Pferde und Menschen in den Ställen hören. Es war ungewohnt, wie laut es an einem Nachmittag sein konnte. Wenn wir abends hier ankamen, brannte nur noch im Haus Licht und der Rest des Hofes lag verlassen vor uns. Jetzt eilten Reitschüler zwischen den Pferden hin und her und unterhielten sich angeregt über ganz alltägliche Dinge.

Plötzlich war ich mir nicht mehr sicher, ob es eine gute Idee gewesen war, hierher zum Nachdenken zu kommen. Nachdenken konnte ich nur, wenn um mich herum vollkommene Stille herrschte, was hier in den nächsten Stunden sicher nicht passieren würde.

»Miss Dawson.« Überrascht trat der Besitzer zu mir, während ich mich unschlüssig umblickte. »Was führt Sie zu uns?«

Das war nun die große Frage: Wollte ich bleiben oder wieder

fahren? Ich entschied mich fürs Bleiben. »Wenn es Ihnen nichts ausmacht, würde ich gerne ein bisschen auf Esmeralda reiten. Jonathan meinte, dass man damit den Kopf gut freibekommen würde«, antwortete ich.

Unsicher erwiderte er meinen fragenden Blick. »Weiß Mr. Westlake davon?«, wollte er von mir wissen.

Sofort wandte ich den Blick ab, obwohl ich mich dadurch verriet. Jonathan wusste nicht davon oder zumindest hatte ich ihn nicht gefragt. Ich hatte ihm nur eine kurze Nachricht geschickt, dass ich zu Esme fahren würde, aber seine Antwort nicht abgewartet. Mit der hätte ich wenn dann sowieso erst nach acht rechnen müssen. Tagsüber schlief Jonathan, genauso wie alle anderen Vampire.

»Miss Dawson, mir ist nicht wohl dabei. Wenn Ihnen etwas passiert, wird Mr. Westlake mir die Schuld geben«, interpretierte der Besitzer meinen Blick richtig.

»Nein, nein, nein, Mr. ...«, ich kam ins Stocken. Jonathan hatte ihn damals nur Dean genannt, einen Nachnamen hatte ich nie kennengelernt oder zumindest konnte ich mich in diesem Moment an keinen erinnern.

»Sherman, Dean Sherman«, half er mir weiter.

»Mr. Sherman, Sie müssen mir glauben, das würde Jonathan niemals tun. Er hat mir gesagt, dass ich jederzeit hierherkommen kann, wenn ich will«, beendete ich nun meinen angefangenen Satz.

Mr. Sherman blickte sich kurz um, bevor er antwortete: »Ich würde Sie nur ungern allein ausreiten lassen, aber die Reithalle und der Reitplatz sind gerade besetzt.« Missmutig verzog ich das Gesicht. »Außerdem ist Esme gerade mit den anderen Pferden auf der Koppel, weil ihre Box ausgemistet wird.«

»Kann ich zu ihr an die Koppel?«, fragte ich ihn hoffnungsvoll. Dort war es vielleicht ruhiger als hier.

Mr. Sherman atmete erleichtert auf. »Solange Sie nicht über den Zaun in die Koppel steigen, können Sie das gerne tun.«

»Vielen Dank«, erwiderte ich und suchte nach einem Platz, an dem ich mein Fahrrad absperren könnte.

Wenige Minuten später war ich dann auch schon unterwegs zu den Koppeln, die hinter den Ställen lagen. Es überraschte mich nicht wirklich, dass Esme etwas abseits von den anderen Pferden stand, sodass ich die Koppel fast ganz umrunden musste, um zu ihr zu gelangen. Als ich jedoch auf ihrer Höhe stehen blieb und ihren Namen rief, kam sie sofort zu mir gelaufen.

»Na, meine Süße?«, begrüßte ich sie und strich ihr liebevoll über die Nüstern.

Esmeralda schnaubte und strich mit ihrem Kopf an meinem Körper entlang. »Tut mir leid, ich habe leider nichts für dich«, entschuldigte ich mich zerknirscht bei ihr. Verdammt, wieso hatte ich keinen Apfel oder so mitgenommen?

Plötzlich spürte ich ein ungewohntes Gewicht in meiner Jackentasche. Wie aus dem Nichts war ein Apfel erschienen, nur, weil ich es mir gewünscht hatte. Ungläubig starrte ich ihn an und dann war er auch schon wieder in Esmeraldas Maul verschwunden. Genüsslich kaute die Stute auf dem Apfel und sabberte damit mein T-Shirt voll, doch meine Gedanken befanden sich gerade an einem ganz anderen Ort.

Natürlich ahnte ich, woher der Apfel gekommen war. Irgendwie hatte mein Element auf meine Bitte reagiert und ihn hierher befördert. In unseren Unterrichtsstunden hatte sich herausgestellt, dass Luft bei mir zwar allgegenwärtig war, sich jedoch viel schwerer kontrollieren ließ als die Erde. Die Erde reagierte bei mir immer instinktiv auf meine Wünsche, so wie in diesem Moment. Luft wurde von Angst gesteuert und Erde von Wünschen, seit uns das klar geworden war, klappte der Unterricht immer besser, da ich jetzt wusste, was ich tun musste, um die Luft zu beherrschen.

Vor meinen Augen spielte sich derweil eine neue Szene ab. Inzwischen hatte ich mich daran gewöhnt, dass Kristy mir ab und zu einen Einblick in ihre Erinnerungen gab, sodass ich nicht mehr jedes Mal erschrocken zusammenzuckte, trotzdem gab es nie eine Vorwarnung, sondern ich wurde einfach direkt in die Vergangenheit geworfen.

Im Großen und Ganzen unterschied sich die Szene nicht viel von dem Bild, dem ich mich in der Gegenwart gegenübersah. Das schwarze Pferd vor mir ähnelte Esme, bis auf die weiße Blesse, die bei Esme nicht so breit war. Nach und nach nahm ich auch den Umhang wahr, der auf meinen Schultern lag. Erst verstand ich nicht, wieso ich ihn trug, denn sonst war das noch nie passiert, doch dann spürte ich eine Bewegung unter dem Umhang. Als ich den Stoff anhob, spähte ich in das aufgeregte Gesicht eines kleinen Jungen. Natürlich wusste ich sofort, um wen es sich dabei handelte. Jonathans verstorbener Bruder Timmie. Lächelnd wollte ich die Hand nach ihm ausstrecken, musste jedoch einsehen, dass ich mich Kristys Bewegungen anpassen musste. Also genoss ich es einfach, den Bruder meines Freundes sehen zu können, bevor ich von einem Räuspern wieder in die Gegenwart gerissen wurde.

Oder war es doch nicht die Gegenwart? Vor mir stand Jonathan, im grellen Sonnenlicht. Ohne langes Hemd, ohne Sonnenbrille und vor allem konnte er die Nachricht noch nicht gelesen haben. Er schlief tagsüber so tief und fest, dass ihn das Handy nicht aufwecken konnte. Zumindest hatte ich das bisher immer gedacht.

»Ich habe deine Nachricht gelesen und bin sofort hergekommen.« Ihm stand die Sorge ins Gesicht geschrieben. »Ist etwas passiert?«

Kurz dachte ich an meine Nachricht zurück. *Bin schon etwas früher zu Esme. Hoffe, das ist okay. Muss nachdenken.* In meiner Eile hatte ich die Nachricht so formuliert, dass Jonathan das Schlimmste befürchten musste.

»Keine Sorge«, erwiderte ich, wieder komplett in die Gegenwart zurückgekehrt, und küsste ihn auf die Wange. »Es geht nur um eine Geschichte, die Emma mir vorgestern erzählt hat.«

»Welche?«, wollte Jonathan interessiert wissen. Beruhigend nahm er mich in die Arme. »Anscheinend keine dieser üblichen lockeren, meist lustigen Hexengeschichten, sonst wärst du nicht so aufgewühlt.«

»Wusstest du, dass Jesus ein Vampir war? ... Ach, was frage ich überhaupt? Natürlich wusstest du es. Schließlich bist du ja selbst ein Vampir und kennst wahrscheinlich jede Geschichte, die über euch im Umlauf ist. Und so gut wie eure Bibliothek bestückt ist, sogar noch die der anderen Wesen, oder? Weißt du, dass ich deswegen jetzt im Hexenstamm wie eine Aussätzige behandelt werde? Ich konnte Emma anfangs nicht glauben, aber ...«

Jonathan brachte mich mit einem Kuss gewaltsam zum Schweigen. »Ally, beruhige dich«, flüsterte er, als wir uns wieder voneinander lösten. »Ja, ich kenne die Geschichte und ja, ich kenne viele Geschichten von allen verschiedenen Wesen, aber ich wusste nicht, dass der Hass bei den Hexen so tief greift.«

»Sie drehen mir alle die kalte Schulter zu. Die Menschen, mit denen ich in der Woche davor noch gescherzt und meinen Spaß gehabt hatte, wollen nichts mehr mit mir zu tun haben. Aber es kann doch nicht falsch sein, was wir haben ... oder?«, stammelte ich, während ich mich haltsuchend an seinem Hemd festklammerte.

Beruhigend strich Jonathan mir über die Haare. »Fühlt es sich für dich falsch an?«

»Nein!« Sofort schüttelte ich heftig den Kopf. »Es fühlt sich richtig an, als hätte ich endlich mein Gegenstück gefunden.«

Auf Jonathans Gesicht zeigte sich ein erleichtertes Lächeln. »Schau, dann darfst du dir deswegen keine Sorgen machen. Die anderen Hexen haben nie mit Vampiren zu tun, nur Emma steht in regelmäßigem Kontakt zu mir, und sie wissen daher nicht, wie Vampire sind. Sie kennen nur die Geschichte und in deren Versionen kommen wir ja nicht so gut davon«, erklärte er mir und zog zärtlich meine Mundwinkel nach oben.

Unwillkürlich begann ich daraufhin zu lachen, was auch ihm ein Lachen entlockte. »Die Geschichte mit Jesus stimmt aber, oder ist das auch wieder nur eine andere Sichtweise der Hexen?«, hakte ich nach.

Jonathan zuckte mit den Schultern. »Die Hexen betrachten es als gegeben, weil die Vampire die Ersten waren, die daraus ihren Profit gezogen haben. In unseren Geschichtsbüchern wird es jedoch als Legende geführt, da man sich nicht ganz sicher ist, ob es stimmt. Es gibt nur wenige schriftliche Quellen aus dieser Zeit, die es bestätigen könnten, und die widersprechen sich in einigen Punkten. Ich kann dir darauf also keine genaue Antwort geben«, erzählte er mir, wobei er eine Hand nach Esme ausstreckte, die neben uns wieder zu grasen begonnen hatte.

Irgendwie wunderte mich das nicht wirklich. Mir war schon bei einigen Hexengeschichten aufgefallen, dass die Hexen manche

Punkte etwas aufputschten, sodass die Wirklichkeit verzehrt wurde. »Soll ich mit den anderen Hexen mal deswegen reden?«

Kurz entfuhr Jonathan ein Lachen, bevor er wieder die einigermaßen ernste Miene aufsetzte. »Du kannst es gerne versuchen, aber ich denke nicht, dass es viel bringen wird. Die Hexen lassen in Sachen Vampir nur ungern mit sich reden.«

»Aber so kann es doch nicht weitergehen!«, begehrte ich auf. »Sollten sie es nicht endlich schaffen zusammenzuarbeiten? In den heutigen Zeiten sollten alle mystischen Wesen ein Team bilden, damit ihre Belange bei den Menschen nicht untergehen.«

»Wie gesagt, du kannst es gerne versuchen, an deiner Stelle würde ich mir jedoch nicht zu viel davon versprechen«, entgegnete er und warf dann einen Blick zum Himmel. »Wenn ich jetzt sowieso schon wach bin, könnten wir doch gleich noch ausreiten, oder hast du noch etwas anderes vor?«

»Nein«, antwortete ich sofort. »Wenn das für dich kein Problem ist.« Bei diesen Worten warf ich einen schnellen Blick auf seine freien Unterarme.

»In der Sattelkammer liegt immer ein langes Hemd von mir, also mach dir keine Sorgen. Ich werde weder verbrennen, noch anfangen zu glitzern.«

Lachend machten wir uns auf den Weg zurück zum Stall, während sich in meinem Kopf langsam eine Idee formte. Irgendwie musste es doch möglich sein, Vampire und Hexen zur Zusammenarbeit zu bewegen.

Tagebuch 4

15.08.15 – 7. Eintrag

Jonathan hat uns doch geholfen. Er ist Allys neuer Freund. Könnte es sein, dass sie Kristys Wiedergeburt ist? Ich denke schon. Also hat uns der liebe Lord doch wieder zu einer mächtigen Hexe geführt, die wir für unseren Zauber benutzen können.

Wir haben inzwischen fast alles für das Ritual zusammen. Da wir dieses Mal nicht von einem echten Scheiterhaufen profitieren können, werden wir uns selbst einen bauen müssen. Zum Glück hat Mutter dafür schon alles in den Baumärkten besorgt.

In den letzten Zauberstunden hat sie mich auch nur noch das Ritual lernen lassen, damit ich in dem wichtigen Moment auf keinen Fall etwas falsch machen würde. Als hätte ich jemals das Ritual vergessen, mit dem wir damals unsterblich wurden. Schon damals ist sie den Ablauf mit mir so oft durchgegangen, dass ich ihn im Schlaf hätte ausführen können. Aber das will mir Mutter ja nicht glauben.

S.

19.08.15 – 8. Eintrag

Heute hat Ally mir erzählt, dass sie im Hexenstamm wie eine Aussätzige behandelt wird, weil sie mit einem Vampir zusammen ist. Mich wundert das ja nicht, wie kann sie ihre eigene Rasse nur so verraten, aber andererseits sehe ich darin einen Weg, um sie zu uns zu locken. Wir sind bereit für das Ritual. Wir warten nur noch auf den richtigen Stand der Sterne. Oh, bin ich froh, wenn ich wieder unsterblich bin. Dann muss ich mich nicht mehr mit Schule und nervigen Menschen abgeben.

S.

Kapitel 22

Mitte August 2015 – Ally

Nicht nur die Hexen in unserem Stamm waren auf meine Beziehung aufmerksam geworden. Nein, auch den großen Hexenfamilien, die immer noch um meine Gunst warben, missfiel Jonathan. Während die McKennas es jedoch mit einem Schulterzucken quittierten und so taten, als würde er nicht existieren, wollten die Gallaghers nicht die Augen davor verschließen.

Ich hatte Justine seit einigen Tagen nicht mehr gesehen, als sie plötzlich vor dem Hexenhaus wie aus dem Nichts vor mir auftauchte. »Alisia, wir müssen reden«, verkündete sie herrisch und drehte sich um, darauf vertrauend, dass ich ihr schon folgen würde.

Das tat ich auch, denn ich war neugierig, was sie zu sagen hatte. Natürlich konnte ich mir vorstellen, worum sich das Gespräch drehen würde, jedoch würde ich nicht zurückweichen, bei diesem Thema nicht!

In einer ruhigen Ecke des Parks blieb sie stehen. Ihr Blick durchdrang mich, was unwillkürlich dazu führte, dass ich meine Hexenkräfte aufrief. Sie würde mir zwar nichts tun – zumindest glaubte ich das –, aber sicher war sicher. »Ich denke, du kannst dir vorstellen, wieso ich mit dir reden will«, begann sie das Gespräch mit einer eiskalten Stimme, die zu ihren Augen passte.

»Wegen Jonathan«, antwortete ich ungerührt und verschränkte die Arme vor der Brust. Die Luft waberte um mich herum, bereit, auf jede meiner Bewegungen zu reagieren, wenn ich sie auf Justine losschicken müsste.

»Richtig«, erwiderte sie. »Uns missfällt deine Beziehung zu diesem Vampir.«

Äußerlich komplett ruhig, wallte in mir Wut auf. Glaubte sie wirklich, dass sie mich so einfach umstimmen konnte, indem sie mir erklärte, dass ihr die Beziehung missfiel? »Dieser Vampir ist zufälligerweise mein Gefährte. Du weißt schon, die

Person, die Gaia einer Hexe zuweist«, griff ich auf das Wissen zurück, das ich durch Kristys Visionen erhalten hatte.

Damit hatte ich es wirklich geschafft, dass Justine für einen Moment nichts sagte. »Gefährten werden erst bei der Manifestation festgelegt. Mach mir nichts weis, was noch gar nicht passiert ist«, zischte sie bedrohlich.

Schnell versuchte ich mich daran zu erinnern, was laut Emma das Element von Justine gewesen war, denn die Gefahr eines heftigen Streits wurde immer realistischer. Wasser? Ja, ich glaube, sie hatte Wasser gesagt. »Gaia macht auch Ausnahmen.«

»Wieso sollte sie bei dir eine Ausnahme machen? Das tat sie nur bei ihrer ...« Justine geriet ins Stocken. »Nein«, flüsterte sie, »das kann nicht sein.«

»Wir haben nicht ohne Grund nach Kristy Sarrow gesucht«, entgegnete ich, unglaublich amüsiert darüber, dass sie so durch den Wind war deswegen.

Justine blieb immer noch still. »Wie ...?«, stammelte sie.

»Wiedergeburt«, antwortete ich kurz angebunden. Wie sich das Gespräch doch so schnell zu meinen Gunsten hatte ändern können.

Doch langsam begann Justine sich wieder zu fangen. Das erkannte ich an ihren Augen und der straffen Haltung, zu der sie sich wieder aufrichtete. »Egal, ob er dein Gefährte ist und ob du die Wiedergeburt der Quelle der Macht bist, mit einem Vampir will unser Stamm nichts zu tun haben und ich kann mir nicht vorstellen, dass es hier in Chicago anders ist. Trenne dich von ihm, das ist das Beste für dich.«

»Jetzt hör mir mal ganz genau zu! Ich denke, ich weiß besser als du, was das Beste für mich ist«, fauchte ich. »Jonathan ist *mein* Gefährte und ich werde mich ganz sicher nicht von ihm trennen, nur, weil es euch nicht passt! Ihr seid nicht meine Familie und wenn ihr so weitermacht, werde ich mich bei meiner Initiation nächste Woche ganz sicher nicht für euch entscheiden! Es ist *mein* Leben, *meine* Entscheidung, mit wem ich zusammen bin und *nicht* eure! Meine Familie, die Menschen, die mich lieben und mich aufgezogen haben, sind glücklich mit Jonathan, und das ist das Einzige, was mir in diesem Fall wichtig ist! Also schlag dir aus dem Kopf, dass ich mich von dir unterjochen lassen! Wir sind nicht mehr im Mittelalter. Ich lasse mir gar nichts von dir befehlen!«

In Justine zuckte die Magie, am liebsten hätte sie mich wahrscheinlich verbrannt oder ähnlich Schlimmes getan, aber sie konnte sich beherrschen. »Du wirst es noch bereuen, wenn du in der Hexenwelt keine Akzeptanz findest«, verkündete sie mir düster, bevor sie sich in Luft auflöste.

Erleichtert, aber doch geschafft, ließ ich mir das Gespräch ein weiteres Mal durch den Kopf gehen. War es eine gute Idee gewesen, ihr von meinem früheren Ich zu erzählen? Sie könnte es jedem weitererzählen und dann würden die Hexen mich erst recht nicht mehr normal behandeln. Na gut, das taten sie jetzt auch schon nicht mehr, in dem Sinne konnte es also nicht schlimmer werden.

»Sie wird es niemandem erzählen«, mischte sich eine mir inzwischen sehr gut bekannte Stimme in meine Gedanken ein. Kristy dachte wohl, dass jetzt ein guter Augenblick wäre, um sich zu zeigen.

»Wieso bist du dir da so sicher?«, fragte ich sie, während ich auf den Weg Richtung Hexenhaus zurückkehrte.

»Weil sie Angst vor mir hat und das nicht ohne Grund«, erwiderte Kristy mit einer dermaßen kalten Stimme, dass ich stehenblieb und ihr zum ersten Mal an diesem Tag einen genaueren Blick zuwarf.

Bei Kristy war es immer eine Überraschung, wie sie aussehen würde. Da sie so viele Jahrhunderte miterlebt hatte, konnte sie aus den ganzen Stilen auswählen und tat das auch gerne.

Heute hatte sie sich für ein schickes Kleid aus den 50ern mit Petticoat entschieden, das wegen seiner grellen Farbe im krassen Gegensatz zu ihrem Gesichtsausdruck stand. Ihre grünen Augen glitzerten wütend und machten denen von Justine Konkurrenz. Dazu hatte sie die Arme in die Seiten gestemmt und biss nachdenklich auf ihrer Unterlippe herum.

»Was ist passiert?«, wollte ich verwirrt wissen. »Was hat Justine dir getan?«

Kristy sagte erst einige Minuten nichts, sodass ich schon vermutete, sie würde es mir vorenthalten, doch dann begann sie langsam zu erzählen: »Justine war einer meiner letzten Aufträge als Quelle der Macht. Damals mussten wir uns um viele aufmüpfige Junghexen kümmern, die rebellierten und sich der dunklen Magie näherten. Eine davon war Justine Gallagher. Als älteste Tochter der Stammesführerin war ihr Leben vorgezeichnet. Sie wollte das jedoch nicht mit sich machen lassen und wandte sich den Zaubern aus dem Stammesbuch zu, die mit Blut und Tod zusammenhingen.«

Erschrocken weiteten sich meine Augen. Dunkle Magie, das war doch unglaublich gefährlich. Nicht nur für die Mitmenschen, sondern auch für sich selbst. Wie konnte man überhaupt mit dem Gedanken daran spielen?

»Dunkle Magie war neu, unbekannt. Es war ein Ausbruch aus dem normalen Alltagsleben. Die Menschen wagen sich an Drogen, bei Hexen ist das die dunkle Magie«, beantwortete Kristy meine unausgesprochene Frage. »Genau diese Junghexen musste ich dann immer davon überzeugen, die Finger von der dunklen Magie zu lassen. Die meisten ließen mit sich reden, verstanden, was ich ihnen sagen wollte, nur an Justine Gallagher biss ich mir die Zähne aus.« Kristy schüttelte den Kopf. »Sie war sich sicher, dass sie wusste, was sie tat. Selbst als ich ihr zeigte, was passieren konnte, wollte sie sich nicht von der Idee abwenden. Ich zeigte ihr die schlimmsten Zauberunfälle, verursacht durch Hexen, die um einiges mehr Erfahrung hatten als sie, und trotzdem war sie der Meinung, dass das bei ihr nicht passieren würde. Sie wäre eine gute Hexe, meinte sie. Sie wüsste, wie Zauber funktionieren und wie man sie auszuführen hatte.«

»Und dann?«, hakte ich nach, als sie nicht weitersprach und ihren Blick in weite Ferne schweifen ließ.

»Dann habe ich einen Fehler begangen«, flüsterte Kristy. »Obwohl ich noch weitere Möglichkeiten gehabt hätte, um sie zu stoppen, wandte ich mich von ihr ab und ließ es einfach geschehen.«

»Was?«

Kristy blieb stehen, was mich auch zum Stehen brachte. »Justine hatte bei ihrem Zauber zu viel Energie ausgelöst. Ihre beste Freundin Dana wurde durch die Flammen erfasst und komplett entstellt. Dana wurde daraufhin vom Stamm ausgeschlossen und versucht seitdem so gut es geht ein Leben unter den Menschen zu führen, was jedoch sehr schwierig ist, wenn die rechte Hälfte des Gesichts komplett entstellt ist und man nur noch auf einem Auge etwas sieht.«

»Wieso wurde ihre beste Freundin ausgeschlossen? Justine war doch diejenige, die den Zauber ausgeführt …« Erkenntnis traf mich. »Justine hat behauptet, dass ihre Freundin den Zauber ausgeführt hat?«

»Nein.« Kristy schüttelte den Kopf. »Dana wollte nicht, dass Justines Zukunft ruiniert wurde und hat deswegen behauptet, dass sie den Zauber ausgeführt hatte und Justine ihr nur irgendwie beistehen wollte. Natürlich bekam Justine auch Ärger, aber sie wurde nicht ausgeschlossen und wie du siehst, ist sie den Weg gegangen, der für sie vorgezeichnet war.«

Ich schluckte schwer. Gott, wenn mir so etwas passieren würde und Jess dabei … Ich wüsste nicht, was ich tun würde. »Justine gibt dir die Schuld daran?«

Wieder schüttelte Kristy den Kopf. »Sie gibt sich selbst die Schuld. Einerseits, weil sie nicht auf mich gehört hat und andererseits wegen Dana. Wenn sie könnte, würde sie alles rückgängig machen.«

Ich wollte schon zum Sprechen ansetzen, als Kristy noch hinzufügte: »Wahrscheinlich fürchtet sie sich vor meiner Wut, obwohl sie das überhaupt nicht muss.«

»Wut?« Verwirrt zog ich die Augenbrauen nach oben.

»Der Fehler hat mich meine Aufgabe als Quelle der Macht gekostet. Gaia hatte mir zwar schon versprochen, dass sie mich bald erlösen würde, aber mein Fehler hat sie gezwungen das Ritual der Auflösung schneller auszuführen als ursprünglich geplant.«

»Wieso?«, wollte ich noch fragen, aber Kristy hatte sich vor mir in Luft aufgelöst. *»Wieso hast du den Zauber nicht verhindert?«*, fragte ich sie im Kopf, bekam jedoch keine Antwort.

Kristy hatte nicht vorhersehen können, was passieren würde. Ich konnte nicht genau sagen, wieso sie den Zauber nicht verhindert hatte, aber ich verstand, wieso sie einen Fehler begangen hatte, der sie das Amt gekostet hatte. Sie hatte es wegen Jonathan getan. 350 Jahre waren eine lange Zeit und irgendwann wollte man nicht mehr warten.

Kapitel 23

Ende August 2015 – Ally

Oh mein Gott, das Kleid ist wunderschön! Jess' Nachricht zauberte ein Lächeln auf mein angespanntes Gesicht. Nervös steckte ich mein Handy wieder in die Tasche und betrachtete mich ein letztes Mal in dem Spiegel.

Mit diesem Kleid hatte Emma mich gestern für meine Initiation überrascht. Es war eines dieser traditionellen Hexengewänder, die zu den Ritualen getragen wurden. Für mich hatte Emma ein rotes Kleid ausgewählt, da ihr meine Vorliebe für diese Farbe aufgefallen war. Der Stoff fühlte sich unglaublich weich an und ich fragte mich immer noch, wie Emma an meine Körpermaße gekommen war, denn das Kleid war eine Maßanfertigung und passte mir wie angegossen. Ein weiteres Mal schritt ich in meinem Zimmer auf und ab, damit ich auf keinen Fall stolpern würde, bevor ich nach meinem Mantel griff und nach unten eilte, wo meine Mutter schon auf mich wartete. Sie hatte sich bereiterklärt, mich zum Hexenstamm zu fahren und nach dem Ritual auch wieder abzuholen, damit ich mitten in der Nacht nicht alleine nach Hause laufen musste.

Während der Autofahrt versuchte Mom, mich mit belanglosen Gesprächen zu beruhigen, aber meine Nervosität wurde dadurch nur noch weiter nach oben getrieben. Emma hatte mir zwar versichert, dass ich nichts falsch machen konnte und bei Initiationen auch noch nie etwas Schlimmes passiert war, aber ich hatte trotzdem Angst. Angst, dass Gaia mich wegen Kristy zurückweisen würde.

»Alles wird gut gehen«, mischte Kristy sich in meine Gedanken ein. *»Mach dir nicht so viele Sorgen.«*

Als wäre das so leicht. In meinem Kopf spielten sich jede Menge Schreckensszenarien ab. Angefangen durch die Vision, dass niemand kommen würde. Die Hexen hatten meine Beziehung zu Jonathan immer noch nicht akzeptiert und behandelten mich wie eine Aussätzige.

Jonathan hatte ich nichts mehr davon erzählt, aber insgeheim zerbrach ich mir den Kopf darüber, wie man etwas an dem Hass zwischen Hexen und Vampiren tun könnte. Bis jetzt war mir noch keine gute Idee eingefallen, aber ich würde nicht so schnell aufgeben. Es musste doch eine Lösung geben. So konnte es nicht weitergehen und wenn sich sonst keiner darum kümmern wollte, musste ich das eben tun. Schließlich war mein Freund ein Vampir und somit hatte ich schon jeweils einen Fuß in der Tür beider Wesen drinnen.

Immer noch nervös stieg ich aus dem Auto. Mom lächelte mir aufmunternd zu. »Ruf an, wenn ich dich abholen soll«, verabschiedete sie sich von mir und fuhr dann zu einem Treffen mit meiner Tante, die nicht weit entfernt wohnte.

Emma erwartete mich am Eingang zum Haus, aber heute ging es nicht hinein, sondern in den Park. Die Hexen führten alle ihre Rituale im Freien aus, um der Naturgöttin am nächsten sein.

»Wie geht es dir?«, wollte sie von mir wissen, während sie mich beruhigend in den Arm nahm. »Schon aufgeregt?«

»Unglaublich!«, antwortete ich, wobei ich bemerkte, dass meine Stimme zitterte. Je näher ich dem Kreis kam, desto nervöser wurde ich, obwohl ich gar nicht geglaubt hatte, dass das noch möglich war. »Ich habe Angst, dass Gaia nicht erscheint.«

Zu meinem Erstaunen lachte Emma auf. »Ally, es ist noch nie vorgekommen, dass Gaia bei einer Initiation nicht erschienen ist. Die Göttin nimmt jede Hexe in ihre Gemeinschaft auf, auch die Hexen, die sich mit Vampiren einlassen.«

Entweder wusste sie nicht, wieso Kristy keine Quelle der Macht mehr war, oder sie machte sich deswegen wirklich keine Sorgen. Ihre Sorgen lagen eher in meiner kommenden Entscheidung begründet. »Welche Familie wirst du wählen?«

Jetzt wanderte ein amüsiertes Lächeln auf mein Gesicht. Diese Entscheidung war mir nach meinem Gespräch mit Justine nicht mehr schwergefallen. Vor allem, nachdem ich mit Jonathan noch eine allerletzte Suche in meine Vergangenheit gewagt hatte. Wir hätten bei unserer Suche damals nur noch zwei Generationen weiter zurückgehen müssen und dann hätten wir schon früher gewusst, zu welcher Familie ich gehörte. Meine Vorfahrinnen waren weder Katherine, noch Lisa Gallagher. Ich stammte von Mary ab, die in Amerika ein magiefreies Leben geführt und sich keine Sorgen mehr um Hexenkräfte gemacht hatte. Damit war ich vom Blut her eine McKenna, was mir um einiges lieber war, als eine Gallagher zu sein. »Das wirst du noch früh genug erfahren«, erwiderte ich geheimnisvoll.

»Ach, komm schon, Ally, mir kannst du es doch sagen«, versuchte Emma mir die Information zu entlocken, jedoch traten wir in diesem Moment an den hell erleuchteten Hexenkreis, weswegen ich nicht mehr antwortete.

Dazu war ich viel zu überwältigt. Im Schein der zehn Fackeln hatte sich der ganze Stamm versammelt. Ich wusste nicht, ob sie da waren, weil sie mussten, oder weil sie mir beistehen wollten, aber als ich an den Reihen entlang zu dem kleinen Eingang im Steinkreis schritt, lächelten mich alle freundlich an. Das beruhigte mein Gemüt schon ungemein. Zumindest diese Schreckensvision hatte sich nicht bewahrheitet.

Nachdem Emma und ich den Kreis betreten hatten, wurde er hinter uns mit dem letzten Stein geschlossen. Emma hatte mir das Prozedere des Rituals erklärt, aber es selbst mitzuerleben war etwas ganz anderes.

Hier in diesem Kreis waren die Elemente in jedem Partikel spürbar. Die Luft pulsierte und riss an meinen Haaren, die ich zu einem Zopf geflochten hatte. Die Erde drückte gegen meine Füße und die Bäume rauschten, als würden sie mit mir sprechen. Aus der Ferne vernahm ich das Rauschen des Sees, stärker als ich es jemals zuvor in meinem Leben gehört hatte. Mein Blick glitt zu den Fackeln. Ich fühlte die Wärme und in meinem Kopf spielten sich die Bilder vom Verbrennen ab, die ich versuchte zu vertreiben, indem ich so viel Abstand wie möglich zwischen mich und die Fackeln legte. Nur weil ich jetzt wusste, woher diese Angst kam, war sie nicht verschwunden. Feuer war für mich immer noch ein rotes Tuch.

Emma stimmte einen gälischen Gesang an, in den die anderen Hexen mit einstimmten. Auf meiner Hand bildete sich ein Wirbelsturm, den ich erst versuchte zu unterdrücken, aber Emmas Lächeln hielt mich davon ab. Ich erinnerte mich an ihre Worte von gestern: »Lass deinen Kräften freien Lauf.«

Erleichtert stellte ich fest, dass der kleine Wirbelsturm nicht anwuchs, sondern in dieser Größe seine Runden auf meiner Handfläche drehte.

Der Gesang schwoll an und erneut bedauerte ich es, dass ich Gälisch nicht verstand, denn so wusste ich nur ungefähr, was mir der Stamm wünschte.

Plötzlich brach der Gesang dann komplett ab und alles wurde schwarz.

In dieser Schwärze trat eine junge Dame zu mir heran. »Alisia Lin Dawson«, begrüßte sie mich mit einer hallenden Stimme, die ich ab und zu noch bei Kristy feststellte. Das war also die Göttin Gaia. Die blonden Haare hatte sie genauso wie ich geflochten und ihre Tunika hatte den gleichen Rotstich wie mein Kleid. Ich wusste nicht, ob das immer so war, dass sie sich anpasste, oder ob sie es wegen Kristy tat. »Willkommen in der Welt der Hexen! Nutze deine Kräfte weise! Lass die Finger von dunkler Magie und halte dein Erbe hoch! Du trägst eine große Verantwortung!«

Dann streckte sie die Hand nach mir aus und berührte mich an der Schulter. Ein Stromstoß fuhr durch meinen Körper, woraufhin sich meine Kräfte aufbäumten. »Ich habe noch Großes mit dir vor, Alisia.«

Daraufhin verschwand die Göttin und ich fand mich auf dem Erdboden kniend wieder. Gaias letzte Worte beunruhigten mich. Was hatte das zu bedeuten? Wollte sie mich auch zu ihrer Quelle der Macht machen, so wie sie es mit Kristy getan hatte? Aber ich wollte mein Leben nicht so früh aufgeben!

»Sie hat mir versprochen, dass du nicht das gleiche Schicksal wie ich erleben wirst«, mischte Kristy sich ein. *»Sie hat es versprochen!«*

»Ally? Ally?« Emma riss mich mit einem Rütteln an der Schulter zurück in die Gegenwart. »Geht es dir gut?«

»Ja, ja«, antwortete ich blinzelnd. »Ich war nur etwas ... überwältigt.«

Gemeinsam mit ihrer Hilfe stand ich auf und blickte mich im Kreis um. Die Fackeln waren inzwischen bis zum Ende hinuntergebrannt und in diesem Moment öffnete Doreen den Kreis. Das Ritual war beendet. Nun gehörte ich endgültig zum Chicagoer Hexenstamm.

»Komm, wir haben etwas zu trinken im Stamm hergerichtet«, verkündete Emma lächeln. »So blass können wir dich doch nicht an deine Mutter übergeben.«

Lächelnd, aber schlapp folgte ich ihr und den anderen Stammesmitgliedern zum Hexenhaus. Emma hatte wirklich nicht zu viel versprochen. Es gab Kuchen, kleine Häppchen und zum Trinken Tee und Säfte.

Während ich an meiner Tasse Tee nippte, trat Marcia McKenna zu mir. Im Gegensatz zu Justine war sie bei meiner Initiation anwesend gewesen. »Wie hast du dich entschieden, Alisia?«, wollte sie von mir wie zu erwarten wissen.

»Ich folge meinem Stammbaum und entscheide mich für die Familie, die mich mit allen Facetten akzeptiert. Das tun die Gallaghers nicht«, erklärte ich ihr.

Marcia lächelte mich erfreut an. »Wie schön, Alisia. Wir werden uns gut um dich kümmern.«

»Eine Sache muss ich noch klarstellen«, wandte ich jedoch ein. »Nur weil ich mich für euch entschieden habe, heißt das nicht, dass ihr über mein Leben bestimmen könnt. In erster Linie bin ich die Tochter meiner Eltern und Mitglied des Chicagoer Hexenstamms.«

»... und Jonathan Westlakes Freundin«, fügte Marcia amüsiert hinzu. »Ich verstehe, Alisia. Trotzdem sollst du immer wissen, dass wir für dich da sind ... Und mach uns keine Schande. Darauf warten die Gallaghers und Ravenhearts nur.«

»Einverstanden«, versprach ich ihr. »Du bist nicht die Einzige, die Großes von mir erwartet.«

Da gab es noch eine Göttin, die das Schicksal eines jeden Menschen ändern konnte. Tot oder lebendig, Gaia hatte Pläne mit mir und ich wusste nicht, was das für mich bedeutete.

Vergangenes 4

1956 – Jonathan

»Hast du den Zeitungsbericht gelesen?«, unterbrach Marcus meinen morgendlichen Kaffee und knallte die Chicago Tribune *vor mir auf den Tisch.*

Verwirrt griff ich mir die Zeitung und las mir die Schlagzeile durch: **Toter Marine lebendig in New Orleans gesichtet! Wandeln die Unsterblichen unter uns?**

»Bedeutet das, was ich denke, das es bedeutet?«, fragte ich ihn besorgt.

Marcus nickte. »Ich habe gerade einen Anruf von dem New Orleanser Zirkelleiter bekommen, der ein Treffen einberuft. Bei dem toten Marine handelt es sich um einen von seinen Vampiren, der im Zweiten Weltkrieg eigentlich ertrunken ist, aber vor Kurzem von einem seiner früheren Kameraden in einer Bar erkannt wurde«, erklärte er mir, wobei er sich frustriert durch seine Haare fuhr.

Mit neuem Interesse las ich den ganzen Bericht zu der Schlagzeile durch. Der Vampir in New Orleans wäre vielleicht gar nicht aufgefallen, hätte er nicht versucht zu fliehen und wäre in Zuge dessen über einen der Seen gesprungen. Das hatte Aufsehen erregt, selbst in der Stadt, die an Voodoo und andere übersinnliche Geschehnisse gewöhnt war. »Was werdet ihr jetzt tun?«

»Ich weiß es nicht. Seit ich den Anruf bekommen habe, überlege ich, wie man das den Menschen logisch erklären kann. Es haben schon zu viele davon erfahren, als dass man die Erinnerung löschen könnte. Das überschreitet sogar meine Fähigkeiten«, erwiderte Marcus missmutig. »Fällt dir etwas Brauchbares ein?«

»Solltest du das nicht eher deine Stellvertreter fragen und nicht

mich?«, entgegnete ich, nachdem ich die Zeitung auf den Tisch gelegt und wieder nach meinem Kaffee gegriffen hatte.

Er verdrehte die Augen. »Dann erkläre dich endlich bereit, mein Stellvertreter zu werden, Jonathan«, forderte er mich wiederholt auf. Seit er nach Daves Tod zu unserem Zirkelleiter gewählt worden war, wollte er, dass ich sein Stellvertreter wurde, wogegen ich mich jedoch vehement wehrte.

»Marcus, du weißt, dass ich nichts mit der Vampirpolitik zu tun haben will«, erinnerte ich ihn erneut. »Du kannst das viel besser.«

Marcus stand auf und begann vor mir auf und ab zu gehen. »Jonathan, du bist der Einzige, dem ich vertrauen kann. Niemand kennt mich besser als du, mal abgesehen von Sarah. Wenn du schon nicht mein Stellvertreter werden willst, dann sag einfach deine Meinung, so wie ich es von dir gewöhnt bin. Bitte habe eine Lösung für mich. Anders habe ich keine Ahnung, wie wir das Desaster noch abwenden sollen.«

Lächelnd stellte ich die Tasse ab. »Soll ich ehrlich sein?«

Er starrte mich an, als wäre ich verrückt geworden. »Jonathan ...«

»Ich habe selbst keine Idee«, antwortete ich. »Im Artikel steht, dass der Marine keine Familie hatte, und selbst wenn man es damit erklären könnte, ist er über einen See gesprungen. Dieser Umstand lässt sich nicht so einfach aus der Welt schaffen.«

»Das wollte ich nicht hören«, murmelte Marcus, stand auf und verließ mein Zimmer.

Nachdenklich zuckte ich mit den Schultern. Genau aus diesem Grund wollte ich nichts mit der Vampirpolitik zu tun haben.

Die Zirkelleiter diskutierten mehrere Monate lang, während die Menschen immer neue Theorien formulierten. Eine verrückter als die andere, aber immer näher an der Wahrheit.

»Sie besprechen inzwischen nur noch, wie man es den Menschen am schonendsten beibringen kann«, erzählte Sarah mir, nachdem sie mit Marcus telefoniert hatte. »Hältst du das für eine gute Idee?«

»Hast du eine bessere?«, entgegnete ich.

Sarah schüttelte den Kopf. »Was ist, wenn sie uns jagen, wie die Hexen damals?«

Sie musste es nicht aussprechen, wir dachten beide an Kristy. »Wir müssen uns darauf vorbereiten. Den Menschen kann man nie trauen.«

Zwei weitere Wochen diskutierten die Zirkelleiter noch über die richtige Vorgehensweise, dann kehrte Marcus nach Chicago zurück. »Morgen wird Lord Dylan der Öffentlichkeit verkünden, dass Vampire real sind und die Geschehnisse in New Orleans aufklären«, erklärte Marcus uns und seinen Stellvertretern. »Alle Zirkelleiter sind angewiesen, Vorsichtmaßnahmen zu treffen und alle ihre Mitglieder zu warnen.«

»Was ist mit den anderen Wesen? Sollen wir sie auch informieren?«, wollte Cotan wissen.

Marcus nickte. »Bis auf die Hexen haben uns alle mystischen Wesen ihre Unterstützung zugesichert.« Er richtete seinen Blick auf mich. »Jonathan, könntest du …?«

»Ich kann mal mit Nora sprechen, aber ich denke nicht, dass sie uns hierbei helfen kann«, versprach ich ihm.

»Dann warne sie wenigstens, damit ich mich besser fühle«, bat er mich, wobei er ignorierte, dass seine Stellvertreter mir missmutige Blicke zuwarfen. Es passte keinem von ihnen, dass Marcus mich so oft um Rat fragte.

Ich warf einen Blick auf meine Uhr. »Wenn ich Glück habe, erwische ich sie noch.« Schnell stand ich auf, verließ den Raum und machte mich auf den Weg zu Noras Haus im Zentrum von Chicago.

»Jonathan, das ist aber eine schöne Überraschung«, begrüßte Nora mich. »Komm doch rein. Kann ich dir etwas zu trinken anbieten?«

»Nein, danke«, erwiderte ich, während sie mich in ihr Wohnzimmer führte. »Ich will dich auch nicht lange stören. Die Kleine hält dich sicher auf Trab.«

Nora winkte das ab. »Adaline ist erstaunlich brav. Sie schläft gerade. Hugo und ich sind sehr glücklich darüber.«

Besagter Ehemann trat in diesem Moment mit einem kleinen Bündel in den Armen zu uns. »Oh, Jonathan, du bist es. Was führt dich zu uns?«

»Keine guten Neuigkeiten«, antwortete ich und setzte mich den beiden gegenüber auf die Couch. »Morgen werden die Vampire sich der Öffentlichkeit zeigen.«

Nora riss erschrocken die Augen auf. »Aber …«

Hugo griff beruhigend nach ihrer Hand. »Ich werde mit meiner Mutter sprechen, obwohl ich nichts versprechen kann. Du weißt, dass das Verhältnis zwischen Vampiren und Hexen nicht gerade das Beste ist«, versprach er mir.

»Ich weiß«, murmelte ich missmutig. Dieses Verhältnis machte meine Suche nach Kristys Wiedergeburt nicht gerade einfach. 300 Jahre waren eine lange Zeit, langsam müsste sie doch wiedergeboren werden, oder? »Trotzdem danke, Hugo.«

Der Hexer nickte und warf einen kurzen Blick auf seine kleine Tochter. »Du wirst in eine gefährliche Welt hineingeboren, Adaline Statterton, aber Mommy und Daddy werden gut auf dich aufpassen.«

Nach diesem Gespräch kehrte ich in den Zirkel zurück. Ich musste mir nichts vormachen, die Hexen würden die Vampire nicht unterstützen und weiterhin im Verborgenen leben. Aber nach der Hexenverfolgung nahm ich es ihnen nicht übel. Wenn ich an ihrer Stelle wäre, würde ich uns auch nicht unterstützen.

Morgen war ein entscheidender Tag für alle Vampire. Hoffentlich ging alles gut.

Kapitel 24

Ende August 2015 – Ally

Der Nachteil an Ferien? Man sah seine Freunde nicht täglich. Bei mir kam noch dazu, dass ich den ganzen August entweder mit den Hexen oder mit Jonathan verbracht hatte. So waren vor allem Jess und Stana auf der Strecke geblieben. Aber jetzt hatte Emma meinen Unterricht etwas entzerrt, sodass ich wieder mehr Zeit für meine Freunde hatte.

»Schade, dass Jess im Urlaub ist«, meinte Stana, als wir durch das Einkaufszentrum wanderten.

Missmutig stimmte ich ihr zu. Mein Plan war es eigentlich gewesen vor allem mit Jess Zeit zu verbringen, aber meine beste Freundin war gestern in den Urlaub geflogen und würde erst in zwei Wochen wiederkommen. »Aber wir machen uns auch einen schönen Tag«, verkündete ich trotzdem fröhlich und zog Stana in einen Laden, in dem ich eine wunderschöne Jacke entdeckt hatte.

Nur noch selten dachte ich über Jonathans Gesichtsausdruck beim Kennenlernen nach. Er hatte nie mehr davon gesprochen und auch ich war nicht genauer darauf eingegangen. Wahrscheinlich überinterpretierte ich es nur. Das hieß jedoch nicht, dass ich bei Stana besonders aufpasste, ob sie sich vielleicht verplapperte oder ich ihr etwas entlocken könnte.

Wir wanderten noch durch einige andere Geschäfte, kauften ein, als gäbe es kein Morgen mehr, und ließen uns zum Schluss in einem der Eiscafés nieder. »Hattest du jetzt eigentlich schon deine Initiation?«, wollte Stana interessiert von mir wissen, nachdem wir unsere Bestellung aufgegeben hatten.

»Vorgestern«, antwortete ich, wobei ich mich umblickte, ob

jemand unser Gespräch belauschte. Ich hatte mich noch immer nicht daran gewöhnt, dass ich mein Geheimnis nicht verbergen musste. Vor allem hier im Einkaufszentrum wäre es nichts Ungewöhnliches eine Hexe anzutreffen.

»Und?«, hakte Stana neugierig nach. »Meine Güte, Ally, jetzt lass dir doch nicht alles aus der Nase ziehen. Es wird dich keiner töten, weil du eine Hexe bist.«

»Du hast ja auch keine Albträume, in denen du auf einem Scheiterhaufen brennst«, dachte ich mir, antwortete jedoch: »Es war … irgendwie nicht so besonders, wie ich es mir vorgestellt hatte. Natürlich habe ich die Göttin gesehen und zum ersten Mal an einem Ritual teilgenommen, aber ich dachte, es wäre, nun ja, magischer.«

Der Kellner stellte unsere Eisbecher vor uns ab und kassierte, bevor Stana unser Gespräch wieder aufgriff: »Wenn man nicht damit aufwächst, stellt man sich wahrscheinlich jedes Ritual allgemein magischer vor. Aber du musst auch bedenken, dass die Initiation eines der leichtesten Rituale ist, weil man hierbei meist von nicht mächtigen Hexen spricht.«

In dieser Hinsicht beneidete ich sie. Dank ihrer Mutter kannte sie sich in Hexenbelangen unglaublich gut aus und sprach mit einer Selbstverständlichkeit von den Ritualen, dass ich mich fragte, wieso Emma sie noch nicht in den Zirkel aufgenommen hatte. »Deine Mutter würde ich gerne kennenlernen. Sie könnte mir sicher viel erklären.«

»Willst mit zu mir nach Hause kommen? Mutter würde dich auch sehr gerne kennenlernen«, schlug Stana vor und warf einen kurzen Blick auf ihr Handy. »Inzwischen müsste sie auch schon von der Arbeit zu Hause sein.«

»Gerne«, antwortete ich erfreut und aufgeregt zugleich.

»Dann lass uns das Eis fertig essen und danach zu mir nach Hause gehen. Ich schreibe Mutter nur schon mal, dass du mitkommst«, erwiderte Stana und tippte auf ihrem Handy herum, während ich mein Eis löffelte. Ich war aufgeregt. Endlich durfte ich ihre Mutter kennenlernen, über die sie schon so viel erzählt hatte. Vielleicht könnte sie mir auch etwas von ihrem Wissen weitergeben.

Vom Einkaufszentrum war es nicht weit bis zu Stanas Wohnung.

Sie lebte in einem der Hochhäuser, die ich von der Schule aus immer gesehen hatte, direkt im Erdgeschoss.

Als Stana die Haustür aufschloss, kam uns ihre Mutter gleich entgegen. In meinem Kopf schellten die Alarmglocken. Blonde Haare, durchdringende graue Augen. *»Joanna!«*, stieß Kristy in meinem Kopf panisch hervor. *»Ally, verschwinde! Sofort!«*

»Jolene Knight«, stellte sich Stanas Mutter mir vor. »Stana hat schon so viel von dir erzählt.«

»Freut mich, Sie kennenzulernen«, erwiderte ich, Kristys Stimme ignorierend. Was sollte mir Stanas Mutter auch antun? Nur weil Kristy sie kannte, musste das gar nichts heißen.

»Sie war meine Stammesführerin! Verdammt, wieso habe ich Sylvia nicht erkannt?!«, ließ diese jedoch nicht locker.

»Kristy, du musst sie verwechseln. Deine Stammesführerin müsste doch schon längst tot sein!«, entgegnete ich und damit war das Thema für mich gegessen.

Während ich mit meinem früheren Ich diskutiert hatte, waren wir in die Küche gegangen, wo Jolene mir etwas zu trinken anbot. Wie selbstverständlich benutzte sie dazu ihre Hexenkräfte, was ich bewunderte. Wenn ich meine Kräfte benutzte, befürchtete ich immer noch einen Wirbelsturm, weswegen ich nur in einer sicheren Umgebung zauberte. »Gibt es bei euch schon Neuigkeiten wegen des Hexenstamms?«, fragte ich nach und trank einen Schluck des roten Saftes, der ungewöhnlich sauer schmeckte.

Leider bekam ich die Antwort nicht mehr mit, denn Kristy hatte noch nicht aufgegeben und schickte mir eine Erinnerung. Erst verstand ich nicht, wo ich mich befand und was hier vor sich ging, doch dann entdeckte ich den brennenden Scheiterhaufen in der Nähe.

»Diese Erfahrung habe ich auch erst nach meinem Tod gemacht«, erklärte Kristy mir und deutete dann mit einer Handbewegung auf zwei Frauen am Rande meines Blickfelds. *»Ansonsten hätte ich es auch nicht geglaubt.«*

»Sylvia, wir müssen uns beeilen. Sonst sind Kristys Lebenskräfte unbrauchbar für den Zauber!«, wies die größere der beiden Personen die andere an.

»Jaja, Mutter. Der Kreis ist geschlossen. Du kannst mit dem Unsterblichkeits-Ritual beginnen«, antwortete die zweite Person, deren Stimme ich sofort erkannte. Stana ... oh mein Gott!

Langsam drehte ich mich um, sodass ich der ersten Person ins Gesicht blicken konnte. Das war eindeutig Jolene. Panisch starrte ich Kristy an, die neben mir in der Luft schwebte. *»Sie haben mich verraten, um dadurch unsterblich zu werden. Anscheinend ist der Zauber jetzt verwirkt und sie brauchen eine neue Hexe, deren Lebenskräfte sie benutzen können.«*

»Mich?«, flüsterte ich, wurde dann jedoch aus der Erinnerung gerissen und wieder in die Gegenwart geworfen. Ich musste hier verschwinden! Sofort!

»Ally, ist alles okay mit dir?«, fragte Stana besorgt und strich mir über den Arm.

»Ja«, schnell schüttelte ich den Kopf und überlegte mir eine Erklärung für mein schnelles Verschwinden. »Mir ist nur gerade eingefallen, dass Emma mich heute noch mal sehen wollte, damit wir ein neues Element üben können. Ich bin eigentlich schon viel zu spät dran, weil ich es total vergessen habe. Es tut mir unglaublich leid, aber ich muss jetzt sofort gehen.«

Während ich sprach war ich schon aufgesprungen und hatte mir meine Tasche geschnappt. »Tut mir wirklich sehr leid, Jolene. Es war nett, Sie kennengelernt zu haben. Stana, wir schreiben. Ich bin mir sicher, dass wir noch einen Termin finden, bevor die Schule wieder anfängt. Vielleicht dann gemeinsam mit Jess. Kino oder so wäre doch eine gute Idee.«

Mutter und Tochter warfen sich einen kurzen, vielsagenden Blick zu, der mir noch mehr Sorgen machte. Ahnten sie, was in mir vorging?

Kaum hatte sich die Haustür hinter mir geschlossen, zog ich mein Handy aus der Jackentasche und wählte Jonathans Nummer. Ich brauchte jetzt unbedingt Beistand!

»Ally, das ist gerade ...«

Bevor er weitersprechen konnte, unterbrach ich ihn: »Jonathan, du musst mir helfen! Ich bin in Gefahr!«

Sofort hörte ich seine lauten Schritte, anscheinend entfernte er sich von seinen Begleitern. »In Gefahr? Ally, wie meinst du das?«

»Joanna, Kristys Stammesleiterin, ist durch irgendein Ritual unsterblich geworden! Stana ist ihre Tochter! Kristy vermutet, dass die beiden mich töten wollen, um wieder unsterblich zu werden!«, fasste ich ihm die Lage so kurz wie möglich zusammen.

Währenddessen eilte ich die Straßen entlang Richtung Schule. Jede Bewegung im Schatten ließ mich zusammenzucken, jedes kleinste Lüftchen schrieb ich Hexen und nicht der Natur zu. Ich versuchte meine Hexenkräfte hervorzurufen, jedoch war ich viel zu unkonzentriert dazu. Nicht mal einen Wirbelsturm brachte ich zusammen. Normalerweise reagierte die Luft immer auf meine Angst, aber gerade jetzt, wo ich sie wirklich bräuchte, regte sich kein Lüftchen. Das war ja mal wieder typisch.

»Warte, was? Ally, ist das dein Ernst?«, fragte Jonathan ungläubig nach.

»Ja, verdammt!«, schrie ich mit Tränen in den Augen, die ich mir schnell wegwischte. »Jonathan, ich weiß nicht, was ich tun soll! Ich habe Angst!«

»Komm erst mal zu mir in den Zirkel«, wies er mich ruhig an. »Dann überlegen wir uns eine Lösung.«

»Bin schon auf dem Weg«, erwiderte ich, wobei ich meine Schritte beschleunigte. »Kannst du am Telefon bleiben, bis ich da bin? Ich habe Angst, dass sie mich verfolgen und gefangen nehmen oder töten!«

»Natürlich«, antwortete Jonathan, dem man anhörte, dass er mir nicht wirklich glaubte. Dabei sollte er als Vampir doch wohl der Erste sein, der an übersinnliche Dinge wie Unsterblichkeit glaubte.

»Habt ihr heute wieder euer Infotreffen?«, fragte ich, damit wir ein Thema zum Reden hatten.

»Ja, heute wollen wir von allen Verbliebenen eine Entscheidung«, erzählte Jonathan mir. »Ich bin schon gespannt, wer sich für die Unsterblichkeit entscheidet.« Wenigstens ging er auf den Themawechsel ein und sprach meine Angst nicht noch mal an.

Es reichte schon, dass ich mich immer wieder umblickte und

nach Jolene und Stana Ausschau hielt. »Gut, dass ich noch etwas Zeit habe, um mich ...«

»Du kannst dich so oft umblicken, wie du willst, du wirst uns nicht kommen sehen.« Vor mir erschien Jolene und als ich mich umdrehte, entdeckte ich Stana. »Es war sehr spannend mitanzusehen, wie du erkannt hast, wer wir sind, Ally. Oder sollte ich lieber Kristy sagen?«

Panisch wich ich einige Schritte zurück, womit ich jedoch Stana näherkam. *»Kristy, hilf mir«*, forderte ich mein früheres Ich auf, aber sie war nicht hier. Na wunderbar, das eine Mal, wo ich sie wirklich bräuchte, war sie nicht da.

»Ally? Ally?«, hörte ich Jonathans Stimme aus dem Handy.

Ihn ignorierend rief ich einen Wirbelsturm hervor, den Größten, den ich jemals freiwillig beschworen hatte. Endlich ging es, wurde ja auch Zeit.

Mit einer Handbewegung und einem amüsierten Lächeln machte Jolene diesen Sturm zunichte. »Ally, du kannst mich nicht besiegen. Gib auf!«

»Ich werde nicht aufgeben!« Die Welt um mich herum verschwamm auf eine merkwürdige Weise. Mit mehrmaligem Blinzeln versuchte ich meine Sicht zu verbessern, doch sie wurde nur noch schlechter. »Was ...?«, stammelte ich, als ich langsam zu Boden sank.

»Süße Träume, Ally«, wünschte Stana mir hämisch grinsend. »Ich freue mich schon auf deine Lebenskraft.«

Kapitel 25

Ende August 2015 – Ally

Ich fand mich auf einer grünen Wiese wieder, die den Mittelpunkt eines Waldes bildete. Mithilfe meiner Kräfte versuchte ich mich zu orientieren, während ich langsam aufstand. Das Waldstück schien unendlich. Ich konnte auf keiner der Seiten ein Ende erfühlen, nur ein Fluss durchbrach die Bäume einige Meter von mir entfernt. Wo war ich? War ich schon tot?

»Nein, du bist nicht tot«, beantwortete eine weibliche Stimme meine stumme Frage. Als ich mich umdrehte, blickte ich der Frau entgegen, die ich erst vor wenigen Tagen gesehen hatte. Gaia sah genauso aus wie bei meiner Initiation, nur das Kleid zeigte dieses Mal auch einige grüne Applikationen.

In diesem Moment erschien auch Kristy neben ihr. Mein früheres Ich trug ein gemütliches Sommerkleidchen in strahlendem hellblau. »Und sie wird auch nicht sterben!«, stellte sie mit einem durchdringenden Blick zu Gaia klar.

»Keine Sorge, Kristy, ich halte meine Versprechen. Ally wird nicht sterben!«, versicherte Gaia ihr, bevor sie sich wieder an mich wandte. »Ich habe dich hierhergebracht, um dich auf das Kommende vorzubereiten.«

»Was wird denn kommen?«, wollte ich besorgt wissen und trat näher. »Wie wird das Ritual ablaufen?«

Gaia legte mir lächelnd die Hand auf die Schulter. »Das Ritual wirst du überstehen. Es wird zwar schmerzhaft, aber du wirst gerettet werden.« Sie drehte ihren Kopf zu Kristy. »Kristy, bitte gib Jonathan einen Hinweis, wo Ally ist. Du kennst die Adresse. Lass dir etwas einfallen, wodurch er dir glauben wird.«

Kristy nickte und verschwand.

»Ally, als ich von dem Kommenden sprach, meinte ich deine Aufgabe«, erklärte Gaia mir dann. »Ich hatte dir gesagt, dass ich Großes mit dir vorhabe.«

»Eine Aufgabe wie die Quelle der Macht?«, fragte ich verwirrt nach. Aber sie hatte doch gesagt, dass ich nicht sterben würde.

»So ähnlich«, erwiderte Gaia. »Kristy war die Verbindung zwischen mir und den Hexen, du sollst die Verbindung zwischen den Hexen und den anderen mystischen Wesen herstellen. Die heutige Welt braucht euren Zusammenhalt. Die Hexen dürfen sich nicht mehr abkapseln.«

»Ich muss also nicht sterben?« Langsam schöpfte ich wieder Hoffnung. Mir würde es nicht so ergehen wie Kristy. Jonathan würde mich nicht wieder verlieren.

Gaia schüttelte den Kopf. »Nein, aber deine Aufgabe wird nicht leicht. Du musst die Hexen anführen und so wie ich die meisten kenne, werden sie einer so jungen Hexe nicht freiwillig folgen. Deine Aufgabe wird es sein, ihnen zu beweisen, dass sie dir vertrauen können. Ich bin mir sicher, dass Jonathan dir dabei helfen wird.«

Das konnte ich mir vorstellen. Anscheinend war mein Plan, die Hexen und Vampire zu vereinen, nicht aus dem Nichts gekommen. Es war mein Schicksal. »Wird Kristy mir dabei auch helfen?«

»Ja und nein«, antwortete Gaia. »Nach dem heutigen Tag ist Kristys Aufgabe beendet und ihr werdet endlich eins. Du wirst auf all ihre Erinnerungen zugreifen können und nicht mehr darauf angewiesen sein, was Kristy dir zeigen will. Aber du wirst nicht mehr mit ihr sprechen können, so wie du es jetzt tust. Ihr werdet zu einer einzigen Person werden und mit eurer gemeinsamen Erfahrung werdet ihr deine Aufgabe als Delta der Macht ohne Probleme meistern können. Da bin ich mir sicher.«

Delta der Macht? Ich ließ mir den Begriff auf der Zunge zergehen. Es hörte sich gut an. Ein bisschen traurig blickte ich auf die Tatsache, dass ich Kristy nie mehr wiedersehen würde. Sie war mir in letzter Zeit so sehr ans Herz gewachsen, dass ich mir ein Leben ohne sie nicht mehr vorstellen konnte.

»Keine Sorge, du wirst sie ein letztes Mal noch wiedersehen, bevor ihr eins werdet. Sie wird sich das nicht nehmen lassen«, versicherte Gaia mir, die meinen Gesichtsausdruck ein weiteres Mal richtig gedeutet hatte. Dann ließ sie eine Bank hinter sich erscheinen, auf die sie sich setzte. »Komm, lass uns über deine Zukunft sprechen.«

Ich setzte mich neben sie und stellte die Frage, die mir seit ihrer Ankündigung durch den Kopf ging: »Meine Hexenkräfte sind ja bis jetzt nicht wirklich ausgereift. Ist das eine Bedingung für meine Aufgabe?«

Wieder schüttelte Gaia den Kopf. »Als ich Kristy zu meiner Quelle der Macht gemacht habe, fehlte ihr noch das Element Erde. Ich will nicht die perfekte Hexe. Mir geht es um die Persönlichkeit und um die Kräfte, die in ihr verborgen liegen. Wenn ich dich so ansehe, weiß ich, dass du diese Anforderungen erfüllst. Du wirst dich durchsetzen müssen, aber du hast mich im Hintergrund, kannst auf Kristys Erinnerungen zurückgreifen und du bist eine McKenna. Übrigens empfinde ich das als eine gute Entscheidung, die McKennas werden dir zur Seite stehen. Anfangs werden sie wahrscheinlich skeptisch sein, aber sie werden dich schneller und besser unterstützen, als die Gallaghers es jemals tun würden.«

»Ich bin etwas überfordert«, gab ich zu. »Wie genau muss ich vorgehen?«

Gaia nahm meine Hand und drückte sie fest. »Such dir deine Verbündeten. Jonathan, Sarah, Marcus auf Seite der Vampire und Emma auf Seite der Hexen. Bau den Kreis aus und du wirst nach und nach alle Hexen, Vampire, Elfen, Feen und so weiter vereinen. Wichtig ist jedoch, dass du von Anfang an klarstellst, dass du keine Armee gegen die Menschen aufbauen willst. Wir wollen doch keinen dritten Weltkrieg hervorrufen.« Bei diesen Worten zwinkerte sie mir sogar zu.

Dritter Weltkrieg? Oh Gott, war ich wirklich die Richtige für diese Aufgabe? Jess war die, die reden konnte, nicht ich. Wie sollte ich die Hexen überzeugen, wenn ich nicht mal selbst wirklich in die Gemeinschaft integriert war? Sie würden mich doch niemals ernst nehmen. Für sie war ich doch nur ein unwissendes 16-jähriges Mädchen.

»Sie werden dich nach deinen Erlebnissen ernst nehmen. Es tut mir leid, dass ich dich davor nicht beschützen kann, aber du wirst es überstehen. Ich bin immer bei dir, das darfst du nicht vergessen, und Kristy wird sich darum kümmern, dass du rechtzeitig gerettet wirst.«

»Wird es sehr wehtun?«, fragte ich, konnte jedoch keine Antwort mehr darauf bekommen, denn Gaia verschwamm vor meinen Augen, aber ihr Blick sagte schon alles aus. Ja, es würde wehtun.

Wieder fand ich mich an einem mir unbekannten Ort wieder. Dieses Mal war es jedoch keine schöne Wiese, sondern ein dunkles Zimmer. Das Fenster hatte man durch eine Folie verdunkelt, sodass ich nicht erkennen konnte, wo ich mich befand. Ich musste also darauf vertrauen, dass Kristy alles richten würde.

Zögerlich versuchte ich aufzustehen, musste jedoch einsehen, dass ich an der Wand festgebunden war. Ein Holzstab befand sich zwischen meinen Händen. Ich versuchte danach zu greifen, das Holz mit meinen Kräften zu verformen oder irgendwie hochzuheben, doch ich bekam den Stab nicht zu fassen. Es war, als stünde eine Mauer zwischen mir und dem Holz. Probeweise rief ich einen kleinen Wirbelsturm hervor, was einwandfrei funktionierte. Es musste also an dem Holz liegen. Stana und Jolene schienen etwas damit angestellt zu haben, sodass ich meine Kräfte nicht darauf wirken konnte.

Mir war klar, dass ich nicht fliehen könnte, und trotzdem suchte ich nach einer Möglichkeit. Das Frustrierende war, dass andere Hexen sich vom einen Ort an den anderen zaubern konnten, aber ich diesen Zauber noch nicht gelernt hatte. Es könnte so einfach sein.

Immer wieder vernahm ich Schritte vor der Tür, das Licht durch den Türschlitz flackerte, doch niemand trat ein. Wie lange war ich ohnmächtig gewesen? Hatte Kristy Jonathan schon informiert? Wussten meine Eltern schon von meiner Entführung?

Erneute Schritte, die immer schneller und hektischer wurden.

Irgendwie ahnte ich, dass es nicht mehr lange dauern würde. Vielleicht wäre es angenehmer, wenn ich während des Rituals ohnmächtig wäre. Das, was ich in Kristys Erinnerung gesehen hatte, wirkte nicht angenehm. Außerdem fragte ich mich, ob ich verbrennen musste, um meine Lebenskräfte zu übertragen.

Schon beim Gedanken an Feuer lief ein Schaudern über meinen Körper. Egal, wie sie mir die Lebenskraft aussaugen wollten, bei dem Ritual handelte es sich um dunkle Magie. Dunkle Magie beinhaltete Blut und Tod, hatte Kristy gesagt. Hier sollte am Ende mein Tod stehen. Aber daran glaubte ich nicht! Ich würde nicht sterben. Gaia hatte es versprochen!

Plötzlich blieb die Person vor der Tür stehen und ich versteifte mich. Die Tür öffnete sich und Jolene trat ein. Dabei schaltete sie das Licht ein, wodurch ich für einen kurzen Moment geblendet war. »Oh, du bist schon wach. Hättest du den ganzen Saft ausgetrunken, wärst du nie wieder erwacht«, erklärte sie mir und löste das Seil von dem Holzstab. »Das wäre für dich viel angenehmer gewesen.«

Sie zerrte mich nach oben und stieß mich zur Tür. »Versuch gar nicht erst, dich mit deinen Kräften zu verteidigen. Ich habe fast 400 Jahre Erfahrung. Du kannst mich nicht besiegen!«

Ich vielleicht nicht, aber Kristy und Jonathan konnten es. Nicht zu vergessen Gaia. So trat ich hocherhobenen Kopfes den Weg in den Keller an. Denn eines hatte ich erkannt, wir befanden uns immer noch in Stanas Wohnung. Es konnte nicht lange dauern, bis die anderen mich retten würden … hoffentlich.

Von der Vergangenheit in die Gegenwart

2015 – Jonathan

»Danke für deine Freundin.« Diese Worte gingen mir nicht aus dem Kopf. Ich hatte Ally nicht geglaubt und ihre Ängste für unbegründet gehalten. Hätte ich ihr geglaubt, würde ich jetzt vielleicht nicht nervös in der Eingangshalle auf und ab tigern.

Verdammt, ich hatte gewusst, dass mit Stana etwas nicht stimmte. Wäre ich direkt zu Ally aufgebrochen, hätte ich sie vielleicht retten können.

Nachdem der Kontakt zu Ally abgebrochen war, hatte ich sofort Emma informiert. Die Stammesführerin war auf dem Weg zu mir und auch Allys Eltern, die ich danach angerufen hatte, wollten von ihrem Geschäftsessen sofort zu mir aufbrechen. Fehlte nur noch die Polizei, die Marcus informieren wollte.

»Sie machen sich sofort auf den Weg zu uns«, erklärte dieser mir genau in diesem Moment und brachte mich zum Stehen. »Alles wird gut, Jonathan.«

Ich schüttelte seine beruhigende Hand ab und drehte wieder meine Kreise. »Was ist, wenn ich sie genauso wie Kristy verliere? Ich habe sie doch gerade erst gefunden.«

»Das kann ich mir nicht vorstellen. Wir …«

»Gaia traue ich alles zu«, unterbrach ich ihn aufgebracht. »Sie hat Kristys Leben zerstört, weil sie eine Quelle der Macht braucht. Wieso sollte sie nicht das Gleiche mit Ally machen?«

»Weil Kristy dir die Wiedergeburt versprochen hat«, wandte Marcus ein, der mein Treiben nur kopfschüttelnd beobachtete. Eigentlich sollte ich ihm ja dafür dankbar sein, dass er hier bei mir blieb. Er hatte sicher besseres zu tun, als seinen Freund vor dem Panikanfall zu bewahren.

»Und weil ich diesen Zettel auf deinem Schreibtisch entdeckt habe«, mischte Sarah sich in unser Gespräch ein. Sie war die Erste gewesen, die ich benachrichtigt hatte. Seitdem waren erst wenige Minuten vergangen und trotzdem befürchtete ich das Schlimmste. Wer wusste, was sie mit Ally anstellen würden?

Misstrauisch nahm ich Sarah den Zettel aus der Hand und erstarrte. Diese Schrift würde ich überall erkennen. Obwohl ich die Schrift das letzte Mal vor 370 Jahren gesehen hatte, hatte ich den Brief, den sie geschrieben hatte, nie vergessen. Irgendwie war dieser Brief von Kristy. Ein Hinweis auf Ally?

Jonathan,

vertrau mir. Wenn du dorthin gehst, wirst du Ally finden! Beeil dich! Das Ritual ist sehr schmerzhaft und wir wollen nicht, dass Ally zu viel leidet!

1184 Maryland Avenue, Ecke 84th. Chicago

Rette Sie! Wir bauen auf dich!

Kristy

»Wir müssen dorthin!«, verkündete ich, nachdem ich den Brief gelesen hatte. Genau in diesem Moment trafen sowohl Emma als auch die Polizei bei uns ein. »Gut, dass Sie hier sind! Ich weiß, wo sie ist!«

Mit diesen Worten drückte ich der erstaunten Emma den Brief in die Hand und zog sie hinter mir zum Auto. »Jonathan, könntest du mir bitte erklären, woher du plötzlich weißt, wo sich Ally befindet?«

»Kristy«, antwortete ich kurz angebunden. »Sie wollen irgendein schmerzhaftes Ritual mit Ally durchführen! Wir können das nicht zulassen!«

Bevor ich ins Auto steigen konnte, hielt Emma mich gewaltsam mit einer Welle zurück, die zwischen mir und dem Auto zu schweben schien. »Jonathan, würdest du mir bitte alles erklären, ehe du mich auf ein Selbstmordkommando entführst!«

»Emma, wir haben keine Zeit für Erklärungen! Ally könnte in diesem Moment auf der Schwelle zum Tod schweben!«, zischte ich sie an. »Wir müssen jetzt los!«

Meine Schwester nahm mich beruhigend in den Arm. »Jonathan, jetzt beruhige dich. Durch übereilte Aktionen werden wir Ally auch nicht retten. Wenn das, was du sagst, stimmt, dann müssen wir uns gegen zwei Hexen wehren«, erinnerte sie mich.

»Sie werden mit dem Ritual beschäftigt sein!«, wandte ich ein. »Sarah, versteh mich doch, ich will Ally nicht verlieren.«

»Mr. Westlake, bitte erklären Sie uns die Lage, damit wir unser Vorgehen planen können«, mischte sich nun auch einer der beiden Polizisten ein.

Ruhig atmete ich ein und aus, löste mich von Sarah und setzte gerade zum Sprechen an, als zwei Menschen zu uns rannten – Allys Eltern. »Jonathan? Wo ist Ally?«, wollte ihre Mutter sofort wissen.

Während ich also so gut wie möglich versuchte die Lage zu schildern, bemerkte ich aus dem Augenwinkel, dass Emma mehrere Telefonate führte. Hoffentlich rief sie gerade andere Hexen an, die uns helfen könnten. Wir konnten jede Hilfe brauchen, besonders Magische. Allys Mutter schluchzte immer wieder auf, ganz im Gegensatz zu den beiden Polizisten, die alles mit einer stoischen Ruhe aufnahmen.

»Sie müssen meiner Tochter helfen!«, forderten Allys Vater genauso wie ich am Ende meines Vortrags.

Ich konnte die Polizisten nicht einschätzen. Aus ihrer Maske ließ sich nicht herauslesen, ob sie mir glaubten oder alles nur für ein Hirngespinst hielten.

»Wir werden eine Streife zur angegebenen Adresse schicken, um zu überprüfen, ob die Anschuldigung stimmt«, erklärte der Polizist mir, dann verschwanden er und sein Kollege in ihrem Auto aus unserer Einfahrt.

»Darauf können wir nicht warten«, stellte Mr. Dawson missbilligend fest. »Bis die Streife Bericht erstattet hat, kann Alisia sonst noch was passiert sein.«

Emma trat wieder zu uns. »Vier Hexen werden uns an der Adresse treffen. Wenn es sich wirklich um ein Ritual handelt, wird die Polizei uns sowieso wenig helfen können«, informierte sie uns.

Wir verloren noch etwas Zeit, in der wir Allys Eltern dazu überreden mussten, bei Marcus in der Sicherheit des Zirkels zu bleiben, dann machten wir uns auf den Weg zu der besagten Adresse.

Dort kam die Polizeistreife gerade aus dem Haus. »Den Nachbarn ist nichts aufgefallen. Nur die Bewohner im Erdgeschoss konnten wir leider nicht antreffen«, erzählten sie uns, nachdem ich ihnen erklärt hatte, wer wir waren. »Bitte verlassen Sie das Gelände. Hier scheint alles in bester Ordnung zu sein.«

Emma stimmte ihm da nicht zu. »Ich spüre starke Hexenkräfte in der Umgebung. Hier irgendwo müssen sie sein!«

»Miss, hier ist …«, versuchte ein Polizist ihr zu erklären, wurde jedoch von einer weiteren Hexe unterbrochen.

»Unter der Erde! Sie sind unter der Erde! Ich kann es spüren!«

»Und sie haben Feuer beschworen!«, fügte eine weitere Hexe hinzu.

»Gibt es hier einen Keller?«, wollte Emma von dem Polizisten wissen.

Dieser nickte. »Zumindest führt eine Treppe nach unten.«

Wir ließen die Polizisten stehen und eilten in das Haus.

»Halt! Stehen bleiben! Sie können nicht ohne die Polizei ein Gebäude stürmen! Sie müssen warten!«, rief uns der Polizist hinterher.

»Wir können nicht warten!«, erwiderte Sarah, bevor wir auch schon außer Sichtweite verschwunden waren. Ally konnten wir auch ohne die Polizei retten.

Kapitel 26

Ende August 2015 – Ally

»Mach sie fertig!«, wies Jolene ihre Tochter an, als wir den Keller betraten. »Aber beeile dich. Ihr Freund wird sicher alles tun, um sie zu befreien!«

Jonathan. Ich musste auf ihn vertrauen! Er würde mich retten!

Stana zog mich in eine der wenigen hellen Ecken des Kellers, während ihre Mutter eine bisher unsichtbare Tür an der gegenüberliegenden Wand öffnete. Stana hatte sich umgezogen und trug jetzt ein Hexengewand, das schon etwas ausgeleiert wirkte. Das Lila war bereits ausgebleicht und an manchen Stellen hatte man mit einigen Stofffetzen Löcher ausgebessert.

»Zieh das an!« Ohne mich anzublicken, streckte sie mir einen unförmigen Kleidersack entgegen.

Skeptisch nahm ich das Ding entgegen. Sollte ich das über meine Kleidung anziehen? »Dein Zeug musst du dazu ausziehen!«, schnauzte Stana mich an. Immer noch wagte sie es nicht, mich anzusehen. Bedeutete das, dass sie Mitleid mit mir hatte? Konnte ich mir das zunutze machen?

»Stana, wieso macht ihr das?«, versuchte ich aus diesem Grund zu ihr durchzudringen.

Sie antwortete nicht, was ich als Zeichen nahm, dass meine Einschätzung richtig gewesen war.

»Es gibt doch auch andere Möglichkeiten, um unsterblich zu werden. Ihr müsst dafür niemanden umbringen«, fuhr ich fort, während ich so langsam wie möglich an meinen Schuhen herumnestelte.

Stana beobachtete mein Treiben wütend, aber panisch zugleich, reagierte jedoch nicht. Zumindest nicht auf meine Worte, sondern nur auf meine langsamen Bewegungen. »Geht das denn nicht schneller?«

Während ich extra einen Knoten in meine Schnürsenkel flocht, rief ich so vorsichtig wie möglich meine Hexenkräfte zu mir. Überraschenderweise schien Stana nichts davon zu bemerken. Sie war viel zu sehr damit beschäftigt, sich nervös umzusehen und immer wieder den Blick zu der inzwischen wieder verschwundenen Tür wandern zu lassen.

Luft oder Erde oder beide Elemente gemeinsam? Diese Entscheidung fällte ich, während ich den Schuh öffnete, dann schickte ich Stana die mächtigste Luftfront entgegen, die ich heraufbeschwören konnte.

Aber ich hatte meine Mitschülerin unterschätzt. Bevor die Luftfront bei ihr ankam, verpuffte sie ganz einfach, ohne dass Stana irgendeine Handbewegung gemacht hatte. »Ally, meine Mutter ist nicht die Einzige, die über 350 Jahre älter ist als du. Vergiss das nicht! Du hast keine Chance gegen uns.«

Nach diesen Worten wurde ich von einem unsichtbaren Druck gegen die Wand gedrückt. Mit jedem Schritt, den Stana näher kam, verstärkte sich der Druck um ein Vielfaches. »Versuch gar nicht erst deine Kräfte einzusetzen! Und hör auf zu reden! Du hast doch keine Ahnung!«

Allein der Umstand, dass sie mir zugehört hatte, zeigte, dass ich sie beeinflussen konnte. Einen weiteren Versuch war es also wert. »Ich weiß, dass es andere Wege gibt, um unsterblich zu werden. Weniger blutige Wege!«

Stana jagte mir wieder eine Luftwelle entgegen. »So, wie du es mit Lord Jonathan vorhattest? Vampirhexen sind Verräter! Sie sind es nicht wert zu leben!«

»Habt ihr euch deswegen für Kristy entschieden?«, hakte ich nach, während ich die Knöpfe meiner Bluse öffnete.

»Sie hat sich doch geradezu angeboten!«, fauchte Stana. »Hätte sie brav die Regeln des Stammes befolgt, hätte der Hexenjäger sie nicht entdeckt und sie auf dem Scheiterhaufen verbrannt!«

»Ihr wart befreundet.« Das wusste ich aus Kristys Erinnerungen. »War dir diese Freundschaft nichts wert?«

Stana begann fies zu lachen. »Freunde? Kristy und ich waren nie Freunde. Da bin ich lieber unsterblich, als sie als sogenannte Freundin zu haben! Es war nur eine Zweckgemeinschaft. Mehr nicht!«

Sprach hier der verletzte Stolz aus ihr? »Du bist doch nur neidisch darauf, dass Gaia Kristy ihren Gefährten schon vor ihrem achtzehnten Geburtstag gezeigt hat!«, konterte ich.

»Pah!« Stana baute sich mit starren silbernen Augen vor mir auf. »Wieso sollte ich auf einen Vampir als Gefährten eifersüchtig sein?«

Ich schleuderte meine Bluse von mir und erwiderte ihren Blick genauso entschlossen. So kurz vor der Zielgeraden kam mir der Gedanke daran, dass ich nur im BH vor ihr stand, wie eine Nichtigkeit vor. »Weil du niemals einen Gefährten haben wirst. Du wirst niemals 18 werden, niemals deine Manifestation feiern und niemals die wahre Liebe finden! Willst du das denn gar nicht? Ist dir ein Leben als für immer 16-Jährige wichtiger als das? Liebst du deine Mutter so sehr, dass du dir kein Leben ohne sie vorstellen kannst? Du musst das nicht tun, Stana. Du kannst dein Leben selbst bestimmen!«

Sie zauderte, das konnte ich in ihren Augen sehen, die ihre Starre verloren. Gleich hatte ich sie so weit, dass sie mich freilassen würde.

Leider wurde genau in diesem Moment die unsichtbare Tür wieder aufgestoßen und meine Chance vernichtet. »*Was dauert denn hier so lange?*«, bellte Jolene wütend.

Sofort verhärteten sich Stanas Augen wieder und sie entfernte sich einige Schritte von mir. »Sie wehrt sich.«

»*Und du kannst damit nicht umgehen?*«, fauchte Jolene ihre Tochter an, bevor sie mir mit einer kleinen Handbewegung die Kleidung vom Körper riss und den braunen ›Sack‹ über meinen Körper schob. »So einfach geht das, Sylvia. Da braucht man nicht so lange herumdiskutieren!«

Stana schluckte, griff nach meiner Hand und zog mich durch die Wandtür, die Jolene sofort hinter uns verschloss.

Vor mir breitete sich ein riesiger Raum aus, dem man ansah, dass er von Hexenhand erschaffen worden war. Die Wände wurden von Fackeln beleuchtet und um den Mittelpunkt hatten sie einen Steinkreis ausgelegt. Direkt in der Mitte dieses Kreises befand sich ein kleiner Scheiterhaufen. Sofort versteifte ich mich und musste von Stana zu dem Kreis geschleift werden. Feuer! Oh Gott! Wieso gerade Feuer? Alles nur nicht Feuer!

Wie von einer äußeren Position aus bekam ich mit, wie sie mich auf dem Scheiterhaufen festbanden und den Kreis schlossen.

Meine Chance war vorbei, ich musste auf Jonathan vertrauen. Auf Jonathan und Kristy.

Tagebuch 5

26.08.15 – 9. Eintrag

Allys Worte hatten mich zum Nachdenken gebracht. Ich würde nie erwachsen werden und meinen Gefährten kennenlernen. Aber wollte ich das überhaupt? Älter werden hieß krank werden und von meiner Mutter hatte ich gelernt, dass Liebe immer Schmerz bedeutete. Das wollte ich nicht. Alles was ich wollte, war ein langes Leben mit Spaß ... und das bekam ich nur mit dem Unsterblichkeitsritual.

»Sprich den Schutzzauber!«, wies Mutter mich an, der man ansah, dass sie wütend auf mich war. Wir hatten mit dem Umkleiden zu lange gebraucht. Ich hatte mich bequatschen lassen. Das hätte nicht passieren dürfen! »Und wehe, du machst wieder etwas falsch!«

Am liebsten hätte ich geantwortet, dass ich gut genug wusste, wie der Zauber funktionierte, aber ich wusste, dass ich in diesem Moment besser still blieb. Sie würde das nur in den falschen Hals bekommen. Also stellte ich mich an den Rand des Scheiterhaufens und sprach die magischen Worte. Der Schutzzauber sollte das Feuer davon abhalten, uns zu nahe zu kommen. Es könnte in die Höhe wachsen, aber nicht in die Breite.

Aus dem Augenwinkel bekam ich mit, dass Mutter die Kräuter und das Messer ein letztes Mal begutachtete, bevor sie sich Ally zuwandte. Fast schon liebevoll strich sie ihr über die Haare, aber ich wusste, was gleich kommen würde.

Mit einem blitzschnellen Schnitt trennte sie Allys Haare an der Schulter ab. »Die wirst du sowieso nicht mehr brauchen. Wir dafür umso mehr.«

Ally ertrug das alles mit einer Regungslosigkeit, dass ich befürchtete, sie wäre ohnmächtig geworden, doch dem war nicht so. Mit glasigen Augen starrte sie meine Mutter an, hatte es jedoch aufgegeben, sich zu wehren. Sie hatte mit ihrem Leben abgeschlossen. Genauso wie Kristy es an ihrem Todestag getan hatte.

Mutter reichte mir die Haare. »Verbrenne sie!«

Während ich die Haare in Flammen aufgehen ließ, eine Aufgabe, die ich wegen des Gestanks zutiefst hasste, benebelte Mutter Ally mit einer gezielten Kräutermischung so sehr, dass sie spätestens jetzt nichts mehr von der Außenwelt mitbekommen würde.

Mutter blickte mich auffordernd an, weswegen ich das Messer nahm und mir eine Wunde in den Arm schnitt, aus der ich das Blut in eine kleine Schale rinnen ließ.

Nachdem Mutter das Gleiche an ihrem Arm durchgeführt hatte, beschwor sie eine kleine Flamme auf ihrer Handfläche. Zufrieden lächelnd hielt sie ihre Hand an den äußersten Ast unseres provisorischen Scheiterhaufens, der sofort Feuer fing. Ally wand sich nicht, zuckte nicht mal mit den Fingern. Ich konnte mir nur vorstellen, wie es gerade in ihr aussah. Sie hatte mir von ihrer unbändigen Angst vor Feuer erzählt. Das hier musste die Hölle für sie sein.

»Beginnen wir mit dem eigentlichen Ritual!«, bestimmte Mutter und wandte sich unbeeindruckt vom Scheiterhaufen ab. Mir fiel das jedoch nicht so leicht. Irgendwie war sie doch meine Freundin gewesen und hatte dafür gesorgt, dass ich mich an der Highschool eingewöhnte. Aber ich durfte meine Gefühle nicht Überhand nehmen lassen. Genauso wie ich es bei Kristy getan hatte, musste ich eiskalt bleiben. Schließlich wollte ich unsterblich werden, nicht alt und verletzlich. Für Unsterblichkeit musste man Opfer bringen und Freunde waren für mich da das kleinste Übel.

Ich hatte mich gerade erst umgedreht, als ich das Knallen unserer Kellertür vernahm. »Wir müssen uns beeilen!«, schrie ich und eilte zu Mutter. »Jemand ist im Keller!«

»Er kann nicht durch die Tür. Nur Hexen können das«, beruhigte Mutter mich, reichte mir jedoch gleichzeitig meine Blutschale.

Kaum hatte sie ausgesprochen, öffnete sich auch schon die Tür zu unserem Ritualkeller. Sechs Hexen sowie Lord Jonathan und Lady Sarah betraten den Raum. Sofort begannen Mutter und ich den Zauberspruch zu singen. Jetzt musste es schnell gehen, sonst wäre unser Ritual umsonst.

Dann erwischte uns auch schon die erste Welle an Elementen, aber nicht wie erwartet von außerhalb des Kreises, sondern von innerhalb. Erst glaubte ich, dass Ally sich irgendwie aus ihrem regungslosen Nebel gelöst hatte, aber dem war nicht so. Ally hing immer noch teilnahmslos am Stamm des Scheiterhaufens.

Nein, über ihr hatte sich eine Person aufgebaut, die ich nie wieder zu sehen geglaubt hatte – Kristy. Sie sah aus wie damals. Die gleichen roten Haare, das gleiche Hexengewand und vor allem die gleiche Affinität zu Feuer. Mit nur einer fließenden Handbewegung hielt sie die Flammen auf Abstand zu Ally und drückte gleichzeitig gegen den Schutzzauber. Immer mehr Macht ließ sie in die Flammen fließen, die dem Schutzzauber gefährlich werden könnten. Für so viel Druck und Hitze war er nicht ausgelegt. Wir mussten uns verteidigen.

Schnell schluckte ich mein Blut hinunter. Sobald der letzte Lebensfunke Ally verlassen hätte, wäre ich wieder unsterblich. Jetzt musste ich nur noch dafür sorgen, dass ihr Tod auch wirklich eintrat.

Mutter schickte schon all ihre Kräfte gegen die sechs Hexen, während ich den Schutzzauber erneuerte. Kristy begegnete meinem Blick mit einem traurigen Gesichtsausdruck.

»Lass es sein, Sylvia. Noch ist es nicht zu spät«, rief sie mir in Gedanken zu. »Du musst das nicht tun.«

Ihre Worte ignorierend wandte ich mich ab, um meiner Mutter zu helfen. Denn die hatte meine Hilfe bitter nötig. Immer näher kamen die Hexen und ich sah, dass Mutter unter dem Druck zitterte.

Mit meinem Erdelement versuchte ich eine Mauer vor den Hexen zu platzieren, aber sie wurde eingerissen, kurz nachdem sie stand. Die Hexen teilten sich nun auf, jeweils zwei kämpften gegen mich, drei gegen Mutter und eine Hexe hatte ein ganz anderes Ziel.

Ich versuchte mich auch um sie zu kümmern, doch ich konnte nichts mehr tun. Sie war zu schnell und der Wasserschwall, den sie gegen mich richtete, war zu stark. Gemeinsam mit Kristy durchbrach sie meinen Schutzzauber und löschte das Feuer.

Das Holz war zu nass geworden, es ließ sich nicht mehr entzünden, und Ally direkt die Flamme auf den Körper zu schicken ... nein, das konnte ich nicht.

Kristy war in dem Moment verschwunden, in dem das Feuer gelöscht war. Diese eine Sekunde der Unachtsamkeit, diese eine Sekunde, in der ich an meine ehemalige Freundin gedacht hatte, kam mir schwer zu stehen. Ein Luftstoß warf mich um und ließ nicht zu, dass ich wieder aufstand. Dann verstand ich endlich die Worte, die die Hexen schon die ganze Zeit leise summten. Sie ketteten unsere Hexenkräfte fest. Nicht mehr lange und ich würde keine Hexe mehr sein. Ich musste fliehen! Sofort!

Leider kam Mutter zu der gleichen Erkenntnis wie ich.

Egal wie sehr ich mich jedoch konzentrierte, ich konnte mich nicht aus dem Keller zaubern. Meine Kräfte wurden schon zu stark gebunden. Es war vorbei.

Frustriert und enttäuscht zugleich musste ich mitansehen, wie Lord Jonathan Ally in seine Arme nahm und sie in ihnen ohnmächtig wurde. Die ganze Zeit war sie wach gewesen und ohne es zu wollen, zollte ich ihr dafür sogar ein bisschen Respekt. Sofort lösten die Hexen den Luftschwall, der mich und Mutter zu Boden drückte.

Nur wenige Sekunden später stürmte die Polizei den Raum und ich erkannte, dass Lady Sarah die ganze Zeit die Tür offen gehalten hatte, denn sonst hätten Menschen unseren Schutzraum nie betreten können.

»Wir brauchen einen Krankenwagen!«, rief Lord Jonathan panisch.

Man sah den Polizisten an, dass sie mit der Lage überfordert waren. Es geschah sicher nicht oft, dass Hexen bei einem Ritual eine andere Hexe verbrennen wollten. Dafür waren die anwesenden Hexen umso aufmerksamer.

Jetzt erkannte ich auch, dass die Stammesführerin Emma neben Lord Jonathan versuchte, so viele Wunden wie möglich zu heilen. Nun verstand ich, wieso sie die Stammesführerin war. Heilkräfte waren heute extrem selten geworden und jede Hexe mit diesen Kräften wurde besonders behandelt. Irgendwann würde aber auch sie an die Grenze ihrer Kräfte gelangen. Vielleicht würde Ally doch noch sterben.

Nein, ich schüttelte den Kopf. Bevor Ally starb, würde Lord Jonathan sie in einen Vampir verwandeln. Ich brauchte gar nicht mehr hoffen.

Gemeinsam mit den Hexen legten die Polizisten uns die Handschellen an, die sofort mit einem Bann belegt wurden. Missmutig erinnerte ich mich daran, wie ich früher jedes kleinste Hindernis hatte umgehen können. Seit die Hexen und Vampire der Öffentlichkeit bekannt waren, klappte das nicht mehr so gut. Vor allem, wenn sie zusammenarbeiteten wie hier.

Diese Zusammenarbeit wurde auch bis in die Polizeizentrale fortgeführt. Immer begleiteten uns Hexen, nie waren wir lange genug alleine, um den Zauber zu lösen. Selbst vor den Zellentüren wurden mehrere magische Schlösser und Sperren aktiviert, damit wir nicht fliehen können.

Jetzt sitze ich schon seit mehreren Stunden hier und versuche mich zu beschäftigen. Schlafen kann ich nicht. Sie wollen uns noch heute Nacht die Kräfte abnehmen. Ich habe Angst davor. Was bin ich, wenn ich keine Hexe mehr bin? Wer werde ich ohne meine Hexenkräfte sein?

Dies wird mein letzter Eintrag sein. Spätestens morgen werden sie mir mein Notizbuch, das mir die Hexen nach einer genauen Inspektion zugestanden haben, abnehmen und Mutter wird mich dafür schelten, dass ich alles aufgeschrieben habe. Aber ich musste es tun, anders hätte ich das nicht durchgestanden.

Mutter sollte sich lieber Sorgen um unsere Strafe machen. Ich kenne mich mit Menschengesetzen nicht aus, aber ich bin mir sicher, dass uns eine hohe Strafe erwarten wird.

S.

Kapitel 27

Ende August 2015 – Ally

Das Erste, was ich vernahm, war ein lautes Piepsen. Aber nicht dieser nervige Tinitus-Piepton, sondern ein regelmäßiges, leises Piepen.

Dann spürte ich den Druck an meiner Hand. Wo war ich? Hatte ich wirklich überlebt? Hatten sie mich retten können?

Ich versuchte mich daran zu erinnern, was passiert war. Leider lag über meinen Erinnerungen ein roter Schleier und ich spürte wieder die Schmerzen, die das Feuer zu diesem Zeitpunkt verursacht hatte. Erstaunlicherweise spürte ich davon nun nichts mehr, wenn ich nicht gerade in meinen Erinnerungen forschte. Alleine konnte ich nicht herausfinden, was geschehen war, nachdem sie mich auf den Scheiterhaufen gebracht hatten. Ich musste aufwachen.

Erschöpft öffnete ich die Augen. Es war Mom, die meine Hand hielt, während Dad auf einem Stuhl am Fenster saß und scheinbar schlief.

»Mom?«, flüsterte ich mit schwacher Stimme.

Sofort schoss ihr Kopf zu mir. »Ally, Gott sei Dank. Ich habe mir solche Sorgen um dich gemacht«, erwiderte sie erleichtert und strich mir zärtlich über den Handrücken.

»Wo bin ich?«, wollte ich schwach von ihr wissen. »Wie spät ist es? Wie lange war ich ohnmächtig?«

»Du bist im Krankenhaus. Seit vier Stunden warten wir darauf, dass du wach wirst. Als Jonathan uns angerufen hat und meinte, dass du entführt wurdest, fühlte ich mich so hilflos. Alle konnten etwas tun, aber wir haben keine besonderen Kräfte. Wir konnten unserer eigenen Tochter nicht helfen, sondern mussten dabei zusehen, wie du mit schweren Verbrennungen ins Krankenhaus eingeliefert wurdest«, antwortete Mom verzweifelt, die kurz den Blick abwandte, um Dad aufzuwecken.

Ich versuchte mich aufzurichten, damit ich sie in den Arm nehmen konnte, aber ich war zu schwach dazu. »Ihr seid hier und ich kann immer auf euch vertrauen. Das ist genauso wichtig.«

Mom lächelte und Dad rückte seinen Stuhl näher zu mir heran. »Wie fühlst du dich, Mäuschen?«, fragte er besorgt.

»Schlapp und unglaublich durstig«, erwiderte ich. »Ich fühle mich, als hätte ich tagelang nicht geschlafen, dabei bin ich gerade erst aufgewacht. Aber ich spüre keine Schmerzen.«

»Das hast du den Hexen zu verdanken«, erklärte Mom und reichte mir das Glas Wasser, das auf meinem Nachttisch stand. »Sie haben deine äußeren Verbrennungen mit Zaubern entfernt und dir mit einem anderen Zauber die Schmerzen genommen. Die Ärzte mussten sich schlussendlich nur noch um deine Dehydration kümmern.«

Mom und Dad warfen sich einen bedeutungsschweren Blick zu, während ich das Glas sofort austrank. »Was ist los?«, wollte ich skeptisch wissen.

»Wir werden jetzt nach Hause fahren und noch ein bisschen schlafen, bevor wir wiederkommen. Da gibt es noch jemanden, der dich unbedingt sehen will, ehe die Sonne aufgeht«, entgegnete Dad.

Natürlich wusste ich sofort, von wem er sprach. »Jonathan wartet draußen?«, flüsterte ich.

Mom nickte. »Er wollte uns mit dir allein lassen, bis du aufwachst. Seine Schwester war eine Zeit lang bei ihm, dann Lord Marcus. Jedes Mal, wenn ich mir Kaffee geholt habe, ist er sofort aufgesprungen. Wir haben uns mit ihm abgesprochen, dass er den Rest der Nacht auf dich aufpasst und wir dann tagsüber vorbeischauen.«

Nachdem meine Eltern mich vorsichtig umarmt hatten, verließen sie mein Zimmer. Leise Stimmen von draußen sagten mir, dass sie Jonathan auf den neusten Stand brachten und dann das Krankenhaus verließen.

Eigentlich war ich auch entsetzlich müde, doch diese Müdigkeit verschwand, als Jonathan die Tür hinter sich schloss und sich zu mir ans Bett setzte.

»Wie geht es dir?«, flüsterte er lächelnd und strich mir über die ungewohnt kurzen Haare. Stimmt, die hatten sie mir ja abgeschnitten.

»Erstaunlich gut, dafür, dass ich auf einem Scheiterhaufen lag«, erwiderte ich ebenso lächelnd. »Ich muss schrecklich aussehen.«

»Ach, Blödsinn«, entgegnete Jonathan sofort. »Die kürzeren Haare stehen dir. Sie sind jetzt vielleicht nicht ganz ... stilistisch schön geschnitten, aber das lässt sich ja ändern.«

Wieder wollte ich mich aufsetzen, wurde jedoch von Jonathan zurückgedrückt. »Bleib lieben«, wies er mich an. »Du bist noch zu schwach.«

Sein Handy vibrierte, ohne beachtet zu werden. »Willst du nicht drangehen?«

Jonathan schüttelte den Kopf. »Später. Du stehst jetzt an erster Stelle.« Er zögerte kurz. »Ally, als wir ... als wir dich gefunden haben, da habe ich ... kann es sein, dass ich Kristy gesehen habe?«

Kurz suchte ich in meinen Erinnerungen danach, obwohl es mir nicht unwahrscheinlich erschien. »Sie hat die Flammen zurückgehalten«, murmelte ich, als ich sah, was mein früheres Ich für mich getan hatte. »Ich dachte, sie sollte dich nur informieren, wo ich bin.«

Mein Freund nickte. »Ja, aber da war es nur ein Zettel. Ich hätte nie gedacht ... du hast sie schon immer gesehen?«

»Seit ich von ihr weiß, taucht sie ab und zu auf und erklärt mir alles«, erzählte ich ihm. »Sie war wie mein helfender Schutzengel.«

Wieder vibrierte Jonathans Handy und rettete mich somit vor weiteren Fragen, denn dieses Mal hob er ab. »Emma? ... Wirklich? ... Seid ihr euch sicher, dass sie Ally nichts mehr tun können? ... Vielen Dank. Ja, sie ist aufgewacht ... Ihr geht es den Umständen entsprechend gut. Soll ich sie dir geben? ... Okay, richte ich aus. Gute Nacht.«

Als er meinen interessierten Blick bemerkte, grinste er. »Das war Emma. Sie hat mich informiert, dass Joanna und Sylvia keine

Hexenkräfte mehr haben und dir nicht mehr gefährlich werden können.«

Erleichtert sank ich in meine Kissen zurück. »Sie haben ihnen die Kräfte abgenommen? Ging das so schnell?«

»Anscheinend«, erwiderte Jonathan ebenso erleichtert. »Ich kenne mich nicht mit Hexenritualen aus. Da musst du Emma fragen, wenn sie morgen vorbeikommt.«

»Emma kommt morgen vorbei?«

»Natürlich, was denkst du denn? Alle Hexen, die bei deiner Rettung dabei waren, wollen unbedingt überprüfen, dass du auch wirklich gesund bist«, antwortete Jonathan mit leuchtenden Augen.

»Alle Hexen?«, hakte ich verwirrt nach. »Aber im Stamm mag mich doch niemand.«

»Fünf Hexen haben sich sofort bereit erklärt, dich zu retten. Wenn es nur Emma und ich gewesen wären, hätten wir dich nicht so schnell befreien können«, erzählte Jonathan. »Sylvia und Joanna hatten uns viel Macht entgegenzusetzen. Die meiste Zeit stand ich nur unbeteiligt am Eingang der Kellertür, während die Hexen gegen Sylvia und Joanna kämpften und du auf dem Scheiterhaufen branntest. Ich fühlte mich an Kristys Verbrennung erinnert. Ich dachte, ich würde auch dich verlieren.« Jonathan schluckte schwer.

Nun war ich es, die die Hand ausstreckte, um sie ihm beruhigend auf den Arm zu legen. »Du wirst mich nicht verlieren. Mir wird nicht das Gleiche wie Kristy passieren«, konnte ich ihm mit gutem Gewissen versprechen.

»Wie kannst du dir da so sicher sein? Du weißt nicht, was Gaia alles für Pläne mit dir hat«, entgegnete Jonathan immer noch frustriert.

»Doch, das weiß ich. Während ich ohnmächtig war, hat Gaia mit mir gesprochen. Also mach dir keine Sorgen, denn ich kann dir versprechen, dass diese Pläne meinen Tod nicht vorsehen. Sie sehen eher vor, dass ich nie mehr älter werde«, antwortete ich.

Jonathan blickte mich an, als wären mir zwei weitere Köpfe gewachsen. »Ally, willst du damit sagen ...?«, stammelte er.

»... dass ich es mir vorstellen könnte, ein Vampir zu werden. Ja, genau das will ich sagen«, beendete ich seinen Satz. »Gaia will, dass ich die Distanzen zwischen den verschiedenen Wesen überwinde und vor allem die Hexen dazu bringe, sich nicht mehr von der Welt abzukapseln. Dazu werde ich deine Hilfe benötigen. Meine Güte, dazu werde ich wahrscheinlich verdammt viel Hilfe brauchen, weil die Hexen mir sicher nicht von Anfang an zuhören werden. Schließlich habe ich ja so viel weniger Erfahrung als sie und weiß gar nichts über die Welt und die ach so schrecklichen Vampire.«

Wie schon auf dem Reiterhof brachte Jonathan meinen hysterischen Anfall mit einem Kuss zu einem abrupten Stopp. Dieser war jedoch sehr vorsichtig, als wäre ich aus Glas, dabei würde ich sicher nicht an einem Kuss zerbrechen. So schwach war ich, dank den Hexen, nun auch nicht.

»Ally, mach dir doch nicht so viele Sorgen. Sechs Hexen und drei Vampire haben der Polizei geholfen, dich zu retten. Das ist doch schon mal ein guter Anfang«, erinnerte er mich lächelnd und zwirbelte eine Strähne um seinen Finger. »Auf mich wirst du auf jeden Fall immer zählen können.«

»Danke«, flüsterte ich und lehnte mich nach vorne, um ihn ein weiteres Mal zu küssen.

Doch Jonathan hielt mich zurück. »Nicht, Ally, du bist noch zu schwach.«

»Aber nicht aus Zucker«, entgegnete ich, drückte ihn mit einem Luftschwall näher an mich heran und küsste ihn.

Erst versuchte Jonathan, sich zu wehren, aber dann erwiderte er den Kuss und dieses Mal fühlte ich mich nicht wie eine Zuckerpuppe. Als er mich vorsichtig, aber gleichzeitig drängend an sich zog, löste ich meinen Zauber und konnte mich endlich komplett auf den Kuss fokussieren.

Leider hatte Jonathan genau darauf gewartet und löste sich sofort von mir. »Ich weiß, dass du nicht aus Zucker bist«, flüsterte er und fast hatte es den Anschein von Atemlosigkeit, dabei brauchten Vampire doch keine Luft zum Atmen. »Aber du wärst fast verbrannt, mein Kopf versteht noch nicht, dass die Hexen deine schlimmsten Verletzungen schon geheilt haben. Ich will dich doch nur beschützen, damit dir nichts passiert.«

»Danke«, erwiderte ich ergriffen. »Danke, dass du für mich da bist.« Dann gähnte ich.

»Schlaf ein bisschen, Ally. Du brauchst deine Ruhe«, wies Jonathan mich an und ließ meine Hand los.

Während ich es mir auf meinem Bett irgendwie gemütlich machte, was sich mit dem Infusionsschlauch schwieriger gestaltete als gedacht, fragte ich: »Wirst du hier sein, wenn ich aufwache?«

Jonathan schüttelte den Kopf. »Wahrscheinlich nicht, außer du wachst vor Sonnenaufgang auf.«

Ich zog eine Schnute. »Kommst du morgen wieder?«

»Wenn du das willst.«

Was für eine Frage, natürlich wollte ich, dass er wiederkam. »Wenn es geht«, erwiderte ich, wohlwissend, dass nachts in den Krankenhäusern normalerweise kein Besuch gestattet war.

Doch Jonathan grinste. »Lass einfach dein Fenster ein bisschen auf. Ich werde kommen. Gute Nacht, Ally.« Er küsste mich auf die Stirn und rückte ein bisschen von meinem Bett ab.

Eigentlich wollte ich ihn noch fragen, was er damit meinte, aber ich befand mich schon auf dem Weg ins Land der Träume.

Kapitel 28

Anfang September 2015 – Ally

Er hatte sein Versprechen gehalten. Während der zwei Wochen, die ich im Krankenhaus verbracht hatte – dank den Hexen waren es zum Glück nicht mehr –, hatte er mich jede Nacht besucht.

In der ersten Nacht war ich dabei fast zu Tode erschrocken, als plötzlich eine Fledermaus in mein Zimmer geflogen kam und sich in meinen Freund verwandelte. Obwohl ich es ja eigentlich hätte ahnen müssen, als er sagte, dass ich mein Fenster offenhalten sollte.

Tagsüber war ich auch nur selten allein gewesen. Morgens kamen die Ärzte zur Visite und nachmittags schneiten entweder Emma, eine der anderen Hexen oder meine Eltern herein und blieben bis zum Abendessen. Emma hatte mir noch mal genau erklären müssen, was in der Nacht passiert war, weswegen ich mich für meinen heutigen Termin gut vorbereitet fühlte.

Heute würde ich Joanna und Sylvia wiedersehen. Ich wollte unbedingt verstehen, wieso sie das getan hatten, und hatte so lange auf die Polizei eingeredet, dass sie es mir erlaubten. Jedoch nur unter der Bedingung, dass eine weitere Hexe mitkommen würde. Es war den Polizisten anzumerken, dass sie Angst hatten, obwohl Joanna und Sylvia laut Emma keine Hexenkräfte mehr hatten.

Nachdem Kristy mir viele ihrer Erinnerungen gezeigt hatte, hatte ich mir auch nach und nach die ursprünglichen Namen der beiden Hexen angewöhnt. Während des Krankenhausaufenthalts hatte ich genug Zeit gehabt, um Kristys Leben kennenzulernen, was mir immer wieder vor Augen geführt hatte, dass ich Kristy schon bald nicht mehr sehen würde.

Emma war die Hexe, die mitkommen würde, und erwartete mich aus diesem Grund auch schon am Eingang des Gefängnisses, als Jonathan und ich auf den Parkplatz einbogen. Mein Freund wollte mich nicht mehr alleine lassen, seit ich aus dem Krankenhaus entlassen worden war, und nahm dafür auch die für ihn schmerzende Sonne in Kauf. »Früher hat mir die Sonne auch nie etwas ausgemacht«, behauptete er immer, wenn ich ihn mal wieder davon abbringen wollte, weil ich mich bis zu einem gewissen Grad schuldig fühlte, dass er meinetwegen leiden musste.

»Hallo Ally. Jonathan.« Emma zog mich in ihre Arme und begutachtete mich dann ganz genau. »Wie geht es dir? Passt er gut auf dich auf?«

Lachend nickte ich. »Mir geht es super. Ich habe mich noch nie besser gefühlt, mal abgesehen davon, dass ich etwas nervös bin. Ach, und er lässt mich keine Sekunde mehr aus den Augen.« Jonathan blickte mich unschuldig an. »Ja, ich habe die Fledermaus bemerkt, die jeden Abend vor meinem Zimmer herumflattert. Hättest du was gesagt, hätte ich dich reingelassen, aber so …«

Jetzt begann auch Jonathan zu lachen. »Und ich dachte, ich wäre so gut wie unsichtbar. Das nächste Mal klopfe ich ans Fenster, auch wenn ich mir vorstellen kann, dass es deinen Eltern nicht so gut gefallen könnte.«

Ich winkte seine Bedenken ab. »Was sie nicht wissen, macht sie nicht heiß.«

Emma beobachtete uns mit einem amüsierten Lächeln auf ihrem Gesicht. »Ihr seid so unglaublich süß, wisst ihr das?«, meinte sie kichernd.

»Glaub mir, Emma, du und dein Mann waren in eurer Anfangsphase noch viel schlimmer«, entgegnete Jonathan und öffnete uns die Tür zur Eingangsschleuse.

Obwohl Jonathan nicht mit in das Gefängnis kommen würde, musste auch er seine Wertgegenstände abgeben. Während wir auf die Polizisten warteten, die uns zu Joanna und Sylvia bringen würden, spürte ich die Nervosität in mir aufsteigen und wäre am liebsten im Eingangsbereich auf und abgelaufen.

Aber Jonathan, der wahrscheinlich ahnte, was in mir vorging, legte beruhigend den Arm um mich. »Alles wird gut, sie können dir nichts mehr tun«, flüsterte er mir ins Ohr.

Er wusste ja nicht, dass ich vor allem die Antworten auf meine Fragen fürchtete. Mein Gefühl sagte mir, dass ich Schreckliches erfahren würde, und in solchen Dingen vertraute ich inzwischen auf mein Gefühl.

Endlich kamen zwei Polizisten die Treppen nach unten zu uns. »Miss Dawson, Mrs. Statterton, bitte folgen Sie uns«, wiesen sie uns an.

Kurz drehte ich mich fragend zu Jonathan um. »Keine Sorge, ich werde mich schon zu beschäftigen wissen«, antwortete er mir und küsste mich, wobei ich den Kuss mit einem dezenten Luftdruck verlängerte. Das machte ich seit dem Krankenhaus besonders gerne.

Als wir die Eingangshalle hinter uns gelassen hatten und durch die Gänge des Gefängnisses wanderten, stieß Emma mir kichernd den Ellenbogen in die Seite, um die angespannte Stimmung aufzulockern. »Dafür sind unsere Kräfte aber nicht gedacht.«

»Aber es ist lustig«, erwiderte ich ebenfalls grinsend und ließ mich kurz von meiner Angst ablenken.

Dann schloss der Polizist eine Tür auf der rechten Seite auf. »Bitte warten Sie hier. Unsere Kollegen bringen die beiden Gefangenen zu Ihnen. Wenn etwas ist, sind wir vor der Tür«, erklärte er uns und deutete auf den Tisch und die vier Stühle, die dort standen.

Mit laut klopfendem Herzen setzte ich mich auf einen der Stühle, während Emma sich prüfend im Raum umblickte. »Ally, kannst du dich mit der Erde in den Wänden verbinden?«, fragte sie mich, als ginge es ums Wetter.

Verwirrt probierte ich es. »Die Verbindung ist sehr schwach«, antwortete ich.

»Das dachte ich mir schon«, erwiderte sie und setzte sich neben mich auf den Stuhl. »Die Metallstempen leiten die Erdenergie um, sodass wir nur schwer an sie herankommen. Ich zum Beispiel spüre gar nichts.«

»Und jetzt?«, hakte ich nervös nach. Wollte sie damit sagen, dass wir ganz allein auf uns gestellt waren? Ohne unsere Kräfte?

»Jetzt wissen wir, dass wir uns zumindest um Sylvia keine Sorgen machen müssen. Schließlich ist sie von ihrem Element abgetrennt. Sollte es wirklich noch einen Funken Magie in ihnen geben, wird zumindest sie es schwer haben, obwohl ich mir das nicht vorstellen kann«, antwortete Emma. »Ally, mach dir keine Sorgen, wir sind hier sicher. Sie können uns nichts mehr antun.«

Beruhigend drückte sie meine Hand, als sich die Tür öffnete und zwei weitere Polizisten mit Joanna und Sylvia im Schlepptau den Raum betraten. Nachdem sie die Tür hinter sich geschlossen hatten, positionierten sich die Polizisten in den beiden Ecken, wobei sie die grimmigsten Gesichter aufsetzten, die ihnen möglich waren.

Joanna setzte sich mit einem unbeeindruckten Gesichtsausdruck an den Tisch, während man Sylvia vom ersten Moment an ansah, dass ihr nicht wohl bei der Sache war. »Wie geht es dir?«, wollte sie besorgt von mir wissen und in diesem Moment erkannte ich in ihr die unschuldige Freundin, die ich in Kristys frühsten Erinnerungen gesehen hatte. Sie hatte sich wirklich Sorgen um mich gemacht, auf eine gewisse Art und Weise.

»Ganz gut«, antwortete ich. Dann legte sich Stille über den Raum. Ich wusste nicht, wie ich anfangen sollte und die anderen hatten anscheinend keine weiteren Fragen an mich.

Nervös zog ich an meinen kurzen Haaren, mit denen ich mich nach einem Friseurbesuch sogar hatte anfreunden können. »Ich will wissen ...«, begann ich, stockte aber wieder für einen kurzen Moment, »wieso ihr das getan habt? Wieso ihr unbedingt unsterblich werden wolltet?«

Sylvia warf ihrer Mutter einen fragenden Blick zu, diese sah jedoch nicht so aus, als würde sie auf meine Frage antworten wollen. »Mutter stieß auf den Zauber, kurz nachdem mein Vater gestorben war. In der Zeit hatte ich eine schwere Phase durchgemacht und sie bildete sich ein, wenn sie unsterblich wäre, könnte ich zumindest sie nicht mehr verlieren. Ich wollte aber nicht irgendwann älter aussehen als sie und deswegen auch unsterblich werden. Außerdem hat doch Unsterblichkeit an sich schon einen gewissen Reiz, den du doch auch verstehen wirst. Schließlich willst du dich von Jonathan irgendwann verwandeln lassen«, erklärte sie mir mit der ruhigsten und vor allem erntesten Stimme, die ich jemals bei ihr gehört hatte.

»Ja, aber ich will unsterblich werden, damit Jonathan und ich immer zusammen sein können«, wandte ich ein.

»Etwas anderes war es bei uns auch nicht, zumindest anfangs. Wir wollten uns nur nicht verlieren, so wie es uns mit meinem Vater passiert war«, konterte Sylvia.

»Obwohl ihr dafür einen Menschen umbringen musstet?«

Sylvia schluckte. »Ja.«

»Wieso Kristy? Wieso ich? Müssen es unbedingt besonders starke Kräfte sein?«, hakte ich nach.

Wieder nickte Sylvia. »Je stärker die Kräfte, desto länger hält der Zauber«, antwortete sie.

»War es …« Nun kam meine schwierigste Frage. »War es Zufall, dass Kristy auf dem Scheiterhaufen verbrannt wurde, sodass ihr es nutzen konntet, oder …?« Ich traute mich gar nicht es auszusprechen, zu ungeheuerlich kam es mir vor.

»Wir haben sie verraten«, beantwortete Sylvia meine Frage und wurde daraufhin mit einem wütenden Blick ihrer Mutter bedacht. »Was? Entweder sie erfährt es von uns oder von Kristy selbst, da ist es ja auch egal«, keifte Sylvia Joanna dafür an.

Derweil versuchte ich zu verstehen, dass der Hexenjäger nicht ohne Grund auf Kristy fokussiert war. Sie war verraten worden, von Hexen aus ihrem eigenen Stamm.

»Ich bin zu Larkin gegangen und habe ihm erzählt, dass meine beste Freundin sich wie eine Hexe benimmt und mir erzählt hätte, dass sie wirklich eine wäre«, begann Sylvia zu erzählen. »Als er hörte, dass es sich dabei um die Freundin von Lord Jonathan handelte, war sein Interesse geweckt. Auf dem Weg zu ihm hatte ich im Dorf gehört, wie Kristys Schwester Mary Kräuter und Gegenstände einkaufte, die man für ein Ritual brauchte. Also schickte ich ihn auf gut Glück zu unserer Lichtung und meinte, dass er möglicherweise ihre Hexentätigkeit beobachten könnte. Sie hätte mir das heute erzählt und mich dazu eingeladen, aber ich hätte zu viel Angst davor und wollte nichts mit Hexen zu tun haben, weswegen ich zu ihm gekommen wäre.«

»Und er glaubte alles?« Das schien mir doch etwas aus der Luft gegriffen, aber gut, wenn ich bedachte, wie wenig den Hexenjägern ausgereicht hatte, um eine Anklage zu stellen, sollte mich das nicht wundern.

»Erst nicht«, erwiderte Sylvia, fügte jedoch dann noch hinzu: »Doch ich hatte recht und Kristy veranstaltete in dieser Nacht ein Ritual. Wären Katherine und Jacob nicht bei ihren Verwandten zu Besuch gewesen, hätte man sie sicher auch angeklagt, und Jonathans Familie musste die Kosten für Jonathans Anwesenheit beim Ritual tragen.«

Geschockt sank ich auf meinem Stuhl zurück. Irgendwie hatte ich es befürchtet, aber trotzdem noch gehofft, dass es nicht wahr sei, dass sie Kristy nicht verraten hatten.

»Es tut mir leid«, flüsterte Sylvia.

»Dazu ist es jetzt zu spät«, entgegnete ich wütend und stand auf. »Gehen wir. Ich habe alles gehört, was ich hören musste.«

Kapitel 29

Anfang September 2015 – Ally

Ich schaffte es gerade noch so in den Eingangsbereich, bevor die Tränen aus meinen Augen schossen. Sofort war Jonathan bei mir und zog mich in seine Arme. »Ally ...?«

»Lass ihr Zeit«, stoppte Emma ihn. »Sie muss die Informationen erst mal verarbeiten.« Auch ihr merkte man an, dass sie zutiefst geschockt war.

Jonathan nickte und strich mir beruhigend über den Rücken, dabei flüsterte er mir immer wieder irgendwas ins Ohr, was ich wegen meiner Tränen und dem Schluchzen leider nicht verstehen konnte.

Kristy war ... oh Gott, sie war verraten worden. Und Jonathans Familie ... Jonathan und Sarah hatten ihre Familie wegen der beiden Hexen dort verloren. Oh Gaia, wie konntest du das nur zulassen?

Es war, als kannten meine Tränen kein Ende. Immer wenn ich dachte, jetzt wäre es vorbei, rann ein neuer Schwall meine Wangen herunter.

Nach meinem zweiten Tränenschwall brachten Jonathan und Emma mich vorsichtig zum Auto. »Pass gut auf sie auf«, wies Emma meinen Freund an, bevor sie mir kurz zulächelte, mich an der Schulter drückte und dann zu ihrem Auto verschwand.

Langsam versiegten endlich auch meine Tränen und ich konnte wieder einigermaßen regelmäßig atmen. »Ist alles okay?«, wollte Jonathan von mir wissen und strich mir eine Haarsträhne aus dem Gesicht.

Ich nickte und setzte mich auf den Beifahrersitz. Mein Freund umrundete das Auto und setzte sich ebenfalls. »Was hast du dort drinnen erfahren, dass du weinen musstest?«, wollte er von mir wissen, ohne den Motor anzulassen.

»Sie …« Plötzlich war ich unsicher, ob ich Jonathan davon erzählen sollte. Aber er sollte es auch wissen, musste es auch wissen. Schließlich ging es ebenso um seine Familie. »Sie haben Kristy an den Hexenjäger verraten.«

Jonathan drehte sich mit blassem Gesicht zu mir um. »An Larkin?«

Ich nickte. »Sylvia hat ihm den Tipp mit der Lichtung gegeben und anscheinend habt ihr dort genau in dieser Nacht ein Ritual durchgeführt. Kristy wurde angeklagt, zu deiner Familie wurden Jäger geschickt und Katherine und Jacob mussten fliehen«, erklärte ich ihm.

Er sah aus, als würde er am liebsten noch mal ins Gefängnis gehen und Sylvia und Joanna umbringen oder ihnen zumindest die Meinung geigen.

Deswegen streckte ich die Hand nach ihm aus. »Jonathan, du kannst jetzt nichts mehr daran ändern. Wir können nur damit leben«, erinnerte ich ihn.

»Trotzdem«, murmelte er, doch sein Widerstand bröckelte und er ließ der Trauer freien Lauf. Er lehnte seinen Kopf ans Lenkrad und schloss die Augen, in denen ich einige Tränen hatte erkennen können. Vorsichtig streckte ich die Hand nach ihm aus und strich ihm liebevoll über die Haare, um ihm zumindest auf irgendeine Art und Weise zu zeigen, dass ich für ihn da war.

Dann entdeckte ich in meinem Augenwinkel einen roten Schimmer. Als ich genauer hinsah, merkte ich, dass es Kristy war, die mich zu sich winkte. *»Nimm ihn mit«*, wies sie mich in Gedanken an, bevor sie um die Ecke des Gebäudes verschwand.

»Jonathan, komm mit«, rief ich meinem Freund zu, wobei ich schon aus dem Auto sprang.

»Ally, warte, was?« Ihm blieb nichts anderes übrig, als mir zu folgen, da ich einfach nicht warten wollte.

Erst vor Kristy blieb ich wieder stehen. Heute war sie gekleidet wie eine Lady, die sie wahrscheinlich damals in diesem Kleid auch ausgestrahlt hatte, denn ich identifizierte ihr Outfit als das von dem Empfang, bei dem man sie gefangen genommen hatte.

»Ally, du kannst doch nicht …« Jonathan erstarrte, als er seine frühere Freundin erkannt. »Kristy. Was, ich meine, wie?«

Kristy lächelte ihn an. »Guten Tag, Mylord«, begrüßte sie ihn. »Es ist viel Zeit vergangen, seit wir uns das letzte Mal sahen.«

Jonathan blinzelte ein paar Mal, als dachte er, es wäre ein Traum. »Kristy, bist du es wirklich? Ich dachte, du bist …«

»Allys früheres Ich?«, beendete Kristy seinen Satz. »Das stimmt, aber ich hatte noch eine letzte Aufgabe, bevor ich komplett ein Teil von Ally werde.« Sie lächelte mich liebevoll an. »Irgendjemand musste dich doch vor Joanna und Sylvia retten.«

»Dann sehe ich dich heute also wirklich das letzte Mal?«, flüsterte ich traurig.

Daraufhin nickte sie. »Aber du darfst nicht vergessen, ich bin ein Teil von dir. Du kannst immer auf meine Erinnerungen zugreifen und glaub mir, du hast bis jetzt erst einen Bruchteil davon gesehen.«

Die Erinnerungen würden jedoch nicht unsere Gespräche ersetzen. Erinnerungen konnten mich nicht anweisen, Jonathan einfach so zu küssen. Wenn ich nur Kristys Erinnerungen gehabt hätte, wäre mir ihre Standpauke entgangen und ich würde vielleicht immer noch darüber grübeln, ob ich Jonathan nur wegen ihr liebte. Ich würde sie vermissen, das wusste ich jetzt schon.

»Ich war lange genug die Quelle der Macht. Jetzt ist es Zeit für eine neue Generation, die sich vielleicht auch ein bisschen besser mit der heutigen Technik auskennt«, fügte Kristy hinzu, als niemand von uns etwas sagte.

»Wird Gaia dafür wieder eine junge Hexe aus ihrem Leben reißen?«, fragte Jonathan mürrisch nach. Aber na gut, es war nicht verwunderlich, dass er der Göttin nicht wohlgesonnen war. Wie er jetzt wusste, hatte sie ihm alles genommen, was ihm wichtig war, abgesehen von Sarah.

Kristy zuckte mit den Schultern. »Ich weiß es nicht und ehrlich gesagt will ich es auch gar nicht wissen. Für mich war das Wichtigste, dass Ally nicht das Gleiche wie mir widerfährt«, antwortete sie.

»Danke«, flüsterte Jonathan.

»Gerne«, erwiderte Kristy. »Ich soll dir übrigens schöne Grüße ausrichten, Jonathan.«

»Von wem?« Verwirrt zog Jonathan die Augenbrauen zusammen, obwohl ich schon so eine ungefähre Ahnung hatte, von wem.

»Von deinen Eltern und deinem kleinen Bruder«, bestätigte Kristy meine Vermutung. »Ich soll dir und Sarah ausrichten, dass sie unglaublich stolz auf euch sind.«

Jetzt musste Jonathan schwer schlucken und dann kullerten ihm einige kleine Tränen über die Wangen. »Wie ... wie geht es ihnen?«, wollte er mit rauer Stimme wissen.

Um ihm Kraft zu geben, legte ich den Arm um ihn und kuschelte mich ganz nah an ihn. Jonathan zog mich noch enger an sich und lächelte mich dankbar an. Dann blickten wir beide gespannt zu Kristy.

»Ihnen geht es wunderbar«, erzählte sie uns. »Deine Mutter liebt es, im Haus wieder selbst etwas zu tun und verwöhnt uns immer mit tollen Gerichten. Dein Vater ist unglaublich nett und entspannt geworden. Wenn er nicht gerade dich und Sarah beobachtet, kümmert er sich um den Garten oder verbringt Zeit bei seinen Nachbarn. Und dein Bruder, nun ja, Timmie würdest du jetzt nicht mehr wiedererkennen. Da man sich im Himmel seine Gestalt aussuchen kann, ist er jetzt ein erwachsener Mann und will von allen Timothy oder Tim genannt werden, weil Timmie sich zu kindlich anhört.« Bei dem Gedanken an den kleinen Bruder musste Kristy grinsen. »Er ist übrigens auch unglaublich verliebt in eine junge Dame, die ebenfalls zu früh aus dem Leben geschieden ist.«

Auf Jonathans Gesicht zeichnete sich ein Lächeln ab. »Das freut mich zu hören. Danke, dass du es mir erzählt hast.«

Kristy lächelte ebenfalls. »Jedes Mal, wenn ich bei ihnen zu Besuch war, dachte ich daran, wie glücklich dich diese Informationen machen würden. Deswegen habe ich bei Gaia darauf bestanden, dass ich es dir noch erzählen darf, bevor ich ein Teil von Ally werde.«

Dann blickte sie mich abwartend an. »Es wird Zeit, Ally.«

Ich trat von Jonathan weg und auf sie zu. »Danke, Kristy, für alles. Du kannst dir gar nicht vorstellen, wie froh ich darüber war, dass ich mit dir reden konnte«, flüsterte ich den Tränen nahe, dabei hatte ich gedacht, dass ich schon alle verweint hätte.

Für einen kurzen Moment zeigten sich auch auf Kristys Wangen Tränen, die sie jedoch sofort mit einer schnellen Handbewegung wegwischte. »Du weißt jetzt alles, was du unbedingt wissen musst. Ab jetzt musst du deinen Weg selbst gehen, aber ich bin mir sicher, dass du deine Aufgabe bravurös meistern wirst.«

Sie streckte mir die Hände entgegen und ich nahm sie. »Jonathan, sie wird jetzt wahrscheinlich ohnmächtig werden. Wehe, du lässt sie fallen«, wies sie meinen Freund an.

»Keine Sorge, Mylady, das wird niemals passieren«, erwiderte Jonathan und salutierte vor ihr, bevor er hinter mich trat.

»Ally, schau mir in die Augen«, wandte sie sich nun an mich und fing meinen Blick mit ihrem ein. Dann begann sie leise ein gälisches Lied zu singen.

Je länger sie das Lied sang, desto mehr fing sie zu strahlen an. Ich wandte den Blick nie von ihren Augen ab, aber ich spürte, dass sich der Druck auf meinen Händen immer mehr verringerte. *»M'anam«*, flüsterte Kristy und dann wurde alles weiß um mich, als ihr Kopf sich in einen hellen Lichtschein auflöste und in mich überging.

Als ich wieder zu mir kam, lag ich in Jonathans Armen und fühlte mich mächtiger als je zuvor. »Wie geht es dir?«, flüsterte er und half mir beim Aufstehen.

»Es ist ein komisches Gefühl«, antwortete ich wahrheitsgemäß. »Das sind einige Erinnerungen, die ich verarbeiten muss.«

Jonathan nickte und legte mir den Arm um die Schultern. »Ich bin bei dir, wenn du mich brauchst.«

»Danke, aber ich brauche jetzt ...« Mein klingelndes Handy unterbrach den Satz. »Jess«, beendete ich ihn mehr oder weniger grinsend, bevor ich abhob.

»Hey, bist du wieder aus dem Urlaub zu Hause?«, fragte ich sofort, obwohl ich genau wusste, dass sie gestern wieder in Chicago gelandet waren.

»Natürlich, und dann erfahre ich, dass Stana dich umbringen wollte. Sag mal, wann wolltest du mir das denn erzählen?«, erwiderte sie sofort und zum Glück hörte ich aus ihrer Stimme heraus, dass sie nicht ernsthaft wütend auf mich war.

»Jetzt«, entgegnete ich. »Ich wollte Jonathan gerade dazu überreden, mich zu dir zu fahren.«

»Ja, komm her, du musst mir alles erzählen«, forderte Jess mich auf. »Ich wusste die ganze Zeit, dass Stana nicht ganz normal ist.«

Kichernd verabschiedete ich mich von ihr und versprach sofort bei ihr vorbeizuschauen. »Kannst du mich zu Jess fahren?«, fragte ich Jonathan.

»Natürlich«, antwortete er. »Jetzt kann dir ja nichts mehr passieren.«

Verwirrt zog ich meine Augenbrauen nach oben.

»Schau mal auf deine freie Hand«, wies Jonathan mich an, während er sein Auto öffnete. »Mir wäre ganz recht, wenn das verschwinden würde, bevor du einsteigst.«

Ich befolgte seine Anweisung und erstarrte. Auf meiner linken Hand züngelten kleine Flammen und ich hatte keine Angst vor ihnen. Stattdessen beobachtete ich sie fasziniert und neugierig zugleich. »Aber ich kann Feuer noch gar nicht beherrschen«, murmelte ich.

»Das ist dann wohl Kristys Seite von dir«, erwiderte Jonathan aus dem Auto. »Und jetzt lösch die Flammen und rein ins Auto.«

»Jawohl, Sir«, entgegnete ich und überließ es meinen Instinkten, das Feuer zu löschen. Da würde noch so einiges auf mich zukommen, wenn Kristys Vereinigung mit mir jetzt schon solche Auswirkungen zeigte.

Kapitel 30

Ende September 2015 – Ally

»Es ist so deprimierend«, fluchte ich, als ich das Handy weglegte. »Wie soll ich Gaias Aufgabe erfüllen, wenn mir niemand zuhört?«

Frustriert ließ ich mich auf meinen Schreibtischstuhl fallen und warf Jess einen hilfesuchenden Blick zu. »Bitte sag mir, dass dir wenigstens eine Idee für die Englischhausaufgabe gekommen ist. Ich will mich nicht auch noch damit rumplagen müssen.«

Jess kicherte. »Leider nein. Mir sind zwar während deinem Telefonat viele Ideen gekommen, aber ich denke nicht, dass Freedman damit glücklich sein wird«, antwortete sie. »Außerdem soll es doch ein Gemeinschaftsprojekt sein.«

»Jaja, es ist nur so deprimierend. Ich meine, ich habe nicht damit gerechnet, dass alle jubeln werden, wenn ich verkünde, dass ich von Gaia dazu auserwählt wurde, um die Differenzen zwischen den verschiedenen Wesen zu überwinden, aber manchmal denke ich, dass ich zu jung für diese Aufgabe bin. Niemand nimmt eine 16-Jährige ernst, die plötzlich handeln muss wie der Erlöser der Welt«, gab ich zu und stützte meinen Kopf auf meinen Händen ab.

Aus diesem Grund merkte ich auch gar nicht, dass Jess aufgestanden war, bis sie mir die Hand auf die Schulter legte. »Du steigerst dich zu sehr da rein. Du wirst den Frieden nicht von heute auf morgen schaffen können, das braucht Zeit und du solltest nicht aufgeben, sondern hartnäckig bleiben. Außerdem hast du doch deinen Delta-Kreis und das ist doch schon mal etwas«, versuchte sie mich aufzuheitern.

Lächelnd blickte ich zu ihr auf. »Du denkst also nicht, dass ich eine Enttäuschung bin?«

Jess starrte mich entgeistert an. »Nein, Ally. Ich bewundere es, dass du Schule, Hexenunterricht und deine Aufgabe unter einen Hut bekommst und trotzdem immer noch Zeit für deine Freunde hast. Lass dich nur nicht von diesen versnobten, altmodischen Schreckschrauben unterkriegen. Du machst das wunderbar.«

Erleichtert umarmte ich meine beste Freundin. »Jetzt sollten wir aber besser die Englischhausaufgabe machen. Ich habe möglicherweise sogar eine Idee.« Eine Idee über Freundschaft, Liebe und den Drang, sich zu beweisen.

Mit neuem Eifer machten wir uns an die Arbeit. Wir wollten Mrs. Freedman die beste Arbeit liefern, die sie jemals von uns gesehen hatte. Sie sollte nicht glauben, dass ich nur wegen meiner Verpflichtungen die Schule schleifen lassen würde.

Immer wieder warf ich einen Blick auf meine Uhr, um zu überprüfen, wie lange wir noch hätten, bis Jonathan mich zu einem weiteren Delta-Treffen abholte.

Natürlich entgingen Jess meine Blicke nicht. »Was ich auch noch fragen wollte ...«, begann sie mit einer zögerlichen Stimme, die ich von ihr so gar nicht kannte. »Dürfte ich mal zu einem eurer Treffen mitkommen?«

»Aber klar doch«, erwiderte ich sofort enthusiastisch. Ich hatte nie daran gedacht, dass Jess auch Interesse daran haben könnte, und sie deswegen nicht gefragt. »Heute Abend ist wieder eins. Hast du Zeit?«

Jess´ Wangen färbten sich rot. »Heute kann ich nicht. Ich ... ich habe ein Date.«

Sofort war die Englischhausaufgabe vergessen. Erstaunt musterte ich meine beste Freundin. Sie hatte nie erzählt, dass sie sich verliebt hatte, aber na gut, ich war auch in den letzten Wochen eine eher schlechte Freundin gewesen. »Mit wem?«, wollte ich wissen.

»Shawn Williams.« Der Name sagte mir überhaupt nichts. »Hat Jonathan dir gesagt, dass er seit einigen Wochen schon nicht mehr bei den Vampirinfotreffen mitgeholfen hat?«

Ich schüttelte den Kopf. Das hatte Jonathan mir nie erzählt, aber irgendwie hätte ich es mir denken können. Schließlich hatte er seit meiner Entführung extrem viel Zeit mit mir verbracht.

»Na ja, statt Jonathan macht Shawn die Treffen jetzt gemeinsam mit Sarah. Wir sind ja inzwischen nicht mehr viele, weswegen sich die beiden immer wieder zu Einzelgesprächen hinreißen lassen und es geht alles viel lockerer zu als zuvor. So haben Shawn und ich uns kennengelernt und er mag meine«, Jess grinste, »aufgeweckte Art. Er ist wirklich toll und er bringt mich jede Stunde zum Lachen.«

Sie strahlte richtig und ich fragte mich unwillkürlich, ob ich das auch tat, wenn ich von Jonathan sprach. »Und jetzt habt ihr heute euer erstes Date?«

»Kann man so sagen«, antwortete Jess. »Ich hätte selbst nicht damit gerechnet, weil ich mir nicht vorstellen konnte, dass er mich auch mehr als nur gernhat. Wir haben zwar in den Stunden immer gescherzt, aber das macht er auch mit den anderen, deswegen habe ich darin nichts Besonderes gesehen. Er führt mich zum Essen ins *Spiaggia* aus. Du weißt schon, dieses teure italienische Restaurant am Oak Street Beach. Dabei habe ich nur ein einziges Mal erwähnt, wie sehr ich italienisches Essen liebe.«

Natürlich freute ich mich für Jess, aber mich beschlichen auch gewisse Ängste. Jonathan hatte mal gesagt, dass nicht alle Vampire so nett wie er waren. Aber sie würden doch keinen bösen Vampir auf die Anwärter loslassen, oder? Trotzdem warf ich einen schnellen Blick auf die Uhr. 17.48. Um diese Uhrzeit war Jonathan wahrscheinlich schon wach und jagte in einem der Wälder auf der kanadischen Seite. Ich könnte ihn fragen, ob ich mir wegen Shawn Sorgen machen musste.

»Was ist los?«, interpretierte Jess meinen Blick richtig. »Was planst du schon wieder?«

»Vertraust du Shawn?«

»Ja, was ist das denn für eine Frage. Ich bin mir sicher, dass er mir nichts antun würde. Du bist ja jetzt nicht gerade die Richtige, um sich Sorgen wegen Vampiren zu machen.«

Oh, oh, sie war ganz dezent angepisst. »Ich will nur nicht, dass dir etwas passiert. Natürlich kann ich mir nicht vorstellen, dass er dir etwas antun könnte, aber Jonathan hat auch mal gesagt, dass nicht alle Vampire Menschen so freundlich gesinnt sind. Ich mache mir einfach Sorgen«, versuchte ich die Lage zu entspannen.

Jess lächelte mich an. »Mach dir deswegen keine Sorgen. Sarah hat mir letztens schon versichert, dass Shawn keiner Fliege was zu Leide tun würde. Ich bin nicht unvorbereitet«, antwortete sie.

Erleichtert lächelnd wandte ich mich wieder unserer Englischhausaufgabe zu. »Wir sollten uns beeilen. Jonathan holt mich um halb sieben zum Treffen ab.«

So war es nicht weiter verwunderlich, dass wir unseren Aufsatz mit einem sehr kurzen Fazit beendeten und ich Jess dann noch zehntausend Tipps für das Date gab, bevor sie sich auf den Weg nach Hause machte. Schließlich musste sie sich vor ihrem Date noch hübsch machen.

Apropos hübsch machen, das sollte ich vielleicht auch tun. Zumindest konnte ich in diesem Schlabberlook nicht zu meinem Delta-Treffen erscheinen. Schnell zog ich meine schönste Hose und den grauen Blazer aus dem Schrank, da mein Erdgespür ein Auto ankündigte. Das Gespür war wirklich besser als jede Alarmanlage. Gut, dass Emma es mir in der letzten Stunde erklärt hatte.

Als Jonathans Auto vor unserem Haus stehen blieb, stand ich fertig angezogen an der Haustür und eilte sofort zu ihm. »Hey«, begrüßte ich ihn. Obwohl wir schon seit über einem Monat zusammen waren, konnte ich es nicht verhindern, dass ich immer noch jedes Mal dieses Kribbeln im Bauch bekam, wenn ich ihn ansah und sobald er mir dieses unbeschreibliche Lächeln zuwarf, spürte ich immer die Wärme in meinen Wangen.

»Wie geht es dir?«, wollte er von mir wissen, bevor ich überhaupt die Tür hinter mir geschlossen hatte.

»Ganz gut«, erwiderte ich, während ich nervös überlegte, ob ich vielleicht doch meine Haare in einem Zopf zusammenstecken sollte. »Ach, ich weiß es nicht. Heute musste ich schon wieder eine Niederlage hinnehmen. Bisher wollte keiner von Marcus´ tollen Kontakten mit mir reden. Alle stempeln mich als kleines ahnungsloses Mädchen ab.«

Jonathan griff nach meiner Hand. »Nur Geduld. Niemand erwartet, dass du von heute auf morgen die Welt änderst. Jeder von uns wird dich unterstützen«, versicherte er mir.

Genau das hatte Jess auch gesagt. Vielleicht sollte ich mir wirklich weniger Druck machen und mehr Vertrauen in mich haben.

»Du kannst es schaffen, Ally. Vertrau mir«, fügte Jonathan hinzu.

Den Rest der Fahrt verbrachte ich vor allem damit, Jonathan über Shawn auszufragen. Er konnte mich beruhigen, sodass ich mich nicht um Jess sorgen musste. Wenn Jonathan recht behielt, und er kannte Shawn inzwischen schon mehr als 100 Jahre, dann hatte Jess keinen schlechten Fang gemacht.

Trotzdem wurde ich wieder extrem nervös, als wir vor dem Hexenhaus ausstiegen. Die Hexen standen mir erstaunlicherweise am offensten gegenüber, dabei hatte ich bei ihnen mit dem größten Widerstand gerechnet. Aber anscheinend hatte Gaia recht gehabt und mein Beinahe-Tod auf dem Scheiterhaufen verschaffte mir zumindest bei meiner eigenen Spezies einen gewissen Respekt.

In einem der größeren unterirdischen Zimmer erwartete mich schon der Rest meiner Delta-Runde. Emma und die anderen fünf Hexen, die bei meiner Rettung mitgeholfen hatten, Marcus und Sarah, sowie zwei der Polizisten. Sie alle lächelten mich zuversichtlich an, was auch meine Zuversicht wieder hob.

»Und? Hat Henry dir zugehört?«, fragte Marcus neugierig nach, als ich mich auf den Stuhl neben ihn fallen ließ.

Ich schüttelte den Kopf und wurde damit schnell wieder auf den Boden der Tatsachen gebracht.

Doch Marcus lächelte mich nur schelmisch an. »Na, dann weiß ich wenigstens, worüber ich mit ihm beim nächsten Zirkeltreffen reden muss.«

»Das würdest du tun?«

»Aber natürlich. Ich sitze hier ganz sicher nicht untätig rum«, antwortete Marcus.

»Das Gleiche gilt für mich«, stimmte Emma ihm zu. »Bald stehen einige wichtige Treffen an und ich werde ihnen allen von dir erzählen.«

»Unser Polizeichef würde dich auch gerne kennenlernen«, fügte Ben, einer der Polizisten, hinzu. »Wir haben ihm von dir erzählt und er schließt eine Zusammenarbeit nicht aus.«

Mit Freudentränen in den Augen ließ ich meinen Blick über die Gruppe wandern. Zuletzt blieb ich bei Jonathan hängen und dessen Gesichtsausdruck sagte eine Sache aus: Ich habe es dir doch gesagt. Nur Zuversicht. Alles wird gut.

Kapitel 31

Ende November 2017 – Ally

»Selbst vor meiner Initiation war ich nicht so nervös wie jetzt. Gott, Jess, was soll ich nur anziehen?«

Meine beste Freundin saß auf Jonathans Bett und beobachtete meine Panikattacke amüsiert. Sie war im Sommer von Shawn verwandelt worden, was man ihr auch deutlich ansah. Wie bei all den anderen Vampiren leuchteten ihre Augen jetzt in einem grellen Braunton, ihre immer noch gebräunte Haut war rein und die Locken ließen sich zum ersten Mal einigermaßen bändigen. Jess war glücklich, sehr sogar. »Ally, bei deiner Verwandlung werden nur du und Jonathan anwesend sein. Zieh dir einfach etwas Gemütliches an und gut ist es. Ich hatte bei meiner Verwandlung auch nur Jeans und T-Shirt an.«

Sie war ja auch nicht das Delta der Macht. Aber zumindest in einem Punkt hatte sie recht, nur Jonathan würde mich sehen. Blieb nur noch die Frage – Mein Lieblingskleid oder ein ganz normales T-Shirt?

Schlussendlich entschied ich mich für das Kleid, da es an meinem Nacken mehr Freiraum ließ. Na gut, und auch, weil ich es einfach liebte.

Als nun diese Frage geklärt war, setzte ich mich zu Jess aufs Bett. »Hattest du auch so viel Angst wie ich?«, flüsterte ich.

Jess nickte. »Ich habe mir in meinem Kopf die schlimmsten Szenarien ausgemalt. Was, wenn es nicht klappt? Was, wenn er nicht aufhören kann? Was, wenn ich kein Vampir werden kann, obwohl alle Tests positiv ausgefallen sind? Was, wenn er mich als Vampir nicht mehr mag? Dir geht es gerade wahrscheinlich genauso, oder?«

Ich nickte. Jonathan war gerade auf der Jagd, da er kein Risiko eingehen wollte, mich zu töten. Deswegen hatte ich Jess angerufen, um mich etwas abzulenken. Aber ich konnte meine Gedanken einfach nicht von meiner Verwandlung ablenken. Jonathan, Jess, Sarah und sogar Marcus hatten mir von ihren Verwandlungen erzählt, doch nichts hatte mir die Angst nehmen können, denn eines konnte mir niemand versprechen. Würde ich als Hexe auch ein Vampir werden können? »Sollte ich heute sterben ...«

Jess unterbrach mich sofort: »Du wirst nicht sterben. Das wird Jonathan nicht zulassen und ich bin mir sicher, dass eine bestimmte Göttin auch dein Überleben sichern wird.«

Gaia, die hatte ich ganz vergessen. Die Göttin hatte mir erst letzte Woche versichert, dass sie unglaublich stolz auf mich war.

Das war ich selbst inzwischen auch. Meine kleine Delta-Gruppe hatte sich in den letzten zwei Jahren massiv ausgeweitet. In jeder freien Minute hatte ich mich mit Gesandten der verschiedenen Stämme, Zirkel, Völker oder sonstiger Wesen getroffen. Die Welt war noch lange nicht so weit, um Frieden zwischen den Wesen zu erleben, aber die Wesen waren auf einem guten Weg dorthin. Zumindest hatte ich erfreut festgestellt, dass Vampire und Hexen zivilisiert miteinander redeten und sich nicht mehr bei jedem Treffen anschrien. Doch ich plante noch Großes und dabei sollte mir mein Politikstudium helfen. Die Menschen ließen sich leider am schwersten umstimmen, aber Feste klappten bei ihnen immer und genau so etwas hatte ich für den Sommer vor. Ich war nicht mehr länger das kleine ahnungslose Mädchen. Ich war erwachsen, Studentin, Gaias Delta der Macht und vor allem hatte ich gute Kontakte, auf die ich zurückgreifen konnte. Kontakte wirkten immer.

Aber gerade in diesem Moment fühlte ich mich in mein kleines ahnungsloses Ich zurückversetzt und hatte einfach nur unglaubliche Angst.

Jess warf einen Blick auf ihre teure Armbanduhr, die sie von Shawn bekommen hatte. Wie sich herausgestellt hatte, waren seine Eltern kurz vor seiner Verwandlung gestorben und hatten ihn zu einem reichen Erben gemacht, der nun mit dem Geld tun und lassen konnte, was er wollte, und der seiner Freundin unglaublich gerne

Geschenke machte. »Schau mal, Ally, in wenigen Minuten wird Jonathan wiederkommen und morgen, wenn wir uns zur Uni sehen, wirst du zwar eine Sonnenbrille tragen und die Sonne so gut es geht meiden, aber du wirst leben und vor allem wirst du glücklich sein, weil es doch nicht so schlimm war, wie du es dir die ganze Zeit ausgemalt hast«, verabschiedete sie sich von mir, weswegen sie mich noch mal ganz fest drückte. »Es wird alles gut. Vertrau mir.«

»Bis morgen«, erwiderte ich und rang mir ein Lächeln ab.

Wieder allein mit meinen Gedanken wanderte mein Blick durch das Zimmer. Langsam setzte sich mein Einfluss in Jonathans Apartment fest. Vor einem Monat war ich zu ihm gezogen und hatte nach und nach begonnen, seine doch sehr sterile Wohnung mit etwas Leben zu füllen. Jetzt sah es nicht mehr aus wie in einem Katalog, zwar einem hochwertigen Katalog, aber immer noch nur ein Katalog. Fast war es mir so vorgekommen, als würde Jonathan persönliche Gegenstände nur im Büro sehen wollen und nicht in seiner Wohnung.

Ein amüsiertes Lachen riss mich aus meinen Gedanken. »Irgendwie hätte ich mir denken müssen, dass du vor lauter Aufregung die Inneneinrichtung wieder komplett umgestaltest«, meinte Jonathan und schloss die Tür hinter sich.

Wie aus einer Trance erwacht, blickte ich mich um. Der Nachteil an einer Luftgabe – man konnte damit schnell mal einen ganzen Raum verändern. Es war nicht so, dass ich meine Hexenkräfte inzwischen nicht kontrollieren konnte, aber meine Nervosität hatte immer noch große Auswirkungen, auch wenn sie keine Wirbelstürme oder kleine Erdbeben mehr nach sich zog. »Tut mir leid«, murmelte ich schuldbewusst. »Ich mach´s gleich wieder …«

»Nein, lass es«, unterbrach Jonathan mich. »Die Sessel wollte ich sowieso schon seit Langem irgendwie anders positionieren.«

Ich wusste genau, dass er log, um mich zu beruhigen. Die Sessel standen direkt in der Mitte des Wohnbereichs, sodass man jedes Mal darüber stolpern würde. »Das wäre wirklich keine Mühe, die Möbel wieder an ihren alten Platz zu rücken«, protestierte ich.

»Ally, setz dich«, wies Jonathan mich an, was ich sofort befolgte.

Er ging vor mir in die Hocke und nahm meine Hände in seine. »Du sprichst mit Regierungschefs, Stammesführerinnen, Zirkelleitern und anderen hohen Persönlichkeiten, als würdest du das schon dein ganzes Leben tun. Wieso hast du vor deiner Verwandlung so viel Angst? Bis jetzt ist noch niemand daran gestorben.«

»Bis jetzt habt ihr auch noch nie versucht eine Hexe zu verwandeln«, murrte ich und wandte den Blick ab, um meine wiederkehrenden Tränen wegzublinzeln. Ich wollte vor Jonathan nicht weinen. »Was, wenn Vampirgift bei mir wirklich wie ein tödliches Gift wirkt? Was, wenn ich danach meine Hexenkräfte verliere? Was, wenn ich danach irgendwelche körperlichen Probleme habe? So was, wie nicht mehr gehen können?«

Jonathan legte seine Hand unter mein Kinn und drehte meinen Kopf wieder zu sich. Mit einer federleichten Berührung wischte er die Tränen weg, die schon aus meinen Augen entwichen waren. »Wir haben es doch schon einmal mit einem kurzen Biss ausprobiert und du bist nicht an meinem Gift gestorben. Vertrau mir und deiner Göttin, es wird alles gut gehen.«

Langsam atmete ich ein und aus. Alles wird gut. Es ist nur ein kleiner Biss. Jonathan wird dich nicht sterben lassen. »Okay«, flüsterte ich. »Was soll ich tun?«

Jonathan stand auf und hielt mir seine Hand hin. »Komm mit.«

»Mitkommen? Wohin? Ich dachte, du verwandelst mich hier«, stammelte ich panisch. Würden doch Vampire zusehen, wenn er mich verwandelte? Hatte er mir das nur verschwiegen, damit ich nicht so nervös wurde?

»Ally«, Jonathan zog mich in seine Arme, »ich will nur, dass du dich hinlegst, damit es für dich angenehmer ist, wenn du in Ohnmacht fällst.«

»Okay«, flüsterte ich und folgte ihm in unser Schlafzimmer. Das hörte sich immer noch so ungewohnt an. Unser Schlafzimmer.

»Und jetzt?«, fragte ich mit Blick auf das unglaublich gemütliche Bett.

»Jetzt machst du es dir gemütlich, aber so, dass ich noch einigermaßen gut an deine Kehle komme«, wies Jonathan mich an, der gerade dabei war, seine Jacke auszuziehen.

Dieses Gemütlichmachen dauerte länger, als es normalerweise dauerte, wenn ich mich schlafen legte. Na gut, mein Kissen stand gerade auch noch an der Eingangstür und beobachtete jede meiner Bewegungen ganz genau. Irgendwann entschied ich mich dann doch für die Rückenlage und schob meine inzwischen wieder langen Haare zur Seite. »Passt das so?«, wollte ich von Jonathan wissen.

Dieser nickte und kletterte auf seine Bettseite. Zärtlich küsste er mich, da er mein schnell schlagendes Herz hören konnte. »Habe ich dir schon mal gesagt, dass du in diesem Kleid bildhübsch aussiehst?«, flüsterte er und wanderte mit seinen Küssen meinen Hals hinab.

»Ja«, erwiderte ich und zu meiner Überraschung schlich sich sogar ein glückliches Lächeln auf mein Gesicht. »Normalerweise sagst du *zum Anbeißen.*«

Ich spürte Jonathans Kichern an meinem Hals. »Der Meinung bin ich immer noch.« Dann biss er zu.

Sofort spürte ich wieder diese Wärme, die sich auch schon bei unserem Probebiss in meinem Körper ausgebreitet hatte. Während Jonathan mein Blut saugte, strich er mir immer wieder über meine Haare. Mit jedem Schluck, den er nahm, wurde ich müder und meine Sicht verschwamm, sodass ich schon bald die Augen schloss.

Dadurch wurden die Gefühle nur noch deutlicher. Fast war es, als könnte ich Jonathans Gedanken lesen, bis mir klar wurde, dass es sich um eine von Kristys Erinnerungen handelte.

»Darüber habe ich mir schon einige Gedanken gemacht. Derzeit bin ich noch 16 Jahre alt, die Zeit, die uns beiden hier bleibt, würde ich dazu nutzen, die Beziehung zwischen mir und Jonathan zu testen und sollte ich am Ende immer noch dieses Herzklopfen verspüren …« Auf meinem Gesicht zeigte sich ein verträumtes Lächeln, als ich an die Emotionen dachte, die Jonathan in mir hervorrief. Das Herzrasen, für das schon ein Lächeln von ihm ausreichte; die wohlige Wärme in meiner Brust, die mir die Zuversicht gab, dass da jemand war, dem meine Kräfte nicht so viel bedeuteten; eine bisher ungekannte Freiheit, die mir ein Leben ohne Magie zeigte. »Ja, dann könnte ich es mir vorstellen, selbst ein Vampir zu werden, um für immer bei ihm bleiben zu können.«

Je langsamer mein Herzschlag wurde, desto schwächer fühlte ich mich. Das Letzte, was ich spürte, war Jonathan, der seine Fangzähne aus meinem Hals löste, dann wurde ich endgültig in eine stille Schwärze gezogen.

Ich wusste nicht, wie lange ich mich in dieser Schwärze befand, aber es war ein ungewohntes Gefühl, rein gar nichts zu fühlen oder zu hören. Wie lange dauerte so eine Verwandlung? Jonathan hatte mir dazu keinen genauen Zeitraum nennen können, da es bei jedem unterschiedlich war. So musste ich also in dieser dunklen Welt warten, bis die Verwandlung vollzogen war.

Plötzlich hörte ich es, das Rauschen des Lake Michigan, die Autos auf der Straße und der ruhige Atem neben meinem Ohr. Nach dem Gehör kehrte auch der Tastsinn zurück. Jonathan hatte mich in seine Arme gezogen, meinen Kopf wie immer auf seine Brust gebettet und fuhr mit einer Hand an meinem Arm auf und ab. Die Wunde an meinem Hals war verschwunden, zumindest spürte ich sie nicht mehr.

Dann schlug ich meine Augen auf und blickte in die von Jonathan.

»Hallo«, flüsterte ich.

»Hey«, erwiderte er und küsste mich auf die Wange. »Wie fühlst du dich?«

»Gut«, antwortete ich. »Bloß etwas durstig, aber du hattest ja gesagt, dass das normal ist. Ich bin es nur nicht gewöhnt, dass alles so laut und grell ist.«

Jonathan kicherte. »Daran gewöhnt man sich, glaub mir. Irgendwann wirst du auch wieder ohne Sonnenbrille nach draußen gehen können.«

Das wollte ich hoffen, denn sonst konnte ich mein Sommerfest vergessen.

Während Jonathan einen Blutbeutel für mich holte, suchte ich in meinem Körper nach meinen Hexenkräften. Wo …? Sonst spürte ich sie immer sofort, aber jetzt fehlte die magische Spannung. Kein Kribbeln, keine Wärme, nichts. Sollte ich sie wirklich verloren haben?

Panisch wollte ich schon aufspringen, als plötzlich ein Buch durch die Luft zu mir gesegelt kam. War ich das gewesen? Schnell setzte ich mich auf, streckte meine rechte Hand auf und rief mir die allererste Übung in Erinnerung, die Emma mir gezeigt hatte. Ich bildete mir einfach ein, dass ich meine Kräfte greifen konnte und versuchte dann einen kleinen Wirbelsturm hervorzurufen. *Bitte, Gaia, mach, dass es klappt.*

Erst zögerlich wanderte mein Blick zu meiner Hand und dort war er, der kleine Wirbelsturm, der nach und nach immer größer wurde. Jetzt spürte ich alle meine Hexenkräfte auch wieder. Die Elemente breiteten sich in meinem Vampirkörper aus und erfüllten mich wieder mit der Spannung, die ich zu lieben gelernt hatte.

Lächelnd kam Jonathan zu mir und reichte mir den Beutel mit Blut. »Schau, ich habe dir doch gesagt, dass alles gut gehen wird ... kleine Vampirhexe.«

Nun war Kristys Geburtstag auch zu meinem Geburtstag geworden – meinem Vampirgeburtstag.

Kapitel 32

Ende Juni 2018 – Ally

Die Sonne schien mir unangenehm ins Gesicht, aber heute würde ich meine Schmerzen so gut wie möglich ignorieren. Sonnenbrille und Hut schützten zumindest schon mein Gesicht einigermaßen vor dem grellen Licht.

Bevor ich selbst zu einem Vampir geworden war, hatte ich mir die Schmerzen in der Sonne nie vorstellen können und immer gedacht, dass es ja nicht so schlimm sein konnte, wenn Jonathan so oft tagsüber bei mir gewesen war. Jetzt wusste ich es besser.

In den ersten Wochen hatte ich mich bei jedem Unibesuch an meine Verbrennung erinnert gefühlt, das war zum Glück inzwischen nicht mehr so. Die Sonnenbrille war zwar zu meinem täglichen Begleiter geworden, aber ich gewöhnte mich nach und nach an die Schmerzen und hatte herausgefunden, dass ich sie mit meinen Hexenkräften abschwächen konnte.

Genau das tat ich jetzt auch. Vorsichtig schickte ich eine Mischung aus Feuer und Wasser in die Körperteile, die der Sonne ausgesetzt waren – Gesicht, Hals, Dekolleté, Hände und Beine. Natürlich hätte ich es mir leichter machen und eine lange Hose und ein langes Oberteil anziehen können, aber ich wollte unbedingt das Kleid anziehen, das ich damals bei meiner Verwandlung getragen hatte.

Dann blickte ich mich stolz im Park um. Lampions zwischen den Bäumen würden nachts ein traumhaftes Ambiente bieten und tagsüber sollten die verschiedensten Stände hoffentlich viele Besucher anlocken. Ich rechnete nicht damit, dass viele Vampire vor Einbruch der Dunkelheit auftauchten, aber erstaunlich viele Zirkelleiter von außerhalb hatten mir ihren Besuch zugesichert.

»Sind wir so weit?«, fragte ich Jess und Jonathan übers Funkgerät und bekam ein eindeutiges Ja zurück. Das gemeinsame Fest der Wesen konnte beginnen.

Am Eingang des Parks traf ich auf die beiden, die genauso strahlten wie ich. Jess zog dafür sogar ihre Hutkrempe etwas nach oben und die Sonnenbrille nach unten. Ihr Gesicht und die Handgelenke waren die einzigen Orte, die bei ihr nicht mit Stoff bedeckt waren, weil sie die Sonne immer noch nicht wirklich ertrug, aber mir zuliebe den ganzen Tag draußen bei den Vorbereitungen verbracht hatte.

Im Gegensatz zu ihr stand der stolz grinsende Jonathan, der sein kariertes Hemd bis zu den Ellbogen hochgekrempelt und die Sonnenbrille in seine Hemdtasche gesteckt hatte. »Sind Sie bereit, Miss Dawson-Westlake?«, fragte er grinsend und legte den Arm um mich.

Bei meinem neuen Nachnamen musste ich grinsen. Die Vampire sahen mich seit meiner Verwandlung sozusagen als Jonathans Frau an, aber da ich das nicht war, solange wir nicht vor dem Gesetz verheiratet waren, hatte sich irgendwie der Namen Dawson-Westlake durchgesetzt.

»Ich denke schon, Mr. Westlake«, antwortete ich, obwohl meine Knie vor Nervosität schlotterten. Hoffentlich würde meine Rede bei den Leuten gut ankommen. Die ganze Nacht hatte ich gestern noch dran gesessen, obwohl ich heute ungewöhnlich lange wachbleiben wollte. Aber jetzt war ich zufrieden, zumindest einigermaßen.

Ich warf einen Blick auf meine Uhr. 15.43 Uhr – das hieß in knapp 17 Minuten müsste ich meine Rede halten. »Lasst uns noch mal zum Hexenhaus zurückgehen, bevor die ersten Gäste kommen«, schlug ich vor. Mr. Elvers, der Bürgermeister von Chicago, wollte ebenfalls eine Rede halten und dann das Band durchschneiden, das wir gerade als letzte Vorbereitung zwischen den Eingangspfeilern des Parks spannten.

Während Jess versuchte, so schnell wie möglich in das Haus zu gelangen, um der brennenden Sonne zu entkommen, trödelte ich etwas herum. Ich wollte noch nicht auf Mr. Elvers treffen. Ich wollte meine Rede nicht halten.

Jonathan blieb wartend stehen. »Ist wirklich alles okay? Du siehst blass aus.«

Kurz lachte ich gepresst auf. »Sehe ich seit meiner Verwandlung nicht immer blass aus?«

Mein Freund trat zu mir und nahm mich in den Arm. »Ally, du weißt, was ich meine.« Vorsichtig zog er meine Sonnenbrille von der Nase. Schnell kniff ich die Augen zusammen, weil mich das Licht blendete. »Heute Morgen, als du im Bad warst, habe ich mir deine Rede durchgelesen, und Ally, sie ist großartig. Alle werden sie und vor allem dich lieben.«

Unsicher blickte ich zu ihm auf. »Glaubst du das wirklich?«

»Ich bin mir zu hundert Prozent sicher«, stellte er klar. »Vertrau in dich selbst. Du schaffst das.«

Nicht wirklich beruhigt nahm ich ihm die Sonnenbrille aus der Hand. »Das glaube ich erst, wenn es vorbei ist. Ich sehne das Bett jetzt schon herbei, weil ich es dann geschafft habe.«

Jonathan kicherte. »Abwarten«, meinte er, bevor er mich flüchtig küsste.

Das war mir schon die letzten Tage aufgefallen, Jonathan nahm das Fest viel zu locker. Aber gut, er war auch nicht verantwortlich dafür, sondern nur ein Besucher. Er musste keine verdammte Rede halten.

Ich trat aus seinen Armen und warf einen schnellen Blick auf meine Armbanduhr. »Wir sollten los. Elvers wartet sicher schon auf mich.«

Bevor ich überhaupt einen Schritt gehen konnte, zog Jonathan mich zu sich zurück. »Du schaffst das«, flüsterte er ein weiteres Mal. »Alle werden dich lieben.«

»So wie du mich liebst?«

Lachend schüttelte er den Kopf. »Das will ich nicht hoffen, sonst muss ich glatt eifersüchtig werden.« Dann hielt er mir seinen Arm hin. »Darf ich bitten, Mylady?«

»Sehr gerne, Mylord«, erwiderte ich und hakte mich bei ihm unter.

Am Hexenhaus erwartete uns nicht nur Mr. Elvers, sondern zu meiner Überraschung hatte sich schon eine erstaunlich große Menschenmasse vor dem provisorischen Podest versammelt.

Unwillkürlich klammerte ich mich an Jonathans Arm. Damit hatte ich nicht gerechnet. Geträumt, aber niemals hätte ich gedacht, dass sich so viele Personen für das Fest interessieren würden.

Natürlich bemerkte Jonathan, dass ich mich verkrampfte. »Alles wird gut«, murmelte er, ehe er mich losließ und sich zu Emma und Jess in den Schatten des Sonnensegels gesellte. Dort entdeckte ich auch Marcus, Sarah und Shawn. Sie warfen mir alle ein aufmunterndes Lächeln zu, was meine Nervosität wieder etwas besänftigte.

Nachdem ich einmal schnell durchgeatmet hatte, setzte ich ein Lächeln auf und trat zu Mr. Elvers. »Einen schönen guten Tag, Mr. Elvers«, begrüßte ich den Bürgermeister.

»Wirklich ein schöner Tag«, erwiderte er. »Sie haben Glück mit dem Wetter.«

Lachend setzte ich die Sonnenbrille wieder auf. »Ich hoffe, Sie verstehen, dass mir ein paar weiße Wolken am Himmel lieber gewesen wären.«

Er lachte ebenfalls. »Vielleicht kommen die Wolken noch. Man weiß ja nie, was das Wetter macht.«

Wir wussten beide, dass das nicht passieren würde. Dafür hatte der Wetterbericht zu gut vorhergesagt. Kirchenglocken läuteten die volle Stunde ein. Es war so weit, wir mussten das Fest eröffnen.

»Wollen wir?«, fragte ich Mr. Elvers.

»Nach Ihnen, Miss Dawson-Westlake«, wies er mich an und gemeinsam betraten wir das Podest.

Während ich im Hintergrund stehen blieb, trat der Bürgermeister ans Mikrophon. »Wir haben uns hier eingefunden, um eine Weltneuheit zu feiern. Das erste gemeinsame Fest aller Wesen. Chicago ist eine Stadt, von der ich mit Stolz behaupten kann, dass wir mit unseren mystischen Bürgern nur selten Probleme haben. In unserer Stadt sind alle Wesen willkommen und wir lieben die Diversität, die sie uns bringen. Aus diesem Grund freue ich mich besonders, dieses Fest gemeinsam mit Miss Alisia Dawson-

Westlake eröffnen zu dürfen. Lasst uns gemeinsam die Grenzen überwinden und endlich als eine Gemeinschaft, eine einzige Stadt agieren!«

Ich wusste schon, wieso ich Mr. Elvers so wunderbar fand. Er stand meinen Plänen so offen gegenüber wie sonst keiner der Politiker, die ich bisher getroffen hatte. »Und nun will ich das Wort an Miss Dawson-Westlake übergeben, die für dieses Fest die volle Verantwortung trägt.«

Lächelnd trat ich neben ihn und nahm das Mikrophon entgegen. »Vielen Dank, Mr. Elvers, für diese wundervollen Worte. Wir können uns mit Ihnen als Bürgermeister sehr glücklich schätzen«, wandte ich mich erst noch an meinen Vorsprecher. »Wenn mir vor drei Jahren jemand gesagt hätte, dass ich fünf Tage vor meinem 19. Geburtstag ein Fest eröffnen würde, hätte ich diese Person für verrückt erklärt. Jetzt stehe ich hier auf diesem Podest, halte eine Rede und blicke über eine Menge, mit der ich nie im Traum gerechnet hätte. Danke, dass ihr alle gekommen seid und euch hoffentlich genauso auf das Fest freut wie ich. Heute wollen wir feiern, dass die verschiedenen Wesen in unserer Gesellschaft anfangen Gespräche zu führen, Differenzen zu überwinden und zusammenzuarbeiten. Hier in der Menge sehe ich aus jedem Volk Vertreter.« Mein Blick glitt über die Elfen mit ihren glitzernden Flügeln, die fünf Vampire unter dem Sonnensegel, die Hexen am Hexenhaus, die wenigen Wolpertinger aus Deutschland und die Zwerge, mit denen ich besonders nervige Gespräche geführt hatte. »Ich erhoffe mir ein Fest, das euch allen gefällt, und bitte tut mir den Gefallen: Redet auch mit anderen Wesen! Ihr werdet es nicht bereuen! Ich zumindest habe es nie bereut, dass ich zu einem dieser Vampir-Informationstreffen gegangen bin. Sonst ständen wir heute nicht hier.«

Tja, das war es wohl mit meiner geplanten Rede gewesen. Nur zwei Sätze daraus hatte ich wirklich benutzt, den Rest hatte ich improvisiert, und es fühlte sich gut an.

Mr. Elvers reichte mir die Schere.

»Ich dachte, Sie wollten das Band durchschneiden«, erwiderte ich, nahm die Schere jedoch entgegen.

Unser Bürgermeister lächelte mich an. »Ich finde, Sie sind besser dafür geeignet. Schließlich ist es Ihr Fest.«

Gefolgt von allen Beteiligten und Besuchern trat ich an das Tor und schnitt so langsam wie möglich das rote Band durch. »Das Fest ist eröffnet!«, rief ich daraufhin.

Über den ganzen Tag verteilt kamen immer wieder Personen zu mir, um mir zu dem tollen Fest zu gratulieren. Es war unglaublich, aber anscheinend hatte ich es geschafft. Auch ich ließ mich durch die Stände treiben, probierte neue Gerichte und begutachtete die Kleinigkeiten, die man so kaufen konnte.

Plötzlich wurde ich von Jonathan in eine stille Ecke gezogen. »Schau mal, was ich gefunden habe«, erzählte er mir erfreut und hielt eine Kette hoch. An dem Band hing ein Anhänger, den die Symbole der Elemente zierten. Im Sonnenschein glitzerte er in den Farben des Regenbogens und als ich ihn berührte, leuchtete er kurz grün und gelb auf.

»Danke«, flüsterte ich. »Er ist wunderschön.«

»Und passt perfekt zu dir«, erwiderte er. »Du kannst alle Elemente beherrschen, bist die Delta der Macht und du hast es geschafft, dass alle Wesen miteinander reden. Sieh dich einfach mal um, alle haben Spaß und genießen den Austausch.«

Wie zum Beweis seiner Worte umarmten sich in diesem Moment eine Elfe und ein Zwerg. Sich angeregt unterhaltend setzten die beiden ihren Weg zum Stand der Zwerge fort, wo sie einen der Edelsteine begutachteten.

»Wenn es nur auf der ganzen Welt so idyllisch sein könnte«, murmelte ich.

»Das wird es noch. Mit diesem Fest hast du einen großen Schritt gemacht«, versicherte Jonathan mir. »Dieses Fest ist ein Zeichen, dass deine Vision funktionieren kann, und es wird als Vorbild für weitere solche Feste dienen.«

»Ally!«, schrie Jess und rannte zu mir. »Das musst du dir ansehen! Bei den Elfen gibt es Zuckerwatte aus Nektar! Die ist unglaublich süß! Das ist die beste Zuckerwatte, die ich jemals gegessen habe! Du musst sie probieren!«

Sofort folgten wir ihr wieder in das Gedränge im Park. Mit jeder

Stunde, die verging, wurden es mehr Wesen, die sich zwischen den Ständen tummelten, sich unterhielten und am Abend am Lagerfeuer gemeinsam Lieder sangen und Geschichten erzählten.

Es war besser geworden, als ich es mir erträumt hatte, und das war gut so.

Epilog

August 2018 – Jonathan

»Wie war das? Ich brauche Urlaub, um mich zu entspannen?«, fragte Ally, der das Grinsen aufs Gesicht geschrieben stand. »Meinen Urlaub hatte ich mir nicht so vorgestellt, dass ich mit verbundenen Augen durch einen Wald stolpern muss.«

»Es ist nicht mehr weit«, versicherte ich ihr. »Und glaub mir, mit deinen Erdkräften hast du es hier im Wald schon einfacher als manch andere Personen.« Amüsiert dachte ich an Kristy, deren Kleid sich immer wieder in den Ästen verfangen hatte, als wir nach dem Ritual durch den Wald gelaufen waren. Im Gegensatz dazu hatte Ally sich anscheinend mit dem Wald verbunden und konnte jeden Ast spüren, bevor er sie überhaupt berührte. Ohne Aufwand schob sie die Äste aus dem Weg, was es auch mir leichter machte, sie durch den Wald zu lotsen, denn leider führte zu meinem Wunschziel immer noch kein ebener Weg.

»Seit wir in den Flieger gestiegen sind, machst du so ein Geheimnis darum. Ich weiß ja nicht mal, in welchem Land wir uns gerade befinden«, fuhr sie fort. »Kannst du mir nicht wenigstens einen Tipp geben?«

»In diesem Land spricht man Englisch«, antwortete ich. Dann konnte ich auch schon mein Ziel entdecken. Die Bäume gaben den Blick auf eine große Wiese frei. »Wenn es so läuft, wie ich denke, wirst du den Ort erkennen.«

»Jetzt bin ich aber gespannt«, erwiderte Ally.

Nicht so gespannt wie ich. Sie konnte nicht ahnen, wie sehr ich mir Sorgen wegen ihrer Reaktion machte. Was, wenn ich alles falsch verstanden hatte? Mit Wiedergeburten kannte ich mich nun wirklich nicht aus. Aber Ally nutzte immer häufiger Kristys Erinnerungen. Es musste so sein, wie ich es mir vorstellte. Es musste einfach, sonst war mein Plan im Eimer.

Deswegen löste ich Allys Augenbinde mit zittrigen Händen, als wir auf der Lichtung stehen blieben. »Erkennst du den Ort?«

Ally blickte sich blinzelnd um. »Ist das …?«, flüsterte sie und drehte sich im Kreis. »In den meisten Erinnerungen sehe ich sie nachts, aber … Jonathan, sind wir in Exeter?«

Ich nickte. »Willkommen in der Vergangenheit, Miss Dawson-Westlake.«

»Oh mein Gott«, stammelte sie. »Hier haben …«, sie zögerte. »Hier haben wir uns das erste Mal geküsst.« Als sie sich wieder zu mir umdrehte, erschien es mir fast so, als funkelten ihre Augen grün, ein Phänomen, das in manchen Momenten nur zu deutlich machte, wer dort in ihr schlummerte.

»Komm setzen wir uns«, forderte ich sie auf und breitete eine Decke aus, die ich extra dafür mitgebracht hatte. Dieses Mal mussten wir uns zumindest keine Sorge wegen des Kleids machen.

Ally kuschelte sich an mich. »Es ist komisch, plötzlich an einem Ort zu sein, den ich bisher nur aus Kristys Erinnerungen kannte. Irgendwie vermischen sich gerade Vergangenheit und Gegenwart.«

»Das sieht man dir auch an«, antwortete ich und deutete auf ihre Kette. Normalerweise leuchtete sie nur grün und gelb, aber heute mischten sich auch blau und rot dazu – die Farben von Wasser und Feuer, von Kristys Elementen.

Sie strich über das Glas. »Wirst du mir alles zeigen? Jeden Ort, an dem du mit Kristy warst?«

Ich nickte. »Es sind zwar nicht viele Orte, aber ja, das ist mein Plan.«

Einige Minuten lang saßen wir stumm nebeneinander und ließen die Gegend auf uns wirken. Ally hatte große Fortschritte in ihrem Vampirleben gemacht. Die Sonne konnte ihr inzwischen gar nichts mehr anhaben, zumindest behauptete sie das immer. Ich hingegen wusste ganz genau, dass sie die Schmerzen immer noch genauso deutlich wie am ersten Tag spürte, aber für die anderen Vampire als starke Persönlichkeit gelten wollte.

»Aber bevor ich dir Kristys Leben zeige, muss ich noch eine Sache erledigen«, verkündete ich und läutete damit den Teil des Tages ein, vor dem ich am meisten Angst hatte.

Ally lehnte sich etwas zurück, um mir in die Augen sehen zu können. »Was?«

»Ich habe mir diesen Ort nicht ohne Grund als Startpunkt für unsere Reise in die Vergangenheit ausgesucht. Schließlich war das auch irgendwie der Anfang unserer Beziehung«, begann ich, da ich nicht unbedingt sofort mit der Tür ins Haus fallen wollte.

»So kann man es sehen«, stimmte Ally mir zu, deren prüfender Blicke versuchte, mich zu entschlüsseln.

»Weißt du, was ich immer zu hören bekomme, wenn ich dich auf deinen Reisen begleite?«, wollte ich von ihr wissen.

»Nein«, erwiderte sie, immer verwirrter werdend.

Aus meiner Jackentasche holte ich die kleine Schatulle mit dem Ring hervor, versteckte sie jedoch noch hinter meinem Rücken. »Sie beglückwünschen mich zu meiner mutigen, charismatischen und herzerwärmenden Frau und jedes Mal muss ich ihnen erklären, dass du nur meine Freundin bist. Ich will das nicht mehr tun müssen und deswegen frage ich dich, Alisia Lin Dawson, willst du meine vor dem Recht angetraute Frau werden?«

Allys Blick wanderte überwältigt zwischen dem Ring und meinem Gesicht hin und her. »Oh mein Gott«, stammelte sie. »Jonathan, das ist … Ja, natürlich will ich deine Frau werden!«

Überglücklich fiel sie mir um den Hals und küsste mich leidenschaftlich. Erleichterung durchflutete mich, obwohl ich es hätte wissen müssen, aber gegen Zweifel konnte man sich halt nie zur Wehr setzen.

»Ich liebe dich«, flüsterte ich, während ich ihr den Ring an die Hand steckte. Glücklich lächelnd strich ich ihr dann die Haare aus dem Gesicht. Diese junge Dame würde schon bald meine Frau sein und dann würde es nicht mehr Miss Dawson-Westlake heißen, sondern nur noch Mrs. Westlake. Ich freute mich schon sehr darauf.

»Ich dich auch«, erwiderte Ally und dann leuchteten ihre Augen wieder grün auf. »Vielleicht können wir ja jetzt endlich heiraten, ohne dass uns ein Hexenjäger in die Quere kommt.«

»Na, das will ich doch hoffen«, stellte ich klar. Hexenjäger gab es nicht mehr, Sylvia und Joanna waren Geschichte und Ally unsterblich. Es gab nichts mehr, was uns auseinanderbringen konnte. Unsere Liebe würde für immer bestehen bleiben, denn wir hatten schon genug durchgestanden, um zu wissen, was wir aneinander hatten.

– Ende –

Danksagung

Nun heißt es für mich Abschied nehmen von *Magica* und damit von Kristy, Jonathan und Ally. Aber bevor ich einen endgültigen Schlussstrich ziehe, muss ich mich noch bei einigen Personen bedanken, ohne die *Magica* nicht das geworden wäre, was es heute ist.

DANKE AN:

Sabrina: Fürs einfach immer da sein und dafür, dass du die beste Testleserin bist, die ich mir wünschen kann.

Lilli: Für die Loyalität auf Wattpad, die hilfreichen Kommentare dort und auch beim Testlesen von *Magica 2.*

Nicole Gozdek: Fürs Testlesen von *Magica 1.* Du hast es noch mal einen Ticken besser gemacht.

Meine Leser auf Wattpad: Bei *Magica 1* wart ihr anfangs die einzigen Testleser. Danke fürs Lesen, für die positiven und hilfreichen Kommentare. Ohne euch hätte ich mich sicher nie getraut, das Manuskript an einen Verlag zu schicken.

Tobias Eisermann: Fürs Aufnehmen von *Magica. Magica* hätte nichts Besseres passieren können als der Eisermann-Verlag.

Martina König, Sarah Kneiber, Marie Weißdorn und Alexandra Schwind: Fürs Lektorat und Korrektorat. Ihr habt *Magica* geschliffen und aus dem Rohdiamanten ein tolles Buch gemacht.

Rica: Für das traumhaft tolle Cover. Ich wollte immer ein Cover von dir und bin so glücklich, dass dieser Wunsch gleich bei meinem Debüt in Erfüllung ging. Du hast meine Gedanken gelesen und ein unglaublich tolles Kleid für *Magica* gezaubert.

Anni und Klaudi: Fürs kurzfristige Anspringen auf meinen Plan mit der Releaseparty. Auch wenn es extrem kurzfristig war und ich das beim nächsten Mal anders machen werde, war ich froh, dass ich nicht allein war.

Meine Eltern: Fürs Unterstützen. Auch wenn es euch lieber gewesen wäre, ich hätte weniger geschrieben und stattdessen mehr für die Schule gelernt, habt ihr zu mir gehalten und ich merke, dass ihr stolz seid.

NaNoWriYeah: Für die Challenges und das Antreiben. Sonst wäre *Magica 2* nicht so schnell fertig geworden.

Alle meine Leser: Fürs Lesen, Rezensionen schreiben, einfach da sein. Ohne euch könnte ich meinen Traum nicht leben.

Saskia Louis

Das Vermächtnis der Engelssteine

Blutopal

Ihren achtzehnten Geburtstag hat sich Ella irgendwie anders vorgestellt.

Ein bisschen mehr Luftballons, ein bisschen weniger Menschen die sie umbringen wollen. Der düstere Kerl, der ihr Leben rettet, ist zwar ganz süß, aber auch äußerst unhöflich – außerdem behauptet er, er sei ein Todesengel. Als er ihr auch noch weismachen will, dass sie der letzte Halbengel ist und als Einzige die Auslöschung der Menschheit verhindern kann, wächst ihr alles über den Kopf.

Wem soll sie vertrauen, wenn ihr ganzes Leben eine Lüge zu sein scheint?

ISBN: 978-3-946172-56-7 (Taschenbuch)
ISBN: 978-3-946172-32-1 (E-Book)

Delia Muñoz

Tigermädchen

Die Nacht ist ihr Element

Sie kontrolliert die Schatten.

Sie sieht im Dunkeln.

Dass Melanie ein Tigermädchen ist, weiß sie noch nicht, als sie ins Camp Cataara eintritt. Zeit, sich einzuleben, wird ihr verweigert. Denn obwohl sie selbst ihre Gaben noch nicht vollständig beherrscht, trachten gegnerische Gruppierungen bereits nach ihr und ihrer Macht. Schon bald wird ihre Freundin Laura entführt und die Gegner fordern einen Tauschhandel – Laura gegen das Tigermädchen. Melanie und ihre Freunde wollen den Handel der Entführer jedoch nicht eingehen und suchen eine andere Möglichkeit, Laura zu retten. Nur auf einen vagen Verdacht hin verfolgen sie die Spur der Gegner, obwohl diese sich immer wieder zu verlieren scheint. Doch nicht nur ihre Informationsquellen wirken wenig vertrauensvoll, auch die neun Jugendlichen selbst haben Geheimnisse voreinander …

Wird Melanie es schaffen, Laura zu finden, ohne sich selbst auszuliefern?

ISBN: 978-3-946342-87-8 (Taschenbuch)
ISBN: 978-3-946342-57-1 (E-Book)